JN110978

彼女がそれも愛と呼ぶなら

一木けい

幻冬舎

彼女がそれも愛と呼ぶなら

1

家族LINEに『塾終わった』と送ると、すぐに既読が三つついた。『気をつけて』と到(いたる)さんから。パンダがお茶を淹(い)れてくれるおつかれさまですスタンプが亜夫(あお)くんから。ママは既読のみ。

「ねえ千夏(ちなつ)、さっきの見てた？」

梓(あずさ)があたしを見上げた。

「見てたよ」

塾の先生に指名された梓が前に出たとき、ひとつ前の問題を解いていた他校の男子が、梓の為にスライド式の黒板を掴んで下げたのだ。「いいよ先に書いて」とほほ笑みかけながら。

「しかもゆっくりでいいよだって。あんなことされたら好きになっちゃわない？　千夏だったらどう？」

「あたしそういう経験ないから」

「千夏は背が高いもんね」

背が高いからだけではないことを、あたしはわかっているし、たぶん梓もわかっている。

「どうやったらそんな脚長くなるの？　あたし親に百六十センチいったら三万円あげるって言われてるんだよ。ここから十三センチってもう無理だよね？」

梓にはサッカー部の彼氏がいる。中二の春から一年のつきあいだ。生理痛でくるしんでいるときにはホットレモンとメロンパンを買ってくれる、やさしい彼氏。男の子に特別扱いされたり、つきあってって言われるのって、どういう気持になるものなんだろう。

あたしはいつも、うっすら淋しい。

塾の外に出ると同じ中学の女子が集まっていた。暗闇で全員の顔がスマホの光に照らされている。

「梓行く？」

塾も学校のクラスも同じ齋藤さんがこちらを見て言った。

「うん。もう参加で返した」

「千夏ちゃんは？」

なんのことだろう。目的語の欠けた質問は緊張する。塾に関する何かだろうか。

「プレゼントとか悩むよね」

ねー悩むーと同意が重なる。プレゼント？　何かのお祝い？　作り笑顔の唇がぴくぴく動く。

「日曜だしうちは親に訊いてから返事しようかなって」

「でもこれさあ、いかにも一斉送信って感じでちょっと微妙だよね」

「まあ、小深田さんだし」

小深田さん。それでわかった。今日の昼休み、教室で彼女はもうすぐ誕生日だと話していた。あたしをサマーと呼ぶ小深田さん。

「あたしも親に訊いてみてから」

つぶやいて再び聴き手に回る。会話に耳を澄ませてわかったのは、来月、小深田さんの家で誕生日パーティがひらかれること。塾で授業を受けているあいだに、クラスの女子の大半に招待状が一斉送信されたこと。

そのメッセージはあたしには届いていないこと。

あたしは届いた体で相づちを打った。仲間外れにされるのは淋しいけど、淋しい子だと思われるのはもっと淋しいから。

「じゃあねー」

「またあした」

手を振り合って大通りを歩く。塾と我が家の中間辺り、商店街を抜けた交差点に、小深田さんの家はある。緑色の円柱形。三階建てで、屋上までついた豪邸だ。クリスマス前にはぎらぎらの電飾に彩られる小深田邸。あたしが誘われなかった小深田邸。

誕生日パーティのお誘いがふつうにくる女の子になりたいな。壁を作られたくないし、できれば好かれたい。心をひらける友だちが欲しい。どうしたらそんな女の子になれるんだろう？

ただいまと塾の鞄を床に置き、靴を履いたまま玄関に仰向けになった。

恐る恐るスマホを取り出す。一縷の望みをかけたけど、やっぱりＬＩＮＥは届いていなかった。

「ごちゃごちゃ考えてないで、直接訊けば？」

リビングの扉を挟んで、亜夫くんの声が聴こえてきた。

「わたしのことどう思ってる？　ってストレートに訊けばいいじゃん。伊麻ちゃんらしくない。さっさと告っちゃいなよ」

「いや、俺は少し様子を見た方がいいと思う」

諭すように到さんが言う。

ピピピとタイマーが鳴って、シートマスク姿の亜夫くんが廊下に出てきた。

「わ、ちなっちゃん。いつからいたの。そんなとこで寝てたらスカート皺になるよ」

背すじを伸ばして亜夫くんは洗面所に入っていく。電子音が止んだ。シートマスクのパッケージに記された使用時間を、亜夫くんはきっちり守る。

「おかえり、千夏」

穏やかな声がして、エプロン姿の到さんが現れた。肩につく長さの髪を後ろで束ねている。

「鯵フライ、いくつ食べる？」

四つ、いや三つと答えながら、笑顔で差し出された手を摑んで起き上がる。

開いた扉から、テーブルに突っ伏すママが見えた。

靴を脱いで、洗面所へ向かう。廊下の奥にあるのはママのアトリエ。あたしのママは日本画家とイラストレーターの中間のような仕事をしていて、主に小説の挿画を描いている。

顔がてかてかの亜夫くんに一瞬場所を譲ってもらい、手洗いうがいを済ませた。棚には亜夫くんの基礎化粧品がずらりと並んでいる。初対面で亜夫くんの実年齢を当てられる人はまずいないだろう。食事や運動にもストイックすぎるほど気を遣っているから、亜夫くんは三十八歳より、十歳は若く見える。というか五歳若く見えると言うくらいでは悦ばない。体組成計に表示される体内年齢は二十五歳だからそれを実年齢と思って生きていくのだと、このあいだ朝食の席で宣言していた。

リビングに入ると、ママがむっくりと顔を上げた。

「おかえり、千夏」

声が嗄れている。髪はぼさぼさで、目は真っ赤だ。

ただいまと言ってテーブルに着く。到さんが並べてくれた晩ごはんは、鯵フライと春野菜のグリル。もずくのお味噌汁。ほかほかの白ごはん。

「おいしそう！　いただきます」

手を合わせ、何気なくママの前に置いてあるお椀を見て、あたしは静止した。底が透けて見えるほど、汁の色が薄い。

「それもまさかお味噌汁？」

「そう」と到さんが言った。「味噌をほんの少しといたところで、伊麻の分だけ先に取り分けたんだ」

「なんで？」

「味の濃いものは食べられない、トマトスープすら強く感じるって言うから」

言われてみれば最近、ママは大好きなコーヒーを口にしていなかった。

鼻歌交じりに戻ってきた亜夫くんが、にやにやしながらママの肩を抱く。

「胃が恋に負けてるんだよね？」

うなずいて、ママは薄い味噌汁の上澄みをすくってのんだ。離乳食か、と亜夫くんがすかさず突っ込む。

ママがまた恋に落ちた。

亜夫くんが話してくれたところによると、相手は近所の喫茶店で働く十五歳年下の大学院生。知り合って間もないけれど、ママ曰く「会話のテンポっていうか波長が合う」「想像の枠をいつもはみ出してくる」「世間一般の物差しじゃ測れないすばらしい輝きがある」男の人なのだという。

四日前、彼が無類の本好きであることを知ったママは質問した。

「シチュエーションによって読む本は変わる？」

喫茶店で大学院生は、表情筋ひとつ動かさず訊き返した。

「例えばどのようなシチュエーションですか」

「わたしは入浴時、電車のなか、お酒を呑みながら、就寝前、それぞれに合う本があると思う」

「深く共感します。特に就寝前は内容がわかっている本の方が安心して読める気がして、僕は毎晩決まった作家の本を読んでいます」

彼が挙げた著者名といくつかのタイトルを聴いて、ママは息をのんだ。

「いま教えてくれた本のひとつ、わたしが表紙の絵を描かせてもらった」

どの本ですかと尋ねられ、そこから話が弾み、二人は名前を教え合った。ママは彼にＬＩＮＥを交換してほしいと言い、「よかったら今度ごはん食べに行かない？」と渾身の勇気を振り絞って誘った。氷雨（ひさめ）という名の大学院生の反応は、「はい、ぜひ。僕、デザートのおいしいお店がいいです」。

ママは一晩かけて、デザートが絶品と評判のレストランを調べ尽くした。そして翌日、店と日程の候補をいくつか送った。

返事はこなかった。

「もうあの喫茶店には行けない」

地の底を這うような声でママは言った。鯵フライをざくざく咀嚼しながら、あたしは考える。送ったけれど返事がこないのと、自分にだけ送られてこないのと、どちらがつらいだろう。

「伊麻が誘ったとき、その氷雨って男はどんな顔してた？」

「困ってる感じだった。いや怒ってたかも。気味悪がられてたかも。なんでそんなことも察知できなかったんだろう」

　あーーーと雄叫びを上げママはまた突っ伏す。

「まあでも、誘われ慣れてない男は照れ隠しで、ほんとうはうれしいのにうれしくない顔することがあるからな。照れてるってあんまり知られたくないし」

「そう？　オレは平気だけど」

　小豆（あずき）茶をコップに注ぎ、亜夫くんがママの隣に腰掛ける。わざわざストローを差したということは、歯のホワイトニングをして間もないのだろう。コップに口をつけて飲むよりストローを使う方が着色しづらいということを、あたしは亜夫くんと暮らすようになって知った。

「亜夫は良い意味でプライドが高すぎないんだよ。俺はそいつの気持が少し理解できる」

「どんなふうに？」くぐもった声でママが訊いた。

「恰好つけたんだよ。ほんとうに厭（いや）だったら食事に誘われて、ぜひとか何食べたいとか言わないんじゃないか。もう少し待てば返事はくる」

「めんどくさいし、どういう意図で誘われたのか謎で不気味だし、気を遣って愉しくなさそうだけど、とりあえず一回行っとけば終わるって思ったのかもよ」

　亜夫くんが笑い、ほらー！　とママが足をじたばたさせた。

　ママが誰かを好きになって、つきあったり、つきあわなかったりする。亜夫くんと到さんにもそれぞれ別の恋人がいる。そういうあれこれをあたしは、そういうものだと思って生きてきた。ほかの家はこうじゃないと気づいたのは、小学校高学年のとき。想像がつかなかった。お母さんがひとり、お父さんという人がひとり、流動的でない家庭というのがどんなものか。

「諦めた方があの子のためだって気がする」

「だから言ってんじゃん、とりあえず告りなって。だめならだめで次に行けばいいでしょ」

「断られる可能性が高いって判断できるなら、わたしは伝えない」

「なんで？」

「それが、強い立場の人の取るべき態度だと思うから」

「伊麻ちゃん強いの？」

にやにや尋ねる亜夫くんに、ママは「あのね」と言った。

「たとえばわたしが二十代で、飲食店で働いていたとして、十五歳年上の男性にいきなり食事に誘われたら身構えるよ。気持悪いってたぶん思う。あっちは恋でもこっちは恐怖。かといってお客さんだからはっきりとした拒絶も表明しづらい。それで結局、怖くて愛想笑いしちゃうかも。ねえ、そういえば、男の人も怖くて愛想笑いってあるの？」

「俺は……ないな」

到さんが首を振り、亜夫くんが同意する。

「オレもない。あ、海外とかだったらあるかも。こないだ東南アジア出張行ったとき、深夜ひと気のない路地で囲まれてよくわかんないこと話されて、あんときは怖くてへらへらしちゃったな」

それは怖すぎでしょと口を挟んだあたしのお皿を見て、到さんが鯵フライを追加してくれた。

「到さんは二十代の頃、四十代の女の人と食事する機会とかあった？」

亜夫くんの質問に、到さんが「ああ、あった」と答える。

「その人に対して生理的にうわあって思ったり、怖いって感じたり、しなかったよね？」

「しなかった」

「女はわりと思うみたいなんだよね。こないだ呑んだ二十代の子も言ってた。五十手前の上司とサシ呑みしたとき、お通しの肉団子の煮汁飲み干したのも妻の愚痴こぼすのも彼氏のことで悩みあったら聴くよって前のめりなのも仕事なのに男見せてくるのも全部めちゃくちゃ気色悪くて、必死さがしんどくて、絶対酔わないように細心の注意払って、店出たら即行帰ったって。そうやって若い女が年長の男に対して生理的に無理って思うことは多いわけじゃん。だから年齢を重ねた女は年下の男といるとき『逆の立場だったら』って伊麻ちゃんみたいに過去をほじくり返して心配して、考えすぎて、不安になっちゃう。でも男は、自分が年上の女といて少なくとも怖いとは感じなかった分、若い女といるとき自分がそう思われる可能性があるってことを想像しづらくて、相手の言動を都合いいように捉えがちなんだよ。だからまあ結論は、伊麻ちゃんあんま気にしすぎない方がいいよってこと」

喋り倒した亜夫くんは小豆茶を飲み干してまた洗面所へ歩いていく。電動歯ブラシの音が聴こえ出す。

「人によると思う」到さんがあたしを見て言った。「怖いと感じる男の人もいるはずだよ」

わかってるよという思いを込めて、あたしは口角を上げる。

はあああ、とママが両手で顔を覆った。

「気にしすぎるなって言われても、自分で自分が気持悪いんだからどうしようもないよ。ああ、いつになったら気持悪くないわたしになれるんだろう」

「相手に判断能力と拒否できる環境があれば、少なくとも気持悪いということはないと思う」

「判断能力はあるだろうけど……」

リビングの窓から大きな三日月が見えた。もうすぐ五月が終わる。来年のいま頃、あたしはちゃんと高校生になれているんだろうか。

「ていうかさ、十五歳差ってそんな気にすること？　ヴァラドンとユッテルよりは離れてないじゃん」

リビングに入ってきた亜夫くんが、本棚に飾られたユトリロの画集を指差した。

到さんが画集を手に取って、あたしに見えるようにひらいてくれる。淋しい、モンマルトルの街並み。

モーリス・ユトリロ。一八八三年、パリで生まれたフランス人画家。彼はアルコール依存症の治療の一環として絵を描くようになった。

「ユトリロの母ヴァラドンが、息子の友人であるユッテルに出会ったのは、彼女が四十四歳、彼が二十三歳のとき」亜夫くんが諳(そら)んじた。「自身も画家だったヴァラドンは、息子より三歳年下のユッテルに惹かれ、ユッテルも個性的で才能あふれる大人の女性に魅了された。合ってる？」

「合ってる。でもうつくしいだけの話じゃないのよ。息子のユトリロと合わせて、彼らは世間から地獄の三人組と呼ばれたんだから」

「そうなの？」

「ユトリロは日に一度酔っぱらい、日に一度傑作を残すって言われてた。友人が自分の母親と結婚した辺りからユトリロの酒量は激増し、アルコール依存は悪化。けれど皮肉なことに作品はユトリロの孤独と比例するように黄金期を迎えたの」

もしもママがあたしの友だちとつきあったら、地獄の三人組と呼ばれるのだろうか。というかすでに三人を超えてるけど。

恋多き母、ヴァラドン。二十一歳年下のユッテルは、彼女に新たなインスピレーションを与える存在だったらしい。

お母さんのことをどう思ってましたか？

恋多き母を持つ同士として、あたしはユトリロに訊いてみたかった。

「あー一刻も早くこの余裕を欠いた惨めで恰好悪い自分をなんとかしたい」

ため息を吐いたママの肩を、亜夫くんがぽんぽんと軽く叩いた。

「ほんとうに好きな人の前では、みんな惨めで恰好悪いもんだよ」

「だとしても、愚かな自分が耐え難い」

「差し当たって近い〆切はいくつあるんだ？」

到さんの問いに、ママは指を三本立てた。

「その小説の内容は」

「好きな人にだけバレンタインのチョコをあげなかった話。女友だちに悩み相談したことを悔やむ話。娘の元カレの幸福を祈る話」

「おもしろそう！」亜夫くんが両手を合わせた。「見本誌が届いたら読ませて」

「ちゃんと納品できたらね」

「アハハ！　ほんとに！」亜夫くんが笑い、

「それぞれ進行具合は？」到さんが確認する。

「九、八、二」

「割？」

「パーセント」

「伊麻ちゃん、よく見たらクマひっどいけど大丈夫？　いいクリームあるよ。貸そうか」

「氷雨って男の話に戻るが、彼が伊麻に悪くない印象を抱いている前提で話すと、やっぱり伊麻のことを自分より上の存在だと感じてるから、簡単に返事ができないんじゃないか。待っていれば、そのうち連絡はくると思う」

「そのうちっていつ？　ていうか上って何が？　年？」

「経験、収入、社会的な立ち位置」

「もしかして、ああ見えて超遊び人とか」

「それはあっちのほうが思ってんじゃない？」

からかう亜夫くんに、到さんがその辺でやめておけという視線を送る。

「まー色々考えちゃってんだろうね。これはデートのお誘いなのか、おちょくられているのか、誰にでもこうやって声をかけるのか、まさか美人局（つつもたせ）か。でもさ、だからって返信なかったら、ふつうに傷つくよねえ」

「そうなの、わたし傷ついてるの。でもね、これは仕事のやりとりじゃないし、わたしが個人的に勝手に送ったメッセージだから、返信するしないはあっちの自由なのよ」

「それにしたって無理なら無理ってきっぱり言ってくれた方がよっぽどいいよねえ。そうだ伊麻ちゃん、彼のフルネーム教えてもらったんでしょ？　検索してみたら？　何かわかるかもよ。実はいま研究室の大プロジェクト抱えててヨーロッパに行ってるとか」

「厭だ、名前を検索するなんて！　知っていく愉しみをカットするようなものじゃない」

「同感」

到さんが立ち上がり、まな板にグレープフルーツを載せた。

うつくしくカットした実をお皿に盛って、到さんはテーブルに置いた。フォークでさした一切れを差し出される。

「千夏はどう思う？」

「なんでLINEなの？」

大人三人が同時にあたしを見た。

「どういう意味？」

「いきなりLINE交換するんじゃなくて、インスタにしとけばよかったんじゃない？　そっちの方がハードル低いよ。ストーリーにいいねとかコメントとかで反応して、距離を少しずつ縮めていけるから。LINEは話す！　って感じでしょ。よく知らない人にLINE訊かれて、すごく仲いい子だけだからごめんねってインスタ交換する子もいるよ」

静寂が降りた。沈黙を破ったのは亜夫くんだった。

「そんなのはじめて聴いた。LINEは仲いい子だけだからごめんなんて言われたらオレ傷つく」

「わたしも」

「俺もだ。若い子はそういう意識なのか」

「あたしは言わないけど、周りは結構そう。梓とか」

「梓ちゃんってどんな子だっけ」

「テニス部で脚が細くて、一年つきあってる彼氏がいるけど、もう好きじゃないかもって悩んでる子」

ふーんとハンドクリームを手に塗りこむ亜夫くんの斜め向かいで、到さんがつぶやいた。

「俺、インスタからはじめるどころか電話番号訊いてしまうときもある」

「そんな個人情報！」

「そうなの？」

三人の顔にまた深刻な影が落ちる。

「うん。電話とメールはめちゃくちゃ個人情報感あるよ。何に使うの？　って感じ」

「その氷雨って子は、オレたちよりちなっちゃんに年が近いんだもんね。意識もちなっちゃん寄りかも」

亜夫くんが言い、ママはますます項垂（うなだ）れた。


「前兆はあったんだよねえ」

縁も土地勘もない秋田の港町にママが飛んで、三日経った土曜の午後。到さんの経営するイタリアンバール Lasciare で、ジンソーダの入ったグラスを揺らしながら亜夫くんが言った。

Lasciare の店内は縦長だ。あたしと亜夫くんが座っているのは入口そばのカウンターで、その内側が到さんの立つキッチン。奥にテーブル席がふたつ。本格的な営業開始は夕方だけれど、店のドアはいつも十四時から開け放している。

「精神が揺らいでるって伊麻ちゃん言ったんだよ。基本的に揺らいでるかもしれないけど、いままでの揺らぎとは違う。まるで超高層の建設現場で歯ブラシくわえて歩いてるみたいな気分だって」

うかうかしてたら彼に好きだと言ってしまう。この街に居たら言ってしまう。亜夫くんの目を見て話すママは、相当切羽詰まった様子だったらしい。

「それでそのまま空港に？」

「とにかく離れなきゃと思ったんだって」

ママの突拍子のなさには慣れているつもりだったけど、とつぜん飛行機に乗るなんて。ここまで突発的な行動ははじめてだった。氷雨という人は、ママにとってそれほど強い影響を及ぼす人なんだろうか。

「ところでこないだ話してた梓ちゃん、彼氏とどうなった？」

トリッパと春野菜の塩煮込みを食べながら、亜夫くんが言った。

「やっぱ別れようかなって。好きかどうか診断したら好きじゃなかったんだって」

「診断？　何それ。ネットかなんかの？　どんな内容？」

「その人がそばにいると目で追ってしまうとか、異性と愉しそうに話してると嫉妬しちゃうとか」

「異性っていうか、恋愛の対象とする性ね。診断なんかできるわけないのにね」

「そう？」

「そうだよ。だってオレのことを知らない人が何を根拠にオレを判定すんの？　それに、人と人とが性的な意味を含んで惹かれ合うのに理由なんかない」

「おじさんが中三女子に性的とか言わないで」

「おじさんって言わないで」

ジャッと油の好い音がした。カラフルな野菜と肉が生きているみたいに飛び跳ねる。力強くフライパンを揺さぶる到さんを見ながら亜夫くんは言った。

「二人の関係は、その二人だけの特別なものなんだよ。標準とされる枠を大きくはみ出して結ばれる恋だってある。それを変とか本物の愛じゃないとか遊びとか言う人は、超幼稚だよ」

フライパンを手早く洗った到さんがキッチンを出て店の入口へ歩いていく。ちいさな黒板の前にしゃがみ、さらさらとチョークで何か記しはじめる。到さんはあの黒板に毎日違うメッセージを書くのだ。

「診断はできなくても、自分基準でこれをやってしまうと好きとか、こんなことを考えてしまうときはもう完全に心を奪われているとか、そういうのはあるよな」

戻ってきた到さんが言い、亜夫くんがうなずいた。

「うん、自分基準ならわかるよ。ちなみにオレはね、その人の一番か二番になりたいって思うときはもう好きになってる。三番や四番じゃ厭なんだ。到さんは？」

おもてに視線を飛ばし、しばらく考えて、到さんは口をひらいた。

「うつくしい夕焼けを見て、ああ、あの人も見てるかなって胸が苦しくなるときかな」

「詩人！　でも確かに、恋をすると夕焼けがいっそう胸に沁みるよね。ちなっちゃんは？」

「あたしは……」

トリッパをスプーンですくう。

「まだよくわからない。あ、梓が前になんか言ってたな」

ちいさくカットされたセロリや新玉ねぎ、白いんげん豆を眺めながらあたしは言った。

「好きな子からのＬＩＮＥはスクショしちゃう、だったかな」

「若者っぽい！」亜夫くんがはしゃぐ。「わかるー。あるよねえ。好きな人の言葉は尊いもん。伊麻先生にも訊いてみよ」

スマホの電源入ってるかわかんないけどと言いながら亜夫くんはママにＬＩＮＥを送った。返信はすぐ届いた。はっと息をのみ、亜夫くんが朗々と読み上げる。

「その人が着古した、もうパジャマみたいになったトレーナーを欲しいと思うかどうか」

言い終えて亜夫くんはスマホを胸に抱いた。うっとりと瞼（まぶた）を閉じている。

「さすが伊麻先生！」

目をぱちっとひらき、亜夫くんは言った。

「これだよ！　その人の肌に馴染んで、匂いも形もその人のものになった服を着たいって、これこそ好きの証拠だよ」

ピンとこない。好きってなんだろう。あたしはいつ、それを知るんだろう。

あたしを褒めたり、求めたりしてくれる人が、この広い世界のどこかにいるのかな。あたしのコンプレックスも弱さも淋しさも、丸ごと受け止めてくれる人が。

昂奮する亜夫くんのとなりで、あたしはママにＬＩＮＥを送った。

『調子どう？』

『集中力を取り戻せたことは悦ばしい』

秋田に飛ぶ前、ママは集中力の著しい欠如がいちばんつらいと到さんたちにこぼしていた。

「あの子を脳から追い出したい。彼の心が平穏であってほしいし、わたしもちゃんと仕事をしたい」

ママは日常から彼を消す努力をした。『考えない連絡しない行かない対策』と題したリストを作ってアトリエの壁に貼り、こなしたものにはバツ印をつけた。そこにはたとえばこんなことが書いてあった。

『動物園、美術館、お菓子作り（ホットケーキミックス）、語学学習、ヨガと筋トレ、サウナ、新しいメイクを試す、粗大ごみを出す、歯科予約』

そしてようやく薄いコンソメスープや牛乳多めのカフェラテが飲めるようになってきた頃、ママは秋田行きの飛行機に乗ったのだった。

Lasciareに、セロリのはみ出たエコバッグを持った女性が入ってきた。五十歳くらいのその人があたしたちの後ろを通り過ぎるとき、ほんのりローズの香りがした。

「いらっしゃいませ」

目を細めて言い、到さんは薬缶（やかん）を火にかけた。

「じゃ、帰るわ」

腰を浮かせた亜夫くんに、到さんがちょっと待ってというように掌（てのひら）を見せる。

しばらくして、あたしたちの前にマグカップが二つ置かれた。レモングラスのオリエンタルな香りが鼻をくすぐる。

温かいレモングラスティを飲み終えて、亜夫くんとあたしは店を出た。

夕焼けのなかに入った、そう感じるくらい街全体が真っ赤だった。きれいだと思う。でも胸が苦しくはない。

『人生が終わるとき、あなたは命を豊かに生き切ったと思えるか』

店先の黒板に、そう記してあった。

発売日を迎えた小説誌がリビングのローテーブルに載っている。

三つの挿画の構想を無事練り上げて、ママは帰宅した。そのどれもに氷雨という名の彼が紛れ込んでいた。

明かされてやっと目に映るほどの、ひとつまみの悪戯心を忍ばせた絵。それは編集さんに気に入られ、作家さんの一人からは原画を買い取りたいと連絡があったそうだ。

「これが描けただけでも彼に恋した意味があったね」

亜夫くんが亜夫くんらしい言い方でママを励ました。

あたしはダイニングテーブルで塾の宿題に勤しみながら、三人の会話を聴くともなしに聴いていた。

「本音を言えば、彼ともっと話してみたかった。彼のことをもっと知りたかった。でも、あっちはそう思ってなかったんだから仕方ないよね」

「離れても結局、彼を描いちゃってたんだ」

「考えないようにするなんて無理だった。どうしてこんなに自分をみっともなく感じるのか、どのタイミングで恋に落ちちゃったのか、とことん考え抜くしかなかった。描いたら気が済んだ。きっとこのまま忘れられる」

ママが唇の両端をきゅっと上げた瞬間、ソファでスマホが震えた。

画面を見るなりママは立ち上がった。膝がテーブルに当たり、がこんと硬い音がした。

「大丈夫？」

亜夫くんがあわてて手を差し伸べる。だいじょうぶ、ちょっと行ってくる。ふわふわした声と縺れる脚でママは玄関へ向かい、サンダルをひっかけて家を出た。

「千夏」

到さんが言った。

あたしはうなずいてママを追いかけた。

その大きな人は、シャッターの下りた豆乳ドーナツ店の前に立っていた。

ママが彼の名を呼んだ。彼がゆっくり振り返った。

すべてのパーツが立派な人。それがあたしの氷雨くんに対する第一印象だった。


「ママ！　氷雨くんがみたらし団子くれないんだけど！」

「いいえ、伊麻さん。僕は平等に分配しました」

氷雨くんが我が家に暮らすようになって半年。

並んで主張するあたしたちを、またはじまったという苦笑いでママが見る。

「あと一個ちょうだいって言ってるだけなんだよ。一本じゃないよ、一個だよ？」

「千夏はサーターアンダギーあげたの？」

「え？　もうないよ、これでおわりだよ」

ふくらんだ左頬を突（つつ）いて言うと、ママは吹き出した。

「あー憂鬱（ゆううつ）」

シートマスクを装着した亜夫くんがリビングに入ってくる。ジョギング、シャワー、シートマスク、筋トレ。それが亜夫くんのモーニングルーティーンだ。昨日沖縄出張から戻ったばかりだというのに、そのすべてをこなす彼に敬意と呆れの両方を感じる。

「二十代はいいよね」亜夫くんが恨めしそうに氷雨くんを見た。「二日酔いだろうが顔を洗ってなかろうが新品みたい」

「二日酔いになるほど呑むことはありませんし、顔は洗いました」

今日の氷雨くんは、クリーム色のニットを着ている。氷雨くんが持っている服のなかで、あたしがいちばん好きな服だ。このニットを着ていると、氷雨くんの肩のラインがすごくきれいに見える。昔ママに連れていかれた美術館で見た彫刻のよう。

「なんで憂鬱なのって訊いて」

「なぜ憂鬱なんですか」

「駿（しゅん）がさあ、毎日毎日鬼電。なんで電源切ってたのってそりゃ機上の人だったからだよって答えても鬼電」

「一度ゆっくり時間取って話した方がいいんじゃない？」

心配そうに言うママに、亜夫くんは首を横に振った。

「無理。もう疲れた、限界。駿とつきあってからオレどんなに酔ってても素面（しらふ）の声出すスキルが身についたよ」

何気なく氷雨くんに視線を向けると、最後のみたらし団子を悠々と口に入れるところだった。目を剥いて凝視するあたしに気づいていないわけはないのに、こちらを見ようともしない。癪だから天井を指差して言った。

「そろそろあの本なんとかしてよ」

氷雨くんが我が家に越してきて以来、二階の廊下に本の山がいったいいくつ出現しただろう。山は朝目を覚ますたび増殖しており、幾度か雪崩を起こした。住宅建築、ル・コルビュジエ、丹下健三。氷雨くんが大学院で研究している内容に関わる本が主だけれど、レシピ本や漫画、新書、小説も多い。氷雨くんは少しでも興味を抱いた本は目を通さなければ気が済まない性質らしい。今朝いちばんに目に入ったのは、うす気味悪い画集だった。華麗なドレスを身に纏った人たちに、骸骨が紛れ込んだ表紙。あの絵を、あたしはどこかで見たことがある気がした。

氷雨くんが本を読むスピードはとてつもなく速い。一度、夜のファミレスで氷雨くんの黒目の動きをこっそり観察してみたことがある。上下というよりは斜めにざーっと動いていてびっくりした。

「ねえ、氷雨くん。みたらし団子と本のお詫びに、ネクタイの結び方教えて」

「前者はお詫びと無関係。それにネクタイは亜夫さんの方が適任だと思う」

「何、ネクタイ?　いいよ、教えてあげる。ちょっと待ってて」

亜夫くんがリビングを出ていく。ママが開けっ放しにしていた冷蔵庫がピーピー鳴り、温めを終えて時間が経過したレンジも鳴った。電気機器たちに叱られたママは急いで冷蔵庫を閉め、レンジを開け、皿を取り出した。

「ママ、トレーナー前後ろだよ」

「えっ、やだ。まあ、すぐ着替えるからいいか」

氷雨くんがあたしの前に皿を置いた。溶けかけのバターが載った分厚いトースト、ベーコンエッグ、茹でたブロッコリー、苺。それからチャイティ。

マグカップを両手で包んで一口のみ、瞼を閉じる。

「おいしい。けど受験の味」

冬のあいだ受験勉強に励むあたしに氷雨くんがよく作ってくれたのが、この激甘チャイティだった。シナモンと生姜、マヌカハニーは身体にいいんだよと氷雨くんは言った。もれなく甘いお菓子も添えられていたから、あたしの受験期の増量の何割かは氷雨くんに原因があると思っている。到さんはもともと甘いものを好まないし、亜夫くんは好きだけど美容のために節制していて、ママはあれば食べるし、なければ食べない。だから我が家に菓子類の買い置きは一切なかった。昨年の十月、氷雨くんがいっしょに暮らしはじめるまでは。

「伊麻さん、どうぞ」

マグカップを受け取って、ママがゆっくり味わう。

「氷雨の淹れてくれるコーヒーが、世界でいちばんおいしい」

氷雨くんは何も言わず、鼻をこする。

ママが氷雨くんの前でほかの男性を褒めることはない。

亜夫くんとはイケメンの魅力を語り合うし、最近知り合ったすてきな男性について到さんに相談することもある。でも氷雨くんにはしない。

リビングに戻ってきた亜夫くんが自分のネクタイを使ってお手本を見せてくれた。真似ようとするけれど、うまくできない。

「そういえば昨日まで泊まってたホテルのサウナに、妙な注意書きがあったんだよ」

「どんな？」

「心臓病、高血圧、人に不快感を与える病気の方はご利用を遠慮願いますって」

「不快感」

ママとあたしが同時につぶやいた。

「すごい言葉」

「それってどんな病気？」

尋ねたあたしに亜夫くんは、皮膚病のことらしいよと言った。

「オレも併記された英語と中国語を読んでやっと理解したんだけど」

人って誰のことだろう。その人に不快感を与えると決める人は誰だろう。

結局ネクタイは、亜夫くんが結んでくれた。

「千夏、花梨(かりん)ちゃんとの待ち合わせ大丈夫？」

「うん余裕」

「花梨ちゃんて？」ふくらはぎの上下運動をしながら亜夫くんが言う。

「合格発表の日にインスタで繋がった子。駅で待ち合わせしてるの。会うのは今日がはじめてなんだけど」

「へーっ。入学式より先に友だちができるなんてすごいな」

亜夫くんがいま高校生だったら、学年のほぼ全員と繋がっているだろう。チャイティは底にいくにつれ、甘みが濃度を増す。緊張で詰まった喉に、マヌカハニーがはりついた。

花梨は、あたしを友だちと認めてくれるだろうか。この一か月、インスタで互いの姿を見てきたとはいえ、実際に会って「やっぱり違う」と思われたらどうしよう。

あたしはみんなの輪に溶け込めるだろうか。高校生活初日。好いことはなくていいから、せめて厭なことが起きませんように。

「ごちそうさま」

手を合わせ、不安を振り払うように立ち上がる。

洗面所で歯を磨き、玄関の全身鏡で身だしなみを整えた。

「いってらっしゃい！　制服すごく似合ってるよ。入学式は氷雨とわたしが出るからね」

「うん」

「式のあと、何食べたい？」

「オレ焼き肉」

「亜夫、仕事抜けられるの？」

「どうにかする」

「僕も焼き肉、賛成です。到さんは来られるんですかね」

「起きてきたら訊いてみる」

「あたしも焼き肉たべたい。あー、でも太る」

「ならサーターアンダギー全部食べなきゃいいんじゃない？」

にやにや笑う亜夫くんの肩に体当たりする。

「じゃあ千夏がいちばん食べたいものは？」

「手っ取り早く脚の太さが半分になるもの」

「千夏の脚はきれいよ」

ママの褒め言葉は小鳥のさえずりのよう。

「僕もそう思う」真顔で氷雨くんが言う。「今朝リビングに入ってきたちなを見て、なんかやつれてないかって心配になった」

「やつれてないよ！　ふっくふくだよ！」

「そうだよ！」

同意した亜夫くんにまた身体をぶつける。

到さんがプレゼントしてくれた黒いリュック。サイドポケットには亜夫くんがくれたＳＨＩＲＯのハンド美容液。伸びる紐つきパスケースは氷雨くん。ママからは Bluetooth イヤフォン。入学祝いにもらったそれらを背負って、あたしは玄関のドアを開けた。

突風が吹き、桜の花びらが目の前をぶわっと流れた。

2

春風に乗って、淡い色の花弁が飛んできた。夫と娘に背を向けて彼らの朝食をつくる私の許へ。

桜の開花を心待ちにしていた父を思い出して、胸が詰まる。くるくる舞う花弁を目で追っていると、

「コーヒーまだ？」夫がスマホから顔も上げずに言った。

「ごめん、いま手が離せなくて。少し待ってくれる？」

私の声は萌絵がテレビで流しているYouTubeの音楽にかき消される。

ざるを食器かごに伏せ、鍋に味噌をとき、目玉焼きをフライパンから皿に移す。夫の目玉焼きにはしっかり火を通しソースをかける。萌絵は半熟でナンプラー。

便所と言いながら夫が近づいてきた。フライパンを洗う私の真後ろを通り過ぎても、右手首のサポーターには気づかない。

マンションのロビーで滑って転び、手をついた拍子に厭な音がしたのは一昨日。雨に降られてコンビニのパートから帰宅したところだった。幸い捻挫で済んだが、二日経っても私のサポーターに気づく人はいない。

夫の無関心にも年季が入ってきた。夫には私が見えていない。自分の鼻よりも視界に入っていない。会話が通じたと最後に思ったのは一年前、萌絵が中一のとき。反抗期の萌絵の態度が悪いというトピックだった。私たち夫婦はもう、そんな話題でしか共感し合えない。

ゆうべだって。ため息を飲み込んで、ペーパーフィルターとコーヒーの粉をセットする。

もうすぐ会社を出る、腹減ったと二十時すぎにＬＩＮＥが届いた。入浴する直前だったが待つことにした。会社から自宅までは四十五分。いま入浴すれば半乾きの髪でばたばたと出迎えることになる。

けれどいつまで経っても夫は帰ってこなかった。送ったＬＩＮＥにも既読がつかない。常備菜を作りアイロンをかけながら待った。結局夫は千鳥足で午前様だった。

「食べてくるなら連絡くれたらよかったのに」

「会社を出たところで先輩につかまったんだよ」

こんなに遅くなるなら入浴すればよかった。先に寝てしまえばよかった。口に出せばきっと、「待っててなんて頼んでない」と返ってくるだろう。ご尤もだ。けれど昔はこういうとき、一言フォローがあった。夫がごめんを言わなくなったのはいつからだろう。

「いまから帰る、お腹すいたって私からＬＩＮＥがきたら、家で食事するんだなって思わない？」

「ああそれなら連絡なんかしなければよかったですね！　もう、帰ってくるなり疲れるなあ。ぐだぐだ言わないで、あい」

「あい？」

「いや、ハイボール作って。濃い目の」

呑みながら夫は、近所のイタリアンバールの黒板に今日もくだらないことが書いてあったと嘲り、その後そもそもなんで自分の家に帰るのに連絡する必要があるんだと怒りを蒸し返した。

胃が圧される。夫は年々短気になっていく。出会った二十八歳の沸点を百とすると、四十六歳のいまは二だ。些細なことで臍を曲げてしまう。怒りを露にすべきときもあるだろうが、しすぎるのは幼稚ではないだろうか。

少なくとも萌絵が生まれるまでは、穏やかで気の長い人だった。レストランで注文したのと違う料理が運ばれてきたら「いただきますよ、これもおいしそうだから」と笑顔で言ったし、私に対しても、愛と慈しみと尊重があった。あの頃夫は、よく手の甲にキスをしてくれた。それは私が最も好きな夫の仕草だった。最後にあれをしてくれたのがいつだったか、もう思い出せない。

「いってきます」

玄関から萌絵の声が聴こえて、慌てて水を止める。洗ったフライパンをコンロに置いて向かうと、萌絵は全身鏡で横から見た前髪をチェックしていた。

「目玉焼き食べないの？」

「うん」

「帰ってきたら部屋をもう少し片付けてね」

「私の部屋が汚くてお母さんどう困るの？」

鼻の頭に皺を寄せた萌絵が登校していき、夫が革靴に足を入れる。

「背広クリーニングに出しといて」

「わかった」

「あんま朝からがみがみ言うなよ」

スマホでも探しているのか、スーツのポケットをぱたぱた押さえ、鞄をひらく。イソジンとマウスウォッシュが見えた。どれだけうがいしたいのか。

「自分でやれることはやってほしいのよ。掃除も料理も、やることが多すぎるから」

コーヒーを入れたタンブラーを差し出すと、ん、と言って夫は受け取った。

「前から思ってたんだけど、おまえ掃除の動線に無駄が多いよ。掃除道具は掃除する場所のそばに置けばいいじゃん。台所の掃除道具はシンクの下とかさ。そうすれば何かのついでにちゃちゃっときれいにできるだろ。大事なのは環境なんだよ。あとさ、メシなんかルーティーンで回していけばいいじゃないか」

のれんに腕押し。何を言っても伝わらない。

ひとりだ。冷蔵庫の食材をチェックするのも、献立を考えるのも買い物する店や予算を決めるのも、買ってきたものを仕分け仕舞い下準備するのも、家族の好みに合わせて切り方や味付けや盛り付けや場合によってはメインを変えるのも、この家でやるのは私ひとり。三人で出かけて帰ってきても、やるのは私ひとり。いつも頭のどこかに家族のごはんがある私の日常。

「予算決めて月曜はこれ、火曜はこれってさ。俺ならそうするし、おまえがそうしたってなんも文句言わないよ」ドアノブを摑んで夫は続ける。「やることが多いって言うけど、食材や日用品の買い物はネットの定期便にすれば？　オートメーション化っていうか、もっと合理的にやりなよ。今日はパートあんの？　ない？　なら朝のうちに一週間の計画立ててスーパーでも行ってきたら？」

おまえが何百万も稼いでくれるなら俺も手伝うけど。最後にそう言って夫は出勤していった。

足音が聴こえなくなってから、チェーンをかける。同じことを萌絵が将来恋人や配偶者に言われたらどう思うのだろう。昭和の男の「誰のおかげで生活できてると思ってるんだ」といまの発言は同意ではないか。私がこれまでしてきた家事育児とパートは、夫の年収と比してどれくらいささやかなんだろう。

寝室に入り、背広を玄関へ移動させながら、ポケットの中身を確認する。紙がふれた。

取り出してみると、居酒屋のレシートだった。

生中×五。ハイボール×二。ソーセージ盛り合わせ。鶏南蛮タルタルソース。牡蠣（かき）フライ。焼きうどん。文字を見ただけで胃もたれしそうなメニューばかりだ。野菜は一品もない。

お通し×二。

いっしょに行ったのはおそらく男性だろう。女性がいたら、冷やしトマトくらい頼むのではないか。

リビングへ行き、スマホを手に取った。LINEをひらき、レシートの日付のやりとりを探す。

『集中して仕事してたらオフィスにもう誰もいなかった。終電なくなったから漫画喫茶で仮眠とって帰る。達成感あり』

夫はそう送ってきていた。漫画喫茶のあと居酒屋に行ったのか。それともその逆だろうか。

椅子に腰かけ、萌絵用に作った目玉焼きを食べる。私は半熟より少し硬めの、醤油をかけた目玉焼きが好きだけれど、半熟ナンプラーでも別にいい。

点けっぱなしのテレビに、萌絵の好きなアーティストのMVが流れている。

夏の夜だろうか。ビルの灯りが明滅する都会のアパートのベランダで、カップルが会話している。風に吹かれて、笑い合いながら。

気のおけない魅力的な人と、音楽や旅、食べものについて話すこと。感情を、互いが知りたいと思って知る努力をすること。それは現在の私が考え得る最も大きな贅沢で、同時に最も遠い世界だ。

今朝、夫と一度も目が合わなかった。いろいろレス。トークレス。カインドレス。私の心は硬い殻のなかで腐って死んでしまった。

カチカチ。遠い記憶の音が蘇る。

小学五年生のとき、飼育委員だった。飼育小屋は、教室に居場所がなかった私の、校内唯一の安らげる場所だった。あるとき鶏が産んだ卵をこっそり家に持ち帰った。服に入れて肌身離さず温めた。入浴中はこたつの、寝るときはホッカイロの熱を借りた。数日経ち、そっと振ってみた。カチカチ、と音がした。嘴(くちばし)ができたんだ！　うれしくなって何度も振った。

数日後、卵は異臭を放つようになった。日が経つにつれ耐え難いほどに。母も兄も激怒した。生きていると言い張り温め続けたけれど、さよならせざるを得なかった。泣きじゃくりながら、お気に入りの布に包んで箱に納めた。

近所の林に付き添ってくれたのは、父だった。涙はいつまでも流れた。振ってしまった私のせい。いやそもそも私が飼育小屋から持ち出したりしなければ。ちゃんと鶏のお母さんに温めてもらっていたら。この子は死なずに済んだ。

父は私の頭を撫で、慰めの言葉をかけてくれた。いつも惜しみなく愛を注ぎ、味方でいてくれた父の笑顔が浮かび、鼻がつんとした。

そうだ。父に供える花を買いに行こう。仏花ではない花を飾ってみるのはどうだろう。時々寄る駅構内のチェーン店ではなく、ずっと気になっていた、高校裏手の川沿いにあるちいさな花屋で。

洗濯と掃除を済ませ、日焼け止めとマスカラを塗った。トイレに入り、座って目を閉じる。夫がウォシュレットを使った後の便座が濡れている。

ブレザー姿の高校生カップルが、前を歩いている。

私が彼らと同じ制服を着ていたのは、もう二十五年も前。あの頃は、将来この近くに夫と娘と暮らすことになるなんて想像もしていなかった。高校へは自転車で通っていた。当時両親と兄と住んでいた家はいま、別の誰かが住んでいる。父の定年退職後、母方の祖母の介護のため、二人は母の実家のある東北地方の県に移ったのだ。そこが父の終（つい）の棲家になった。

　立派なけやき並木を見上げて歩く。この通りは卒業後はマンションを買う前に一度歩いただけだ。建物や看板に見覚えはあったが、高校時代はなんの店なのかわからないものも多かった。酒を出す店だった。あの頃は酒が日常になかったから、記憶に根付いていなかったのだ。

　ファミレス横の電話ボックスが、私の心を苦くさせる。

　この電話ボックスから、父に合格の報告をした。十五歳の冬。その朝父は「結果がわかったら会社に電話して」と言って出勤した。高校に張り出された紙に自分の番号を発見するなり、校門を飛び出した。電話に出たのは父の部下だった。何度もうちに来たことがあるその人は、身を乗り出す姿が見えるような声で言った。

「絹香（きぬか）ちゃん！　受かった？」

「すみません。父にまず報告したいので」

　悦び、褒めてくれた父の声を思い出す。電話の向こうで盛大な拍手が鳴っていた。その日の晩餐は、父お手製の餃子だった。分厚いもちもちの皮もおいしかった。合格祝いにプレゼントされた腕時計は、いまもクローゼットの奥でひっそり眠っている。

　眼球がぐっと熱くなる。父が亡くなって一年八か月が経つ。半年の余命宣告を三か月超えての、穏やかな死だった。父が死んだ日の記憶には靄（もや）がかかっているが、一周忌法要の景色は鮮明に焼き付いている。盛夏。寺の隣の幼稚園が登園日で、打ち水をしていた。低い屋根とひまわり。園児たちの笑い声。きらきら光る水。何もかもが遠かった。父に言いたかったことはほとんど言えた。父も伝えてくれたと思う。私がなるべく愉しく元気に生きていくことが、父の望みだろう。

でも悲しい。いつまで経っても悲しい。まだ父の写真は飾れない。もう夢には出てきてくれない。正月に親戚で集まったときも父の話が出て、反射的に泣いてしまった。母と兄の呆れた眼差しを思い出す。彼らの言うように「もう一年八か月」なんて、到底思えない。

父のことをもっと考えていたいし、何ひとつ忘れたくない。笑った顔も口癖も、私を見つめる愛情深い眼差しも。

目尻を拭い、何気なく顔を向けたファミレスの店内に、三十歳くらいの男女がいた。

食べたり飲んだり喋ったり、彼らの口は忙しく動いている。いきいきと輝く瞳を見て、また思う。

私はひとり。私には、ペアがいない。

どうしようもない孤独を感じる。誰にも悲しみが伝わらない。寄り添ってくれる人がいない。

「ひとりぼっちだと感じるときは、人に親切にするといいよ」父の温かな声が蘇る。「難しいことじゃなくていいんだ。次の人のためにドアを押さえておくとか、エレベーターのひらくボタンを押しておくとか、店員さんに笑顔でありがとうって言うとか」

父の笑顔が浮かんで、胸が締めつけられる。

「篠木さん」

声をかけられたのは、交差点で信号待ちをしているときだった。

同じマンションに住む小坂さんだった。母より上の年代の彼女は、あそこでお茶を飲んでいたのよ、と笑顔でファミレスを振り返った。

「ドリンクバーがとっても安かったわ。これでやっていけるのかしらって心配になるくらい。篠木さんはお買い物？」

「はい、お花屋さんに」

「もしかして川沿いの？」

「そうです」

「まあ。私、その近くにある剝製アトリエに行くところなのよ。差し支えなかったら、途中までごいっしょしてもいい？」

「もちろんです」

笑顔でうなずきながら、内心では剝製という言葉にどきりとしていた。

「少し緊張する用だから、温かいお茶を飲んで気持を落ち着かせていたの」

「そうだったんですか」

小坂さんの横顔を窺う。どんな用事か、尋ねてもいいのだろうか。

あら、と小坂さんが目を丸くした。

「ここ、どうなさったの」

彼女の手が、私の右腕にそっとふれた。

「お恥ずかしいんですけど、雨の日に滑って捻挫してしまって。大したことはないんです」

「なんにも恥ずかしいことないわよ。骨が折れなくて幸いね。お若いからすぐ治るでしょうけど、お風呂とかお買い物とか不便じゃない？　私でお力になれることがあったら遠慮なく言ってちょうだいね。こんなおばあちゃんだけど、野菜や牛乳を買ってお届けするくらいできるから」

父を思って滲んだ涙は、淋しさだった。いま滲む涙がどんな感情によるものか、私には判別がつかない。

信号が青になった。すんとすすった洟の音が、機械から流れるメロディに紛れる。

「ルーティーン、ねえ」

夫に言われたことを冗談交じりに話すと、小坂さんは苦笑いした。

「想像してくださったらいいのにね。今朝は肌寒いから温かいスープがのみたいだろうなとか、たまには気分を変えて麺の朝ごはんにしてみようとか、ゆうべは呑みすぎたようだからしじみのお味噌汁を作ってあげようとか、そういう、愛に基づく臨機応変さで家庭は回っているのにね」

気が済んだ。心の底からそう思った。小坂さんがこのケガに気づいてくれて、笑顔で寄り添ってくれて。救われた心地がした。


私が目指していた花屋は定休日だった。駅の方へ行ってみますと立ち去ろうとしたら、不安げな瞳につかまった。お忙しいと思うんだけれど。前置きして小坂さんは言った。

「ついてきていただくことは、できないかしら」

語尾が震えていた。よく見ると、組んだ手の指も震えている。

「怖いのよ。自分の判断が合っていたのかどうか。大切なあの子に、こんなことをしてよかったのかどうか。ものすごく怖いの」

「あの子？」

小坂さんがスマホを取り出した。指先が的にヒットせず、なかなかロックが解除されない。ようやく六桁入力し終えると、彼女は画像フォルダをひらいた。

真っ白だった。ぜんぶ、白いうさぎ。

「マリーっていうの。うさぎと暮らすのはこの子が二羽目。こんな言い方間違っているかもしれないけれど、一羽目の子のお葬式をしたときにね、物足りなさを感じたの」

父の葬儀を思い返す。物足りないという言葉はしっくりこない。足りないどころか、なにもなかった。自分の身体半分と心ぜんぶをもぎ取られたようだった。

「喪失感みたいなものでしょうか」

「もちろん、それは大きかった。でもそれだけじゃなくて」

考え、考え、小坂さんは用心深く言葉を紡いだ。

「在ったものが消えてしまうって、信じられないわよね。声も温もりも匂いも表情も、時間をかけて勉強したことも、死によってぜんぶ消えてしまう」

知っている。私もその感情を知っている。あの恐怖を消せるものがどこかに存在するのか、ずっと考え、探している。

「火葬のあと確信したの。灰や骨じゃだめだって。物足りないって。それで、延々悩み続けて、たどり着いたのが針生（はりう）さんのお店だったの」

つまり、マリーちゃんは剥製になったのだ。剥製になったマリーちゃんに、これから小坂さんは会いに行くのだ。

「でもね、ぜんぶを剥製っていうのは、悲しい気がしたの。私にはね。だから」

スマホのなかのマリーちゃんを見つめたまま、小坂さんは言った。

「尻尾（しっぽ）だけを剥製にしていただいたのよ」

思いもよらぬ結論に虚を突かれた。飼っていたうさぎの、尻尾だけを剝製に？

愛した対象をとっておきたいと思う感情は理解できた。二十代の頃飼っていた豆柴のモトキが亡くなったとき、もうモトキを撫でられないということがつらすぎて、毛を一束切って残した。父を弔う過程においても、厭だと最も強く思ったのは火葬の直前だった。焼いたら父の姿が完全に変わってしまう。顔が消える。皮膚が消える。爪も髪も。体温や声がないだけですでにこんなに悲しいのに。

このままにしておいて。灰になんかしないで。

抑えていた悲しみが堰を切って涙となって流れ出た。

でも父の、肉体の一部だけ残しておきたいという発想は浮かばなかった。たとえば父の手。私の頭を撫で、私たちのために働き、試験前には夜食を作ってくれた手。あの手を残しておいたとしたら。私の心の空洞はいまよりましなのだろうか。

いや、やはり怖い。だって血が流れ、命があったものだから。一部だって全部だって怖い。けれどそんなことを言いはじめたら、私たちの周りにはかつて生きていたものが溢れかえっている。

針生剝製。

その店は路地裏にひっそりと佇んでいた。ショーウインドウに大きな鷲が飾られていなければ、昔ながらの理容店か眼鏡店だと思ったかもしれない。

針生剝製のドアを、小坂さんはしずかに押した。

彼女のあとに続いて足を踏み入れた瞬間、息をのんだ。

巨大なシロクマが私を見つめている。鋭い牙を剝き出しにして、太い足で踏ん張って。

底冷えがした。どっしりとした四本脚が踏みしめているのはフローリングなのに、視界一面、銀世界になって、分厚い氷の上に立っているような心地がした。

「ごめんください」

小坂さんはいつの間にか離れた場所にいて、奥にいる人に声をかけている。

はい、と応じた声に、耳が引き攣れた。

「ああ、小坂さん」

何この声。

「マリーちゃん、あと少し待ってもらえませんか」

声は私の鼓膜を震わせ、ざらりと下り、肺や心臓に響き渡った。強烈な異物感。これはいったいなんだろう。

声に手繰り寄せられるように、一歩踏み出す。太いバスの余韻に内臓がざわめいている。前方に牡鹿の剥製があった。角が四方八方に広がっている。牡鹿の隣には古めかしい書棚。剥製に関する外国の雑誌や学術書がずらりと並んでいる。

「構いませんよ」と小坂さんが応えた。

直後、牡鹿と書棚の間に、男性が姿を現した。

「よかったらマリーちゃん、ご覧になりますか」

その人は、燃え盛る炎のような角を持つ牡鹿をバックに立っていた。

白いTシャツに濃紺のエプロン。破れたジーンズ。右手にペンチを握っている。神経質そうな手だと思った。

彼の目が、小坂さんから、私に落ちた。

その瞳に捕まった瞬間、何もわからなくなった。いまの季節はなんなのか。暑いのか寒いのか。ついさっきまで何を考えていたか。

あなたは、と双眸が問いかけてくる。首を横に振った。近づいてはいけない人だと思った。

「じゃあ小坂さん、なか狭いんで、鞄はその椅子の上に置いてきてください」

小坂さんは椅子の背につかまり、やわらかそうな靴を脱いで、上がった。

私は書棚に並ぶ本のタイトルを一冊ずつ読んでいった。何も頭に入ってこなかった。


出てきた小坂さんは泣いていた。泣きながら、笑っていた。ほっとしたのか、全体の輪郭が緩んでいる。

床の軋む音がして、彼が再び現れた。私は一歩後退った。

畏怖。その言葉がぴったりだった。なぜだかわからないが、私はこの男に畏怖の念を抱いている。

あの声をまた聴きたい、いや聴きたくない。

目と目が衝突した。視線を合わせていると、暗くつめたい水のなかに一歩ずつ沈んでいくような心地がした。居たたまれなくなって背を向け、先に出てますねと小坂さんに告げて入口へ急いだ。

ドアノブを摑んで引く。重くて痛い。右手を使ってしまっていたことに気づいて、慌てて左手に替える。眼前に、血管の浮いた二の腕が現れた。雄じみた匂い。破裂しそうな自分の心音がはっきりわかる。恐る恐る見上げる。彼が私の右手首のサポーターに視線を落とした。触れられたわけでもないのにそこが熱を持った。

ドアがひらき、風が鼻先を撫でる。彼の腕が私の頭上に移動した。腕のアーチをくぐって、私はおもてへ出た。背中でドアが閉まる。

振り返ると、彼の姿はなかった。

ショーウインドウにさっきの大きな鷲がいた。

鷲は頭を下げ、翼を広げていた。新しい世界へようこそ、と言っているようだった。

3

今日は好い日になる。

入学式へ向かう途中、商店街でおみみちゃんを見かけたあたしはうきうきしていた。

おみみちゃんは、近所でよく見かけるワンちゃんだ。チャームポイントは焦げ茶色の大きな垂れ耳。ベレー帽をかぶった女の人が押すペット用ベビーカーのなかで、いつもお利口に外をじっと見つめている。タータンチェックの日よけカバー。ちいさなメッシュ窓。我が家はみんな、おみみちゃんのファンだ。姿を見ると幸せな気持になるし、おみみちゃんに会えた日は必ずラッキーな出来事が起こるのだ。

その話を高校の最寄り駅ではじめて会った花梨にすると、

「えー！　めっちゃ見てみたい！」

と満面の笑みであたしの肘をとった。うれしくて、ほっとして、泣きそうになった。

駅から学校までは歩いて十分。真新しい制服に身を包んだ子たちに交ざって、途中大きな公園の入口前を通り、桜の花びらの舞う道を二人並んでふわふわ歩いた。

花梨は、とある韓国のアイドルグループの大ファンだ。ダンスや歌、メンバーそれぞれの魅力を熱く語る花梨の横顔を尊いなと思いながら見つめていると、ふいに花梨の声のトーンが下がった。

「二年前からお姉ちゃんもハマってね。テレビの YouTube のおすすめにそれしか出てこないくらい好きになったんだけど、時々すごく複雑な気持になるんだ」

「どうして」

「『花梨の彼氏超イケメン、愛してる』って言われてる感じがしちゃって。もしもライブにお姉ちゃんと二人で行ったらって考えると、怖くて震えるし、はらわた煮えくり返りそうになる」

花梨を理解したくて、想像力を振り絞る。

たとえば、亜夫くんとあたしが同じミュージシャンのファンだとして。いっしょにライブに行って、怖いとか腹が立つシチュエーションってどんなのだろう。

「目が合ったのは自分なのに、みたいなこと?」

「そう!」花梨が勢いよくこちらを向いた。「まさにそれ! 目が合うもそうだし、投げキスなんかされちゃった日には、『私にした』ってお姉ちゃんが言ったら、自分が何するかわかんない。同担拒否ってこれかって、心の狭さがほんとやになる。私ってこんなにも嫉妬深くて独占欲の強い人間だったんだって」

同担拒否っておもしろい言葉だな。我が家の大人で同担拒否は氷雨くんだけだ。

「お母さんに相談しても『あんたの彼氏じゃないんだから』って笑われるだけだし」

千夏のママだったらなんて言う? もしそんな質問をされたらどう答えるか考えはじめたら、心臓がどきどきしてきた。訊かれるより前にと思って訊いた。

「花梨のパパはそういうときなんて？」

「あ、うちパパいないんだ。離婚してるの」

「えっごめん」

慌てて言った。自分を守るための質問で、花梨に厭な思いをさせてしまった。自己嫌悪を募らせるあたしに、花梨は苦笑いしながら手を振った。

「ぜんぜんごめんじゃないよ。ずっと前だし、いまはお姉ちゃんの旦那さんが同居してて、愉しいから。でもさ、話戻すけど、真面目に考えたら、ほんとうに好きなら同担拒否になると思わない？だって大好きなんだよ。同担拒否じゃない愛は軽いよね？」

なんて言ったらいいかわからず頭をフル回転させているうちに、正門が見えてきた。ごめん、と花梨が笑った。

「なんか私ばっかり喋ってるね」

「ううん。花梨の話聴くのすっごく愉しいよ。あたし思ったんだけどさ、姉妹で同じグループのファンだったら、グッズとか買うとき配送料が半分になってよさそう。トレカの交換とかもできるんじゃない？」

「そうなの！　そこはラッキーなんだよ」

明るさを取り戻した花梨の顔を見て、あたしは細長く息を吐いた。

「一年生は五階に行ってください」

昇降口で告げられ、花梨とあたしは顔を見合わせた。

「五階？」

「うちらの教室、まさか五階にあんの？」

息を切らして階段を上った。ありえない。鬼。拷問。文句を垂れつつ、ここを一人で歩かずに済むことに安堵していた。すれ違う子からちらちら向けられる視線を振り払いながら、五階を目指した。

「花梨、そのピアスいつ開けたの？」

「春休みだよ。千夏は開けないの？」

「いますぐにでも開けたい。でも体育のときは外さないといけないいんだよね。となると夏休みかなあって」

「透明のつけてたら大丈夫じゃない？　ねえ千夏ダンスは得意？」

「ソーラン節しか踊れない」

「えっ意外。めっちゃ上手そうなのに」

「よく言われる。でもだめなんだ。リズム感がないの」

「いっしょにダンス部入らない？」

「話聴いてた？」

「おねがい〜一人じゃ心細いんだよ〜」

腕を絡ませてくる花梨から、ホワイトリリーのボディミストが香る。花梨が話し好きな子でよかった。根掘り葉掘り質問されるのは苦手だ。

コームで前髪を整えながら階段を上りきると、A組から順に一年生の教室が並んでいた。花梨はB組、あたしはいちばん奥のF組。つまりあたしの教室は、昇降口から最も遠い場所にあるのだった。

花梨と手を振り合ってわかれた瞬間、心細くなる。

F組の前まで来たとき、緊張はピークに達していた。目を閉じる。息を吸って、深く吐く。どうか、馴染めますように。目立たず、はみ出さず、みんなの輪に溶け込めますように。

閉じた瞼に、焦げ茶色の垂れ耳が映った。口角が上がる。

きっと大丈夫。おみみちゃんに会えたんだから。今日は好い日になる。

大丈夫。

もう一度心のなかでつぶやき、瞼をひらいて教室に入ると、そこはパーティかと思うような賑わいだった。誰もがスマホ片手に教室を歩き回り、連絡先を交換している。

近くにいた女子と目が合った。気まずそうに逸らされた。絶望で吐き気がこみあげた。どうしよう。もしもこのまま、誰も声をかけてくれなかったら。あたしだけ、誰とも連絡先を交換できないまま初日が終わってしまったら。

「ハローー!」

目の前に、ひょろりとした坊主頭の男の子が舞い降りた。

「名前なんていうの？　ＬＩＮＥ交換しよ！　あ、インスタの方がいい？」

周囲にいる子たちが彼を見る眼差しでわかった。彼はすでに、教室ピラミッドの頂点に登りつめている。

「おーい裕翔！　この子、千夏ちゃんっていうの。おまえとおんなじ電車で通ってるって」

いろんな子に声をかけてくれた彼のおかげで、あたしはクラスメイトほぼ全員とＬＩＮＥやインスタで繋がることができた。彼にひれ伏したいような気持だった。たんなる流れでも、興味本位でも、なんでもよかった。これで淋しい子と思われずにすむ。

ひとり、はっとする声の持ち主がいた。坊主の彼より小柄で線の細い、物静かな印象を与える男の子だ。資朝という名の彼は、ベルトにカラビナでAirPods Proをぶら下げていた。資朝と話していると、聴きたくてたまらないのに状況が許さず我慢し続けた曲を、やっと聴くことができたみたいな心地がした。資朝はＱＲコードを読み取ると、あたしの目をじっと見つめた。髪や肌などの表面ではなく、あたしという人間の本質を知ろうとする目だと感じた。

担任が入ってきて、あたしたちはぞろぞろと体育館へ移動した。

収納されたバスケットゴール。紅白幕。ステージ上の国旗。目に映るものより、記憶のなかの手の方がリアルだった。スマホを操作する資朝の手。ささくれが目立つ深爪気味の指先には、なぜか土がついていた。

「これまで深い愛情を注いでくださった方々への感謝を忘れず……」

校長先生も担任同様、女性だった。担任はおそらく氷雨くんと同じ二十代後半。校長先生はママより少し年上の、四十代後半に見える。

「誰とでもより良いリレイションシップを築けるように……」

築きすぎなママは新入生入場のとき、あたしに向かってぶんぶん手を振っていた。ママは派手な顔立ちで背が高く、手足も長いから、動作が人一倍目立つのだ。ママの手首を氷雨くんがそっと摑んで下げていた。

氷雨くんがあたしの学校行事に参加するのはこれがはじめてだ。気まずくないだろうか。二十代と思しき保護者は、氷雨くんのほかに見当たらない。

新入生代表宣誓をしたのは、あの明るい坊主のクラスメイトだった。推薦でトップ合格した子らしいと、ひそひそ声が聴こえてくる。彼は手許に用意した紙に一度も視線を落とすことなく、はきはきと笑顔でスピーチを終えた。あたしは彼を神と呼ぶことに決めた。

セレモニーと写真撮影を終えたあとは、再び教室へ戻った。貴重品の管理をしっかりしてくださ い。担任は声を張って、ちょっとしつこいなと感じるくらい繰り返し言った。まともに聴いている生徒はほとんどいなかった。ポケットからスマホを取り出して見る。

『氷雨とわたしは先に焼き肉屋さんに行ってるね』

ママからＬＩＮＥが届いていた。

『到が正門を出て駅と反対方向に進んだ路地で待ってるよ』

胸ポケットから生徒手帳を取り出して確認する。保護者の運転するバイクの後ろに乗って帰ってはいけないという校則は記されていない。

初日が終わった。想像より遥かに好かった。いや、考え得るなかで至上の一日だった。さすがおみみちゃん。胸の前でちいさく手を合わせてから、さっそく置いて帰れるものを仕舞おうと廊下に出た。

あたしに割り振られたロッカーは、左端のいちばん上だった。腕を伸ばし取っ手を掴む。その瞬間、扉がぐらんと揺れた。

「え？」

押さえる間もなく扉は外れて落下した。激しい金属音が廊下に響き渡る。

みんなの視線があたしに集中した。なにごと？　教室から生徒がぞろぞろ出てくる。隣のクラスの子も見ている。

耳が熱い。あたしはしゃがんで、扉を摑んだ。

目立ちたくない。なんでよりによってこんなことに。

「どうした～？」

まっすぐ跳ぶように駆けてきたのは、あの坊主の神だった。

「大丈夫？　千夏ちゃん、ケガない？」

顔を覗き込まれ、うん、と答える。彼はにっこり笑って扉を拾い上げると元通りにセットし、軌道を見定めるように何度か開閉したあと、満足げにうなずいた。

「うん、この角度だったら外れないと思う。一応俺から先生に話しておくね。もし修理してもらえないようだったら、俺のロッカーと替えるよ」

ほらあそこ、と彼は右端のいちばん下を指差した。

「低くて使いづらいかもしれないけど、扉は外れないから」

彼の肩越しに、資朝が見えた。いろんな生徒のいろんな感情を含んだ空気が鼻から入ってきて、肺がきゅうっと狭まった。

「ママ！　氷雨くんがプチシューくれないんだけど！」

「いいえ、あげました」

「たった三個だよ？　まだこんなに残ってるのに！」

「毎度毎度よくそんなことでケンカできるね」

シンクで絵皿を洗いながら、ママが呆れ顔で笑う。

「千夏が抱え込んでるその八つ橋と、氷雨のプチシューを交換したらいいんじゃない？」

「八つ橋一個につきプチシュー三個でいいよね？」

「それは平等とは言い難い」

「ママ、なんとか言って！」

「うーん、せめて八つ橋一個とプチシュー二個じゃない？」

満足げにうなずいて、氷雨くんはプチシューをまたひとつ、大きな口に放った。

あたしは不貞腐れてリビングのソファに移動し、寝転んでスマホを見た。

いーち！　にーい！　大きな掛け声が聴こえはじめる。今朝学校で練習した大縄跳びの動画だ。

あたしたちのクラスの縄を回すのは太呂（たろ）。二週間前の入学式の日、あたしをたすけてくれた坊主の子だ。もう一人の回し手は資朝。太呂は本気で優勝を目指している。資朝はじゃんけんで負けてなったにすぎず、いまのところ熱意はまったく感じられない。

神は誰にでも分け隔てなく親切だ。仔犬みたいに人懐っこく、「なに聴いてんのー？」とか「中間終わったらカラオケ行かない？」とか何かと声をかけてくれる。「いっしょに体育祭委員やんない？」の誘いにまんまと乗ってしまい、毎朝早起きする羽目になった。

太呂はもてる。人柄のよさはもちろんのこと、顔のパーツが多くの人に好まれそうなバランスで配置されているし、シャツや持ち物、仕草にも清潔感がある。

昨日は大縄朝練の後、教室に戻ると、三年生の女の人があたしたちのクラスの前で待ち構えていた。やけにアイラインの長いその先輩にペンを渡された太呂は、彼女の手の甲に何か記していた。

教室に入ってきた太呂はクラスの子たちから質問攻めにあった。

「インスタ教えてって言われたんだけど、先輩のスマホの充電が切れちゃってて、ペンは持ってるけど紙がないっていうから、手に書いたんだよ」

「ほんとに切れてたのかな」あたしの前の席のリコがぼそっと言い、となりのリチカと目を合わせてくすくす笑った。リコリチは一軍中の一軍、最も敵に回してはいけない二人組だ。彼女たちを見ていると、ハグしながら相手が武器を隠し持っていないか確かめているみたいだと思う。あたしはそういうスキルを持たない。ママにもない。我が家でそのスキルが最も高いのは亜夫くんだろう。

五月の第二週に行われる体育祭まであとわずか。

「どうしたらもっと回数跳べるようになると思う？　六クラス中いつも五位か六位なんだよ。せめて三位に入りたいんだけど」

「見せて」

「氷雨くんに言ってません。ねえママ、どう思う？」

氷雨くんがむっと口を噤み、ママが苦笑する。

「見てもらった方がいいよ。だって氷雨大縄の本――」

階上に視線を遣ったママを、氷雨くんが腫れぼったい目で制す。

二階の廊下にある、本の山。今朝あたしが躓いたあそこに、大縄の本があるのか。氷雨くん、読んでくれたのか。それならここは見てもらった方が得策だ。あたしは氷雨くんの顔を見ず、ママにスマホを渡した。もう、と笑いながらそれをママが氷雨くんに回す。

動画を最後まで観て、氷雨くんは言った。

「まず、全員でカウントする必要はないと思う」

「なんで？」

「苦手な子は跳ぶことに集中すべきだ。それから、真ん中にこの子を置くのは酷かもしれない」

氷雨くんが指差したのは、よく引っかかっている女の子だった。

「真ん中には、身長が高くて大縄が得意な子を置いた方がいい」

「どうして」

「ここは縄が地面に当たって軌道が変わりやすいから。難易度が高いんだよ」

「ねえ、どうしてこの端の子はジャージじゃないの？」

ママが指差したのはリコだった。

「遅刻してきたから」

リコには大学生の彼氏がいて、デートの様子をよくインスタに上げている。夜景とか記念日のケーキとか海岸ドライブとか。時々朝帰りもあるみたいだ。彼女とあたしは同じクラスにいるけれど、まったく別の世界を生きている。

「スカートで跳んだらパンツ見えちゃうじゃない」

「パンツっていうか、黒パンね」

「そうか。わたしが中高生のときは黒パンなんてなかったから」

「ないはずない。ママが気づかなかっただけだよ。着替えのときとか、周り見てたらわかったはず」

「着替えのときほかの子なんて見ないもの」

「見なくたって目に入るじゃん」

「そうかな」

「じゃあママはスカートの下に何を穿いてたの？」

「パンツのみ」

「本気で言ってる？　たぶんママ、非常識な子って思われてたよ」

かもねと笑うママの隣で、氷雨くんが動画をもう一度再生する。

ローテーブルに置いていたママのスマホが震えた。ＬＩＮＥ通話。亜夫くんの名前が浮かんでいる。

今朝亜夫くんは、歯医者のあと鬼電の駿さんと会うから遅くなるかもしれないと言って出勤していった。電話がかかってきたということはうまくいかなかったのだろうか。

「大丈夫？　話し合いはどうなった？」

うん、うん、と話を聴いていたママの声色が変わった。

「それは亜夫が悪い」

氷雨くんの尖った耳がぴくりと動いた。怒りをはっきり滲ませた声で、ママは言った。

「駿さんが納得するまでちゃんと話を聴いてきて。亜夫のせいで信頼が崩れたんだよ。亜夫に対してだけじゃない。世界に存在するすべてに対して揺らぐことになるかもしれないんだよ」

ピンときた。亜夫くんが何か嘘をついたのだ。嘘のない生活なんてないのかもしれないけど、あまりにも根源的な嘘が混じるとママたちの生活は破綻する。

亜夫くんは、嘘をついてでも駿さんを手に入れたかったのだろうか。どうしようもなく心を奪われてしまって、嘘をつく以外ない。そんなふうに思ったのだろうか。

亜夫くんとの電話を終えたママが、ちいさく息を吐いて、リビングの窓に目を遣った。

「到の店に行かない？　わたし、桃のジェラート食べたい」

一駅分だけ歩きましょうという氷雨くんの提案で、灯りがつきはじめた商店街を抜け、高架をくぐった。ママのうす紫色のワンピースに湿気が纏わりついて重そうだ。駅の向こうの大きな公園に出る頃には、目を凝らさなければ見えないほどの霧雨が降り出した。ママがざんねんそうな声を出した。

「夕焼けが見たかったのに」

夕空の下で葉っぱが擦れる音は、日中より秘密めいている。

「夕焼けは毎日起きています」

「そうなの？」

「毎日起きているのですが、必ずしも地上から見えるわけではないんです」

氷雨くんは物識り(ものし)だ。あたしはなんだかんだ氷雨くんと甘いもののことで小競り合いをしながら、わからないことがあるとまず氷雨くんに尋ねる。

「さらに言えば、僕たちが日没を目にする一分ほど前、太陽はすでに沈んでいます。つまり僕たちが見る夕焼けは、幻影なんです」

ああ、おみみちゃんに会いたいな。でも今日はきっと無理だ。

雨の日にはおみみちゃんに会えない。その法則を発見したのも氷雨くんだった。

「見て」ママが氷雨くんの肘をそっと摑んだ。

池沿いの歩道を、チワワが歩いてくる。

「尊い」

かわいい洋服を着て、ちいさなお尻を振っている。確かに尊い。

「氷雨も尊いけどね」

「同じ意味じゃないですよね？」

氷雨くんがママの顔を覗き込む。

氷雨くんは背が高いから、ちょっとした動作も怯むくらい大きい。

ちな、と氷雨くんが振り返った。

「明日のお弁当何がいい？」

何かの動物に似ている。氷雨くんの立派な鼻を見て思った。でも名前が出てこない。

「とびっきりおいしいもの。水曜は嫌いな科目ばっかりで愉しみがないから」

鼻を人差し指でこすって、氷雨くんは思案した。

「伊麻さんは明日何が食べたいですか」

「明日になってみないとわからないな」

「亜夫さんは……」

「歯のために、白いものじゃない？」

確かに、と氷雨くんがあたしを見て肩を揺すった。

「帰りにスーパーに寄って、いっしょに考えよう」

到さんの店に着いた頃には、空腹を通り越して無だった。最後少し走って、あたしは真っ先に席に着いた。食べても食べてもお腹がすく自分が厭になる。

「とりあえずこれ食べてて」

髪をひとつに縛った到さんがあたしの前にガラスの器を置いた。バナナ、苺、ブルーベリーがたっぷり入ったヨーグルト。トッピングにきな粉とチアシードとはちみつが載っている。こういうとき、到さんの目に映るあたしはいつまでもちいさな子どものままなのだと思い知らされる。

視界の左側からのそのそと大きな影が近づいてきて、氷雨くんがあたしの隣に腰を下ろした。猫背をさらに丸めて、氷雨くんは置かれたリモンチェッロを一口呑んだ。

ママはどこだろう。

身体を捻って、氷雨くんの肩越しに入口を見遣る。

開け放したドアの先にママがいた。うす紫色のワンピースが風になびいている。ママはスマホを耳に当て、誰かと話しているようだった。顔は見えない。声も、通りを行き交う車の音に紛れて聴こえない。

氷雨くんがカルパッチョに顔を近づけ、ピンクペッパーを一粒ずつよけ始めた。

ふいに車の往来が途切れ、ママの声が聴こえた。

「先生」

がばっと氷雨くんがママの方を向いた。到さんは一瞬顔を上げかけたけれど、野菜を掴んでフライパンに入れた。油が跳ねる音やバイクのエンジン音が重なり、ママの声は再び聴こえなくなる。ママの大学時代の先生には五回くらい会ったことがある。パイプの先端に葉っぱを詰めて押す、ていねいな手つき。太い眉と、その下にある好奇心旺盛な瞳。芸術学部だったママは、単位が取りやすいらしいという噂のみでとった民俗学の講義がきっかけで、先生と親しくなった。あたしが先生と最後に会ったのは中一の秋。学校に行き渋るあたしを案じたママが、気分転換にと北鎌倉にある先生の別荘に連れていってくれたのだ。旧くて立派な洋館だった。入ってすぐの白い階段。木製のロッカー。階段の壁や化粧室を埋め尽くす、額入りの絵。裏庭で笹の葉が擦れる音。あの夜ママと先生は遅くまで話し込んでいた。

ママがスマホを鞄に滑り込ませた。肩が一度大きく上下して、くるりとこちらを向く。目が合ってほほ笑むママの、大きな口やくっきり浮いた鎖骨を、氷雨くんがじっと見つめている。その視線の熱量を、氷雨くんとつきあう前のママが知ったらどんなに狂喜するだろう。

「わたしが貸してた本を返したいっていう連絡だった」

カウンターに腰を下ろしたママから、一足早い夏の夜の匂いがした。

ママは赤ワイン、氷雨くんはビールを呑んだ。ラム肉やゼッポリーネを次々平らげながら。おいしいおいしいとママは笑顔を絶やさない。氷雨くんとママは、ほんとうによく食べる。なのに我が家で最も痩せている二人だ。

「お土産でいただいたものだけど」

桃のジェラートといっしょに、到さんが板チョコを割ったものを出してくれた。

「こっちが甘い方」

指差した方を、氷雨くんがつまんだ。

もう一方を口に入れ、ママは身体を震わせた。

「伊麻、好きだと思ったんだ」到さんが笑ってパッケージを見せる。

「カカオ88%のチョコでカカオニブが入ってるなんてめずらしい！」

「日本にはあまりないよな」

アフリカ産のチョコレートだと知って、ママの目がさらに輝いた。

大学の先輩後輩だった到さんとママがモロッコで偶然再会したのは、十七年前。当時イタリアで料理修業をしていた到さんが休暇でモロッコを訪れた際、日本から長期旅行にきていたママをスークで見かけ、人違いかもと思いながらも声をかけたのだった。止むことのない楽器の音色。値段交渉をする人々の喧騒。ロバがゆったりと歩き、カラフルな布や果物やスパイスの溢れるその場所で目が合った瞬間、あたしがママのお腹にいたことを、ふたりは知らなかった。

「80%のカカオニブ入りなら見たことあるんだけど、甘すぎるのよね」

「80は甘いとは言えません」氷雨くんが真面目に言う。

仕事帰りらしき三人連れが入ってきたのを潮に、あたしとママと氷雨くんは店を出た。

『嫉妬は愛の証なのか』

今日の黒板にはそう書いてあった。

駅までの道を、氷雨くんとママはゆっくり歩いた。時折あたしの無事を確かめるように振り返りながら。

4

マンション裏の空き地でカエルが鳴いている。四階の我が家にも届くほど大きく、絶え間なく。

お風呂上がりにリビングへ行くと、夫が仕事帰りに買ってきたと思しきコロッケを食べていた。

両耳が肩に付きそうな前屈みで。どうしてそんな体勢で食べるのかずっと不思議だったが、今日コンビニでパート仲間の吉谷(よしたに)さんが「年寄りの背中が丸まるのは、加齢にともなう腹筋力の低下らしいわよ」と教えてくれた。

あの剝製師は今夜どこで、何を食べているのだろう。

「おつまみ足りてる？」

後ろめたさから顔を背け、冷蔵庫をひらく。なぜあの剝製師のことなど考えてしまったのか。

「ああ？」と濁った声が私の背中にぶつかる。

「何かヘルシーな……ささみの梅しそ巻き作ったら食べる？」

「要らない、そんなの食べたくない。ヘルシーとか別にいいから」

冷蔵庫を閉じ、心も閉じる。シンクに立って洗剤をスポンジに垂らす。

「何回も言ったけど遺伝なんだよ。うちの家系は食べものや酒に気をつけたってあれくらいの数値が出るの。そんなこと気にする暇あったら風呂入る前に洗い物して」

「ごめん。萌絵が部屋にマグカップを持っていったから、併せて寝る前に洗おうと思ったの」

それなら、と夫が立ち上がった。

「あとで洗うけどいいかってお伺いをたてるのが筋じゃない？　フルタイムで働いてるわけでもなし。主婦なのにこんなひどい状態で心痛まないの？」

主婦も立派な仕事だし、勤め人同様たいへんなことはある。年末の親戚の集まりでそう語っていたのはなんだったのか。

萌絵が不貞腐れた顔でリビングに入ってきた。

「お母さんたちのケンカがうるさくて集中できないんだけど」

夫は入れ違いでトイレに入ったらしい。

そうだ。あの三か月半前の集まりの日だ。姑(しゅうとめ)が娘に向かって、「萌絵ちゃん、ぶっくぶくねえ！」と言ったのは。夫は無反応だった。「ちょっと、その発言はデリカシーがなさすぎるわ」と笑い混じりに窘(たしな)めてくれたのは、姑の妹である真紀(まき)さんだけだった。

あれ以来、萌絵は米やパンを一切食べなくなったのだ。健康とされる体重の範囲内だったのに。

「ごめん。ケンカしてたわけじゃないの」

「じゃあ何？」

「お父さんのコレステロール値が高いから、ヘルシーなおつまみを作ろうかって言ったら」

「臍曲げたんだ？　そもそもコレステロールって何」

スマホの上で親指を動かす萌絵を見ながら、あれから何キロ痩せたのだろう、とこっそり観察する。お年玉で体組成計を買って部屋に置いてしまったから正確なことはわからないが、時々漏らす「もう少しで美容体重」「やっと大台切った」という言葉から判断するに、六、七キロは減ったのではないか。十四歳。身長だってまだ伸びる時期だ。脳、ホルモン、睡眠、精神の安定、いろんな面に不安を覚える。けれど厭と言うものを無理やり食べさせるわけにもいかない。

「コレステロールの高い人の特徴」萌絵が読み上げる。「魚より肉を好む、早食いである、あまり噛まない、ついつい酒を呑みすぎる。アハハッ、お父さんの自己紹介じゃん！」

笑った萌絵の口から人工的な、何か薬草のような香りがした。

「新しいハーブティ部屋に置いてるの？」

「こわっ。なんでわかったの？」

「さっきマグカップにお湯だけ入れてたでしょう。おいしい？」

「あれをおいしいと思って飲む人がいたら変人」

ダイエット目的のハーブティに違いない。どんな成分なんだろう。どこで手に入れたのだろう。怪しいサイトとかでなければいいが。

夫がソファにどすんと座り、リモコンを摑んだ。大音量で流れ出すスポーツニュース。萌絵がマグカップをシンクに置いて、自室へ戻っていく。明日の献立からはみ出した食材と消費期限を考慮し、豚キムチ炒めを作ってハイボールと共に夫のところへ運んだ。無反応。無視線。

こんなものかもしれない。

放っておけば溜まるだけの調理器具や食器を洗いながら、ぼんやり思う。

人生というものはこうやって過ぎて、いつか終わるものなのだろう。贅沢を言ったらバチが当たるくらい、不自由のない生活をさせてもらっていると思う。夫の無関心や娘の反抗なんて、どこにでもある不満、平和な証拠だ。家庭を営む上で、平和より大切なことがあるだろうか。

それに、と窓の外に目を向ける。

私には、夫を一生大切にすると誓った出来事があった。

夫は私が新卒で入った会社の三年先輩だった。リーダーシップがあって頼りになる人。そんな彼と部署は違ったけれど、あるプロジェクトでいっしょにチームを組むことになり、そこから急速に距離が縮まった。

秘密の社内恋愛をはじめた頃、私は豆柴のモトキと暮らしていた。モトキは老犬というには若かったけれど、持病が悪化し、介護が必要な状態になっていた。

あの夜。恋人が泊まりにきたというのに、仕事で疲弊していた私は早々に眠ってしまった。

真夜中目を覚ますと、モトキの寝床の方から声がした。

「おまえのせいじゃないよ」

温かく、慈悲深い声だった。そっと顔を向けると、どうやらモトキがトイレとは別の場所で粗相をしたようだった。

「ほら、きれいになった」

くうん、とモトキが鳴いた。

「大丈夫。前みたいに散歩できるようになるよ。俺が元気にしてあげるから。おまえは何も心配しなくていいよ」

あの瞬間、私は夫を信頼した。あの数十分が、夫という人間の本質だと思うのだ。

トイレの始末をしたあとも夫はモトキの身体を撫で、やさしい声をかけてくれていた。

「あーっもう！　ださっ！　そこで決められないからおまえは駄目なんだよ」

ミスした選手を罵る夫に先に休ませてもらうねと声をかけ、寝室に行って布団を二組敷いた。

リモコンで消灯し、瞼を閉じる。カエルはまだ鳴いている。

孤独だ。人生こんなものと思いながら同時に孤独を感じている。切実に。でも孤独ってなんだろう。私はどうして孤独なんだろう。

しばらく耳を澄ましていると、鳴き方が一定ではないことに気がついた。長い鳴き声に、時折短い音が交じる。あの音の変化に、いったいどんな意味があるのだろう。

長い音。長い音。短い音。

そもそもカエルはなぜ鳴くのか。

繁殖のため？　だとしたら、声の調子を変えることで異性を惹き付けようとしているということか。

声を聴いて。こっちへおいで。ふれて、ふれさせて。

『マリーちゃん、ご覧になりますか』

あの剝製師の声が蘇った。ざらりとした手で、心臓を丸く撫で上げるような声だった。

瞼をひらき、ゆっくり閉じて声を消す。

『ああ、小坂さん』

消したのに湧いてくる。

『なか狭いんで』『あと少し待ってもらえませんか』

あとからあとから湧いてくる。彼がカエルだったら、鳴き声を聴いて、百匹のメスが集まるに違いない。眠りに落ちる直前考えたのは、たぶんそんなことだった。

会社員時代の同僚、智子から電話がかかってきたのは月曜の朝だった。ポケットか鞄で誤って発信してしまったのだろう。こんな時間だし、彼女と最後に会ったのはもう何年も前だ。近頃は年賀状のやりとりすらしていなかった。

「絹香?」

けれど智子は言った。きっぱりと、どこか切迫した声色で。

夫は箸で目玉焼きを突きながら、不機嫌そうにテレビを眺めている。私はスマホを耳と肩に挟み、薬缶を火にかけ、コーヒーの粉を手に取った。

「久しぶり。何かあったの?」

「朝の忙しい時間にごめんね。この電話、いま誰が聴いてる?」

「私だけよ」

「篠木さん近くにいる?」

「うん。替わる?」

「違うのよ、絹香。ちょっとそこを離れられる? 大事な話があるの」

お湯が沸騰に向かう音がした。わかったと応えて火を消し、廊下に出る。夫が私の動向を気にしている気配はいつも通り皆無。

鼓動が速くなっている。妙な胸騒ぎがした。この世で最も聴きたくない報せはなんだろう。萌絵の死。それ以上の最悪はない。萌絵は部屋にいるから大丈夫。自分に言い聞かせながら洗面所に入り、扉を閉めた。

「お待たせ」

「あのね絹香、落ち着いて聴いてほしいの」

「うん」

「八沢藍子(はちさわあいこ)さんって知ってる？」

どこかで聴いたことがある名前だ。数秒考え、思い出した。

「夫の部下でしょう。昨年、会社のイベントで少しだけお話した」

「そう、会ったことあるのね。あの日私、下の子の試合で参加できなかったから」

みんなからハチと呼ばれていた彼女は、確かあのとき三十七歳。「あいは藍染めの藍です」と言っていた。なんだかちぐはぐな印象を与える人だな、と感じた記憶がある。胸の下まで垂らした長い髪。不安と虚勢の入り混じった目の縁に、ほんのり赤いシャドウをのせていた。

「彼女と篠木さん、おつきあいしてるんだって」

咄嗟(とっさ)に洗面台に手をついた。湧いた感情は、なるほど、だった。なるほど。あの背広のレシートはそういうことか。

女性がいっしょなら冷やしトマトくらい頼むはずという推理は、偏見かつ的外れだったのだ。

「イベントで会ったときには、もうそうだったの？」

「そんなもんじゃないのよ、つきあって九年になるって」

九年！　私と夫の歴史のちょうど半分だ。そんなにも長い年月、人は嘘を吐き続けられるものなのだろうか。

「智子はどうやってそのことを知ったの？」

ぼそぼそ話し声がしたあとで、智子は言った。

「ごめん、訂正する。何度か別れた時期があるから、それを合計すると八年間だって」

そんなことはどうでもいい。

「もしかして」

「うん。いま隣に八沢さんがいるの」

あれ？　八沢藍子さん。あいこさん。もしかして。

「彼女に訊いてほしいことがあるんだけど」

「何？」

「ハイボールのことを、二人のあいだではなんて呼んでる？」

再びぼそぼそ声が聴こえ、智子が言った。

「あいボールだって」

やっぱり。夫は時々ハイボールをあいボールと言い間違えた。いまから帰るとLINEを送ってきながら千鳥足で午前様だったあの夜も、別の酔った日も。私の知らない夜のお店のメニューだと思っていた。夫が彼女と作り上げた痴話語だったのだ。藍子の藍ボール？　それとも愛ボール？

「私に電話してって、彼女が智子に頼んだの？」

その瞬間、洗面所のドアがひらいた。

「何やってんだ？」

反射的に切った電話を棚に伏せて置いた。呆れ顔で私を見下ろす夫の、十八年前より全体的にぼやけて薄くなった顔。頰骨のしみ。ぽってりと丸い腹部。生玉ねぎに似た加齢臭。この人が九年ものあいだ不倫していた？

不審な顔つきの夫が歯ブラシ片手に出ていくと、私は寝室へ移動した。智子からＬＩＮＥが届いている。会社の近くのカフェでコーヒーを飲んでいたら八沢さんが智子の席まで来て、「実は」と話しはじめたのだという。

『どうして話したのかな。社内不倫なんて知られたら、彼女にとっても不利だと思うんだけど』

『卵子を凍結したんだって』

費用も方法も知らない、耳にしたことがあるだけの単語が、はじめて手触りを持った。

『もう耐えられないって。自分はあらゆる面で苦しんでいるのに、篠木さんは妻とは別れるって言いながら行動に移す気配がなくて限界なんです、って。彼女いま泣いてる。自分だけつらい思いをしてるのはおかしい、奥様にも知ってほしいって』

夫の持ち物で最も高価なものは何だろう。真っ先に浮かんだのはそのことだった。

もし自分が三十八歳で、将来的に子どもを持つことを考えているのに不倫相手の言動が一致していなかったら。そうでない自分が彼女の立場を慮(おもんぱか)るのは傲慢であり、相手にとっては反吐(へど)が出るような想像かもしれないが、許し難い。そう思った。まずは金銭面の状況を確認する必要がある。

『その費用は誰が？』

『全額八沢さんだって』

腕時計だ。夫の腕時計を売ろう。

『篠木さん、家に居場所がないって言ってるらしいの』

八沢さんは実家暮らしだろうか。もし一人暮らしだとしたら家賃の支払いはどうなっているのだろう。

『いびきがうるさいとかトイレの使い方が汚いとか怒られてばっかりで寛げないって』

彼女といて寛げるということは、八沢さんは夫のいびきが気にならないほど眠りが深い人なのだろうか。トイレを立って使用する男の方が豪快ですてきだと感じる人なのだろうか。

『食事もハイボールもどうやったらこんなにまずく作れるのかと思うくらいまずいって』

その言葉に私は自分でも意外なくらい傷ついた。

確かに私は夫に出す料理においしさを最優先していなかった。けれどそれは愛情が欠如しているということではない。栄養面を重視していたからだ。愛情が皆無だったら作らない。

似たような言葉を夫が口にしたときのことを思い出した。

萌絵が赤ん坊の頃、早く帰ってきてほしいと電話で夫にお願いしたことがあった。私は産後萌絵を保育園に入れて職場復帰したが、熱や流行り病で何度も呼び出しがかかり、会社を早退したり休んだりすることが多かった。上司に厭味を言われ、やんわりと退職を促された。居たたまれなかった。耐え難かった。早く帰ってきてほしい。限界を超えて私が夫に伝えた懇願に対する返事は「あー無理ですねー」だった。周りに人がいるのはわかっていた。仕事中なのもわかっていた。でも私は、夫の私に対する愛が枯渇したのだと思った。愛情がなかったら働かないよ。その晩帰宅した夫は声を絞り出すように言った。

誰かのために働く労。誰かのために家事や育児をする労。それを理解されないつらさ。どっちもどっちだ。そう頭では理解しながらも、どうやったらこんなにまずく作れるのかとうんざりされ、不倫相手に愚痴られるような献立を疲労困憊しながら作っていたことは、私にダメージを与えた。

「おい」

苛立った声で夫が呼んでいる。私はスマホを置いて玄関に向かった。

「ああ今日も憂鬱な会議がある。胃が痛い」

点けっぱなしのテレビが占いを流している。私の運勢は十二位。すでに当たっている。アドバイスは「通ったことのない道を歩いてみよう！　ワクワクする出来事に出逢えるかも☆」。

「大丈夫？　たまには休んでもいいんじゃない？」

「俺が会社行かなかったら、無一文になるよ」

「私もささやかながら仕事してるけど」

「ああそうか、一文になるよ」

いちもん。喉の奥でつぶやいているうちに夫の姿が消える。いつの間にか萌絵の靴はない。


パートを終えた午後五時。普段ならコンビニを出て左方向にあるスーパーに寄って帰るのだが、今日はとてもそんな気分になれなかった。

胸にくすぶるものがある。でもそれは嫉妬とは明らかに違った。夫が八沢さんの肩を抱いているところを思い浮かべても痛みはない。キスしようがベッドに入ろうが、つらくない。私はどこかおかしいのだろうか。くすぶるものの正体を知りたくて、いつもは通らない右方向へずんずん歩いた。

銭湯。パチンコ。焼き肉店。シャッターの下りた店。美容院。女性客と男性美容師が鏡越しに笑顔で何か話している。自分の髪に触れて考える。私が前回美容院を訪れたのはいつだろう。少なくとも二か月は過ぎている。

八沢さんは、まめに美容院に行くのだろうか。

「そうか」と独り言が出た。

いつかの洗面所で、髪を押さえながら口をゆすぐ私を見て、夫が口にした言葉が蘇る。

「髪の長い人はそうしなきゃいけないんだ。たいへんだな」

なるほど、とまた思う。あれは、たいへんだと思ったから言ったのではなかった。部屋だかホテルだかの八沢さんを思い出して、ついぽろりと口から出てしまった言葉だったのだ。

ああ孤独。とにかく孤独。私はひとりぼっちで生きている。

どうすればこの淋しさは消えるのだろう。どうして私はこんなに淋しいんだろう。

電車の駅が見えてきた。あちこちに飛ぶ考えを集めたり繋げたりしているうちにいつの間にか隣の駅まで来ていたらしい。帰宅ラッシュにはまだ早い時刻だが、構内はスーツや学生服を着た人たちでごった返している。

階段を上りきったところに、目を惹くかたまりがあった。

膨らんだトートバッグを肩にかけた女性が、赤ん坊を抱き、もう片方の手でベビーカーを押し、さらに太ももに二歳くらいの男の子を絡みつかせている。改札を出てきたばかりらしいその人は、エスカレーターの方へ向かおうとして人にぶつかりぶつかられ、謝り続けていた。

「持ちます」

駆け寄ってベビーカーを指差すと、彼女は驚いたように私を見た。

「階段を下りたところで待ってますね」

「えっ、あっ、ありがとうございます」

ベビーカーを抱え、階段の端を慎重に下りる。頑丈で重い。萌絵が赤ん坊の頃使っていたベビーカーの色も操作方法も忘れてしまったが、重みはなんとなく手に残っている。ここまでの重量はなかった。軽量化だけが進化ではないらしい。私も萌絵がちいさいころ、何度か見知らぬ人にたすけてもらった。男子高校生だったり、外国の男性だったり、同年代の女性だったりしたが、全員が神様に見えた。エスカレーターを降りてきた若い母親にお気をつけてと声をかけて別れ、再び階段を上って改札をくぐり、やってきた電車に乗り込んだ。上りか下りかも考えなかった。

ああ、あれもそういうことだったのか。ドア付近に立った瞬間また夫の言動が蘇る。

数か月前、家族で法律関係のバラエティ番組を観ているとき、社内不倫で慰謝料請求云々という再現ドラマが流れた。

「こんなのほんとにあるのかな」ビール片手に夫が言った。「仕事関係の人とどうこうなったら、やりづらすぎるし」

みかんを口に放りながら、漠然とした違和感を抱いた。なぜわざわざそんなことを言うのだろう。どうこうなったらやりづらいというのは、その状況に置かれたことがある人、少なくともその可能性について考えたことのある人にしか口に出せない科白(せりふ)ではないか?

白い筋がついたままのみかんをゆっくり咀嚼しながら、いや、そうとも言い切れないと思い直した。痴情の縺れを見聞きした人や、仕事に恋愛を挟まないよう細心の注意を払っている人だって同じように考えるかもしれない。

「そうね、どちらかが飛ばされるでしょうし」

「どちらかっていうか、大体女性がね」

夫の最後の一言は完全に余計だった。

電車は、自宅と反対方向に進んでいる。

納得に次ぐ納得のあと、私は思い至る。不倫を招いた原因のひとつであろう、夫を上回る自分の無関心さに。

互いに対する好奇心。いっしょに何かを愉しもうとする熱意。恰好いいところを見せようとする努力。恋人時代には確かにあったそれらが潰えていく過程を、私は直視しなかった。

私たち夫婦は、ずれている。かつてぴったり寄り添い同じ方向をむいていた二人の線は、些細なきっかけで一度ずれ、そのまま五度十度と開いていき、いまや分度器の限界まで開き、真逆に突き進んでいる。九年のあいだに私がずれを直視していれば、ここまでの事態に陥らずに済んだのだろうか。

車内にブザー音が鳴り響いたのは、電車が次の駅で停車した直後だった。

聴きなれない、焦燥感が湧き起こる音。私のように周囲の様子を窺う乗客もいたが、多くはスマホから顔を上げていなかった。

「発車時刻ではありますが、ホーム上の安全確認を行うため、しばらく停車いたします」

アナウンスが流れ、謝罪が続いた。

数分待ったけれど、動く気配がないのでおもてに出た。

ホームの奥の民家に、つつじが咲いている。

私はここで何をしているんだろう。用もないのに電車に乗り、トラブルに巻き込まれ、身動きが取れなくなっている。どこまでも不運な一日だ。今日の占い大当たり。ため息が出た。

帰ろう。バスが混んでいたら歩こう。二駅くらいならたぶん歩ける。気合を入れて階段の方へ歩き出した、そのとき。

「あ」

五メートルほど先、自販機のそばに立っている男性の横顔を見て、脚が止まった。

似ている。でも。違うかもしれない。

男性が、ゆっくりこちらを向いた。

剥製師の針生さんだった。

視線がぶつかって、鳩尾（みぞおち）が鈍く痛んだ。私たちの間には大勢の人が行き交っていたにもかかわらず、彼の佇まいは私を誘い、魅了し、説き伏せた。彼がひとつ瞬きするごとに、円盤がひゅんひゅんこちらへ飛んでくるような胸の高鳴りを覚えた。

彼が一歩踏み出した。そのとき私が思ったのは、この人に靴を舐めろと言われたら舐めるだろうな、ということだった。なぜかわからないが、そう思ったのだ。

「なかなかさいかいしませんね」

目の前に立った針生さんが言った。「再会」ではなく「再開」のことだと気づくまで数秒かかった。ええ、と言おうとしたが、声帯の開閉がうまくいかなかった。

「怖かったんですか」

なんのことだろう。

「あの日、マリーちゃんを見なかったでしょう」

「そういうわけじゃないです」

「では剥製ではなく、剥製を作る人間が怖かった？」

「違います。なぜ怖いにこだわるんですか」

「明らかに怖いという表情をしていたからです」

針生さんは私を見下ろして、「いまも」と付け足した。

恐怖には二種類ある。近寄りたくない恐怖と、吸い込まれてしまいそうな恐怖。針生さんに対する感情が後者であることを自覚した私は、失礼しますと頭を下げて歩き出した。

混雑する階段を下り、改札を抜けて数メートル歩いたところで後ろから呼ばれた。

「どちらへ向かわれるんですか」

「帰るんです、家に」

「方向逆ですよ」

振り返ると、かすかな笑みが浮かんでいる。

「それはどうもご親切に」

来た道を急ぎ足で戻る。ゆったりとした足音がついてくる。

「小坂さんと同じマンションにお住まいなんですよね」

針生さんが私の隣に並び、同じ速度で歩き出す。香水なのか、夜の空気の水分なのか、酔わせるような香りがした。

「お送りします。途中、ひと気の少ない道がありますから」

「いえ、でも……。どこかへ行かれる途中だったんじゃないんですか」

「仕事の道具を買うついでに食事して帰ろうと思っていただけです」

「しなくていいんですか」

「しなくていいんです」

それからしばらく、針生さんも私も一言も喋らなかった。

遠くに次の駅の灯りが見えてきた。

「なにか厭なことでもあったんですか」

「厭というか」

しっくりくる言葉を探しはじめると、歩くスピードが自然とゆるんだ。

「今日は朝からずっとついてなかったんです」

「そうですか」

うなずいて、針生さんは言った。

「ついてないって思うのは、落胆が大きいときですよね」

彼の言葉を舌の上で転がす。

私は夫に落胆したのだろうか。落胆というのは、期待していたからこそ生じる感情ではないか。智子の電話を受けてから今まで考え続けてわかったのは、私は夫に期待していなかったということだ。

「でも、その『ついてない』が未来にそこまで致命的な影響を与えていないのであれば、それは無視していい出来事だと思います」

「致命的な影響は、与えたかもしれません」

針生さんが目を細めた。

「踏み込んだ質問をしてもいいですか」

「だめです」

「それは、パートナーの方に関することですか」

パートナーの方という表現に、もしかすると針生さんは私より年下なのかもしれないと思った。

「針生さんっておいくつなんですか」

「四十五です」

見た目通りだ。尋ね返されなかったので、自分から言った。

「私は四十二です」

「そうですか。お名前教えてください、下の」

「絹香です」

「漢字は？」

「シルクの絹に香る、です」

「どなたが付けたんですか」

父ですと答えると、彼は短く褒めた。

箱を抱えた宅配業者が私たちの前を横切った。駆けていく音が聴こえなくなってから、ふと湧いた疑問を口にした。

「剝製になる動物って、宅配便で受け取ることもあるんですか」

「あります」

「そういう場合、品名は何て書かれるんですか」

「生肉。ナマモノ。たまに、アイスと書く人もいます」

た。

笑いそうになったけれど、針生さんが真顔なので笑っていいのかわからず、唇に力をこめて堪えた。

「業者の方は剝製アトリエに届けるのだから、中身が何かわかっているでしょうね。『凍らせた死体がアイスか……』って思っているかもしれません」

「アイス……」

しずかな道だった。次の駅が近づいてきて、通り過ぎると、また音と灯りがしずまった。

パートナー云々の質問を、私ははぐらかした。針生さんはその話を蒸し返すつもりはないらしい。訊かれないから、話してもいいと思えた。

「夫が九年もの間、部下とつきあっていたことが発覚したんです」

「客観的な証拠があるんですね」

驚きも妙な間もなく、針生さんは確認した。

「今朝、昔の同僚から電話がかかってきて」

私は智子とのやりとりを簡潔に話した。

「それで」

「はい」

「絹香さんは、どんな感情を抱いたんですか」

納得ですと答えかけて、口を噤む。

それ以外にもあったはずだ。驚き。悲しみ。馬鹿馬鹿しさ。感情をひとつずつ取り出して、吟味する。どれも合っているし、どれも違う。黙って考える私を、針生さんは急かさなかった。

電車が私たちと並行して走り去っていく。針生さんの顔が、灯りにちらちらと照らされた。横顔に現実から超脱したような静けさを感じた。ものづくりを生業とする人間特有の孤独だろうか。私のなかにある孤独とはまったく違う、他と遠く離れ、寄る辺ない境地にある孤独だと思った。

「虚しさ、でしょうか」

絞り出した単語に、針生さんは無言でうなずいた。私は言葉を繋いだ。

「この九年間はなんだったんだろう、というような。夫が潔白とは思っていませんでした。大きな落胆に繋がるほどの大きな期待もなかった。でも大前提として、そこまでのことはしないだろうという思い込みはありました。この不倫は過ちの範囲を超えていると思いました。もし誰かを本気で好きになってしまったのなら、隠れてこそこそ会ったり嘘をついて外泊されるよりは、言ってほしかった。好きな人ができたから離婚したいって」

「離婚までは考えていなかった可能性もありますね」

「離婚するつもりのない不倫を、九年間も続けられるものでしょうか」

「だからこそ続いたのかもしれません」

だとしたら、八沢さんに離婚を仄めかした夫は卑怯だ。

「今度」と針生さんが言うのと「過去が」と私が言ったのは同時だった。どうぞと言い合っていると、私のスマホが鳴った。鞄から取り出そうとした拍子に、ジッパー付きの小袋が飛び出した。中にはレシートが一枚入っている。

拾ってくれた針生さんにお礼を言って仕舞い、通話マークを押した。

「ねえいまどこ？　ごはんは？」

萌絵の声が聴こえたのか、針生さんが自分のスマホを手早く操作し、見せてきた。地図アプリに現在地が表示されている。あと一駅で自宅の最寄り駅だった。私は現在地とおおよその到着時刻を萌絵に伝えた。

「冷蔵庫にある豚肉を焼いてくれる？　うん、下味はつけてある。あとはタッパーに蒸した野菜が入ってるから好きなだけ食べて。お鍋のミネストローネも温めてね。うん、セロリもちゃんと入れたよ」

スマホを鞄に仕舞って、通話前の心持を取り戻す。

萌絵と話していた私と、針生さんと並んで歩く私はまったく別の人間のようで、切り替えに時間を要した。

「過去が、どうしたんですか」

「過去が信じられないのに、未来をどうやって信用したらいいのかな、という気持はあります」

私は結婚以来、恋愛の可能性について考えたことすらなかった。ただの一度も。そういう目で世界を見ていなかった。夫にプロポーズされた瞬間、浮かんだ言葉は「責任」だった。これからこの人と家族になる。信頼し合ってたすけ合って、生きていくのだ。そのことを疑いもしなかった。その覚悟は生まれたばかりの萌絵を胸にのせた瞬間さらに強まった。

なのにいま、私は夫の視界にすら入っていない。かつては親密さを感じていた男性に、ほとんど無視され、ごはんはまずいと思われている。

「また、犬と暮らそうかな」

明るい声を出した。もうすぐこの時間が終わる。針生さんに私の暗い声だけを記憶してもらいたくなかった。

「二十代のころ豆柴と住んでたんです。ペットがいたら、日常がもう少し温かくなるかも」

伴侶動物、と針生さんが言った。

「最近はペットをそんなふうに仰る方も多いです。パートナーや仲間、家族というニュアンスで、ペットよりも尊重する響きがある言葉みたいです」

マンションへ続く一本道で、脚を止めた。

「ここで」

「ではまた」

針生さんは言った。

また。

またがあるのだろうか。

たった二文字が、この世でいちばんすてきな言葉に思えた。

「よかったら、今度お時間があるときに、アトリエに寄ってください」

「え?」

「気が向いたらでいいので。お渡ししたいものがあります」

数歩進んで振り返る。さっきと同じ場所に立っていた針生さんが手を上げた。

神経質そうだけれど、温かな厚みのある手。夜の流氷を滑空しながら照らす鳥のようだと思った。

5

「キモ！」

男の人の声に続いて、ガシャンと何かが倒れる音がした。

振り返って、あたしは目を疑った。朝の商店街で、ペット用ベビーカーが横倒しになっている。タータンチェックの日よけカバー。ちいさなメッシュ窓から覗く焦げ茶色の垂れ耳。『またおみみちゃんに会えた！』と家族ＬＩＮＥに送り、既読が二までついたところだった。

「大丈夫ですか？」

スマホをリュックに押し込み駆け寄る。おみみちゃんの飼い主さんは尻もちをついたまま呆然自失の状態だった。傍に落ちていた彼女のベレー帽を拾い、砂を払って手渡し、ベビーカーをいっしょに起こす。

「理解不能なんだけど！」

さっきの男の声がした。くたびれた革靴。スーツの男が眉間に皺を寄せ、あたしたちを見下ろしている。シャツの首許から覗く珍妙なネックレスを弄りながら男は言った。

「こんな気味悪いもん、人前に晒すんじゃねえよ」

道に唾を吐き、男は去っていった。

理解不能はこっちのセリフだ。どうしてあんな言葉を口にしていいと思うのだろう。唾を吐くのは不気味じゃないのか。言ってやりたい。

けれどあたしにその勇気はなかった。

「ひどいわね、乳母車蹴るなんて」

少し離れた場所で様子を見ていた年配の女性が近づいてきた。

「私、ちょっと風水に詳しいのね」慈愛に満ちた顔で女性は言った。「ペットを剝製にするっていうのは、ご遺骨を家に置いておくよりずっと負のエネルギーが出るものなの」

剝製？

びっくりして中を覗く。おみみちゃんの濡れた瞳は、ガラス玉だった。

「お気持はわかりますよ。ペットロス、つらいわよね。でも、こんなふうにしたら悲しみはますます深まるし、取り返しのつかない病気になることだってあるの。それに命があったものをこういう残酷な形で残すっていうのは、ほんとうにこのワンちゃんを愛しているなら、まず浮かばない選択肢だと思うのよ。百歩譲ってどうしても剝製にしたかったのだとしても、外に出す必要はないんじゃないかしら。やっぱり、人に不快感を与えてしまうものだから」

人に不快感を与える。

どこかでその言葉を耳にした。沖縄。そうだ。亜夫くんが沖縄出張で泊まったホテルで見たという張り紙だ。人に不快感を与える病気。やっぱりわからない。人って、何？　平均的な感覚を持つ日本人ってこと？　それとも——。

風水の女性は、一言も発しないあたしたちを不気味そうに振り返りながら、遠ざかっていった。

あの、と飼い主さんが口をひらいた。

「この子の無事を確かめてもいいですか」

「はい、もちろんです」

日よけカバーが上がり、メッシュの小窓がひらく。

焦げ茶色の毛が朝の光を浴びて艶めいた。まだシャッターの開いていない店に身体を向けて、飼い主さんはおみみちゃんをそっと抱き上げた。耳や脇腹の様子を確かめる背中が震えている。涙がこぼれそうになった。どんなに怖かっただろう。いきなりあんなふうに怒鳴られて。大事なおみみちゃんを、こんな目に遭わされて。

飼い主さんが振り返った。

「怖くないですか」

「え、ぜんぜん。あの、実は、うちの人たちみんなこのワンちゃんのファンで、おみみちゃんって呼んでて、会えた日は必ず好い一日になるんです」

まさか剝製とは思ってなかったけど。

「すみません、勝手にあだ名つけたりして」

「いいの。耳はこの子のチャームポイントだから。好い一日だなんてうれしい」

飼い主さんは目尻を下げて、おみみちゃんをベビーカーに戻した。

「名前はミクっていうの。未来って書いてミク」

「すてきな名前。なんていう種類なんですか」

「キャバリア」

「へえ、はじめて聴きました。ミクちゃん、すっごくかわいいですね」

飼い主さんは目を丸くしたあと、にっこり笑った。

「ありがとう」

「生きているみたい。特に毛とか、目元とか」

「目の位置はね、剥製師さんが私に直させてくれたのよ」

「えっ、どういうことですか」

「はじめに依頼した剥製店さんでは思うような仕上がりにならなくて。一生懸命やってくださったとは思うんだけれどね。それで、また別のところにお願いしたの。ここから電車で三駅の、川沿いにある針生剥製さんっていうお店。とても誠実な剥製師さんがいらして。ミクの写真や動画をたくさん見てもらって、もっとこう、そうじゃなくてこう、ってわがままばかり言ってたら、自分でやってみますかって」

「どうやったんですか？」

「水を含ませた脱脂綿を使って、前の目を取り除いて、新しいものを入れて。目元の皮が浮いてきた部分を、パテでまた埋めて……。あの、さわる？　もし厭じゃなかったら」

「えっ、いいんですか？」

もちろん、と飼い主さんはベビーカーをあたしの方へ向けた。

どきどきしながら、手を差し入れる。緊張で指先がびりびりした。

そっと背中を撫でる。皮膚は固い。でも、毛はふわふわだった。かけがえのない存在をさわらせてもいいと思ってもらえたことが、うれしかった。

「この子がいてくれるから、私は狂わずにいられる」

別れ際、飼い主さんはそう言った。

リュックにつけた紐をびよんと伸ばしてPASMOを改札にタッチし、駅に入った。

『おみみちゃんの名前はミクちゃん』

電車に乗り込み家族LINEに送った。即既読一がついた。たぶん、通勤電車内の亜夫くん。

『近くで見てもかわいかったよ。毛が柔らかかった。剝製だった』

既読が二になり三になった。

『えっなにそれどゆこと？』と亜夫くん。

『触らせてもらったの？　ずるい！』とママ。

『剝製にすると決めるまで、どんな葛藤があったのだろう』

氷雨くんの問いに考え込む。そうだ。飼い主さんはきっと悩んだはず。別のお店で直そうと思うくらいおみみちゃんを剝製にしたかった理由に、あたしは思いを巡らした。うしなえない存在だから。見つめていたいから。ふれて、抱きしめたいから。

そこがあたしの想像力の限界だった。あたしはペットと暮らしたことがないし、唯一出たことのあるママのお母さんのお葬式も、小一の頃であまり記憶に残っていない。

おみみちゃんがけがをしていなければいいけどと思いながら電車に揺られていると、花梨からLINEが届いた。急行から普通に乗り換える駅のホームで待ってるねと書いてある。入学式以来、花梨とあたしは位置情報共有アプリを使って、時間が合いそうなときはいっしょに登校していた。

おみみちゃんが剝製だったと知っても、さっきの二人のようなネガティブな反応を見せない家族であることがうれしかった。花梨に話したら、なんて言うだろう。

待ち合わせのホームに立っていたのは花梨だけではなかった。お腹の大きな女の人。

「千夏ちゃん。いつも花梨と仲良くしてくれてありがとう」

花梨のお姉ちゃんは花梨によく似た笑顔でそう言って、あたしにグミをくれた。


「入学式の日、バイクで迎えに来てたのって彼氏？」

太呂に訊かれたのは、スープジャーの蓋を開けた直後だった。

何と答えていいかわからず、タンブラーを手に取り、ルイボスティをのんだ。

スープは氷雨くんが、ルイボスティは亜夫くんが持たせてくれた。今日の氷雨くんの朝ごはんは練乳をたっぷりかけた苺とあんみつだった。ゆっくり味わう氷雨くんを忌々し気に見つめながら、亜夫くんはキャベツの葉っぱをかじり、コントレックスを飲んでいた。

「うわあ、いい匂い」

スープジャーを見下ろし、太呂がにこにこ笑う。レースのカーテン越しに差し込む正午の光が、太呂の坊主頭を後ろから温めている。今日は四月とは思えないほど暑い。

「これ何？」

「参鶏湯（サムゲタン）」

「すごいな。千夏ちゃんのお母さん、そんなの作れるんだ」

「うん、まあ」

ママがお弁当を作るのは年に二回くらいだ。曖昧に笑い、逸らした視線がまた捕まる。

「それで、あのいかついバイクの人は？　お父さんではないよね？」

「うん。でも、お父さん、みたいな人」

「いやいや、名前で呼んでたっしょ」

よく見てたな。なんで？　と思ってすぐ、そうかあたしは目立つからだ、と納得する。

スープジャーの蓋を閉じて、太呂を見上げた。

太呂なら、大丈夫かもしれない。

体育祭の仕事でも授業でも、太呂はいつもあたしのミスをさりげなくフォローしてくれる。あたしだけじゃない。みんなに分け隔てなく親切で、先生からの信頼も厚い。

今朝、部活の朝練で大縄練習に参加できなかった吹奏楽部の三人に、今日新たに決まったことを伝えてくれたのも太呂だった。連続で引っかかってしまった子にリコリチがあからさまに向けた嘲笑を、ユーモア交じりに窘めたのも太呂。あたしはその子にかける言葉すら思いつかなかったというのに。

「誰にも内緒にしてくれる？」

「ん、何？　もう一度言って」

太呂が顔を近づけてくる。数センチ身体を引いて、あたしは繰り返した。

「二人だけの秘密にしてほしいの」

太呂がはっと息をのんだ。それから、もちろんだよと言ってあたしの机の脇にさっとしゃがんだ。

「やっぱ千夏ちゃんの彼氏？」

「違う。あのね」

「うん」

「じつは、あの人は」

「うん」

「ママの彼氏なの」

太呂の黒目がかすかに揺れた。

「そう、なんだ。お父さんはいないってこと?」

「いない」

「彼氏はいい人?」

「うん。子どもの頃からいっしょに暮らしてる」

「いっしょに暮らしてるのに、夫ではないの?」

「うん」

「ふーん」

さらに何か訊かれたら、たとえばもしも入学式の日に保護者席にいた氷雨くんについて質問されたらどう答えるべきか悩んでいると、

「ま、いろいろあるよね」

太呂がニッと笑った。よかった。ほっとしてため息が出た。胸に温かなものが広がっていく。この人は頭が良くて人気者なだけでなく、デリカシーもある。あたしが触れてほしくない場所には触れないでいてくれた。やっぱり神だ。

でもさ、と太呂が自分の胃の辺りをさすった。

「俺、あのバイクの人のこと思い出すと、なんか、この辺がもやもやすんだ」

じっと目を見つめてくる。どういう意味だろう。どう反応していいかわからない。絡まった視線

をスマホのバイブ音が断ち切った。リュックのサイドポケット。着信のときの震え方だ。

「もーぜんぜんＬＩＮＥ見てないでしょ。着いたから下りてきて」

ママだった。

「え、どこにいるの？」

「高校の、えーと、来客用の入口」

わけがわからないままあたしは立ち上がった。なぜか太呂もついてくる。

「千夏ちゃんのお母さん見てみたい。ダメ？」

「いいけど」

教室を出る直前、廊下側の最後列に座る資朝を背後からさりげなく見た。彼の弁当は手作りらしき焼きそばパン六本だった。六本！　あたしならあんな炭水化物のオンパレード、誕生日かクリスマスか、あした地球が終わるとわかっている日にしか食べない。帰ったら亜夫くんに報告しようと決めて廊下を歩き、階段を下りた。

「せっかく玄関に置いてたのに、忘れてどうするのよ」

ママが届けてくれたのは、教科書販売に関する重要な書類だった。

あたしがそれを受け取った直後、太呂が一歩前に出た。

はきはきと自己紹介する太呂に、ママは口を大きく開けて笑った。

「わたしの大事な娘をいつもたすけてくれてる太呂くんね」

「俺のこと話してくれてるんだ」

太呂がうれしそうにあたしの顔を覗き込んだ。その瞬間、地下にある音楽室からクラリネットの音色が聴こえてきた。吹奏楽部の誰かが練習しているらしい。おどろおどろしいメロディ。たぶん今朝大縄の練習をしながら耳にしたのと同じ曲だ。

「『オセロー』前奏曲ね」

「ママ知ってるの？」

「シェイクスピアの作品のためにつくられた、有名な楽曲だもの。観劇に行ったこともある」

「どんなストーリーなんですか？」

「信じるべきは愛する人だったのに、噂を信じて嫉妬に燃えて、愛する人を殺してしまった話」

ひらひらと手を振ってママは学校を出ていった。五階へ続く階段を太呂は二段飛ばしで、けれどあたしの速さに合わせて上がった。「千夏ちゃんのママ、なんかオーラすごいね」とか「あのハイカット、限定のやつだよね。超恰好いい」とか「今度千夏ちゃんちに遊びにいってみたいな」とか、にこにこ笑って言いながら。

6

高一のとき同じクラスだった伊麻と再会したのは、四月だというのに真夏のように汗ばむ午後のことだった。つつじと新緑のなか、バスロータリー横の噴水を過ぎ、まだ黒板の出ていないイタリアンバールを越え、散歩をしていると、ファミレスの前ですれ違いざま旧姓を呼ばれた。

白いTシャツにジーンズ。ハイカットのスニーカー。シンプルな装いなのに人目を惹く、エキゾチックな女性。はじめは誰だかわからなかった。

「わたしたちが中高生の頃、黒パンってあった？」

高校と互いの名前を確認しあった後、伊麻がまず口にしたのはそれだった。

「なかったよ」

ずいぶん印象が変わった。どこか葛藤を秘めていそうな佇まいは同じだが、目の前の彼女には、それを撥ね返す強さを感じる。高校時代はもっと地味で、ひとりでいることの多い、ひりひりした感じの子だった気がする。

「私の母は毛糸のパンツか、ブルマを穿きなさいって言ってたけど。特に生理のときとか」

「へえーそうなの？　わたしそんなことすら言われてないわ。でもよかった。これで娘に胸を張って黒パンはなかったよって言える」

アハハとのけぞった彼女の首は、白く長くうつくしい。

伊麻の娘さんは高一で、千夏ちゃんという名らしい。千夏ちゃんの学校に忘れ物を届けたあと、軽く食事して帰宅するところなのだという。よかったらいっしょにと言われ、ファミレスに入り、窓際の席で向かい合った。

伊麻はローストビーフのサンドイッチ、私はエビフライのランチセットを注文し、ドリンクバーで飲み物を注いで席についた。

窓の外のけやきの葉が突風になびいている。伊麻が笑った。

「いま頃うちの娘、前髪が崩れる最悪って言ってるな」

うちも、と笑い合う。

千夏ちゃんと萌絵の年齢差が二歳と近いこともあって、はじめは娘の話題で盛り上がった。

娘の生まれ持った良さを伸ばすことの難しさ。伸ばすどころか潰さないよう維持するので精一杯、という点で私たちの意見は一致した。

伊麻は覗き込むという表現がしっくりくるくらい、私の目をじっと見て話した。あまりに聴き上手で社交的だから接客業に携わっているのかと思ったら、絵を描いているのだという。主に小説の挿画を。

高校時代の伊麻を具体的に思い出そうとする。何部だったか。どんな科目が得意だったか。どんな声をしていたか。

何ひとつ、思い出せないのだった。運動部ではなかったはず。ずば抜けて成績優秀だったわけでも、赤点で呼び出されていたわけでもなかったと思う。私だって、目立つ生徒ではなかった。得意科目は国語と家庭科。試験前に泣きたいくらい理解不能だったのは化学。高校へは毎朝自転車で通った。伊麻は電車通学だった。そうだ。それだけははっきり憶えている。私たちの学年から、公立高校が学区を越えて受験できるようになった。伊麻はクラスの誰よりも遠くから通っていた。

絵を描くという仕事について尋ねた私に、伊麻はていねいに説明してくれた。挿画の仕事は依頼者の要望を汲むことが大事で、伊麻の場合は構想途中にある作品のイメージを元に作り上げていくことが多いらしい。つまりはじまりは自分のなかにあって、そこに仕事としてのオーダーが加わって、試行錯誤して、混ざって、作品が完成するのだという。

縁のない仕事の話を聴くのは、思いのほか愉しかった。話がどこへ進んでいくかまったく予測できないからだろうか。私の日常は予測のつくもので満ちている。自分で作るごはんの味。明日の予定。夫や娘が言いそうなこと。

肩をすくめて伊麻が付け加えた。

「小説の表紙や挿画は、ほかの仕事と違って自分の個展で売れるのもいいのよ」

「そういう面もあるのね」

笑ってうなずきながら、この時間を心地好く感じるもうひとつの大きな理由に思い至る。

針生さんのことを考えずに済むからだ。

散歩のあいだひたすら彼のことを考えていた。どうしてこんなにあの人のことが頭から離れないのか。わからない。わからないと考え続けているせいでいっそう離れなくなるのだろう。

「何か心配事でもある？」

伊麻が用心深く口にしたのは、食後、お茶を飲んでいるときだった。ドリンクバーで伊麻はブラックコーヒー、私はハーブティを選んだ。カップに添えられた伊麻の指の爪があまりに健康的で見惚れてしまう。ピンク色にふくらんで、適度に長く、艶がある。

「心配というか、孤独」

ぽろりと本音がこぼれた。

「ひとりだなあって思う。私にはペアがいないなって」

私の爪はぼろぼろだ。薄く、割れやすく、ささくれもひどい。

「私は、淋しいんだと思う」

伊麻のうなずき方がやさしかったから、私は安心して本心を口にできた。

「どうしてこんなに淋しいのかな。この淋しさは、いつまで続くのかな。恵まれた生活をさせてもらってるのに。ほぼぜんぶあるのに」

「ほぼぜんぶ以外に、何があるの？」

伊麻が私に問いかける。

「それこそが、絹香のほんとうに必要としているものなんじゃないの？」

しずかな瞳で、伊麻は率直に尋ねてきた。

「絹香、もしかして好きな人がいる？」

直後、伊麻は笑顔に戻って首を振った。豊かな髪からふわっといい香りがした。

「ごめん、踏み込み過ぎた。答えなくていい。孤独はわたしも感じるよ。わたしの近くにいる人たちも、孤独だって言う」

「そうなの？　ほんとうにみんな、こんなに孤独なの？」

「うん。でも孤独の取り扱いには注意が必要みたい。孤独って、煙草を一日十五本喫うのと同じくらい身体に悪いんだって。美容オタクの彼氏が言ってた」

「彼氏」

「のひとり」

「のひとり？」

大きな声が出てしまい、口を手で覆う。

「何人いるの？」

「いまは三人。みんないっしょに暮らしてる」

驚きすぎて呼吸が止まった。

彼氏が三人いて、その全員と暮らしている。高一の娘さんもいっしょに。

「そんな愛の形ありなの?」

問い詰めるような口調になってしまった私に、伊麻はほほ笑みを崩さない。

「ごめん。ありとかなしとか、他人が言うことじゃないよね」

「大丈夫。ぜんぜんごめんじゃない」

「娘さんは、千夏ちゃんは、その人たちを嫌ってない?」

真っ先に気になったのは、そのことだった。

もしも萌絵だったらキモいと吐き捨てるだろう。嫌悪を剝き出しにして、一生口を利いてくれないかもしれない。自身を振り返ってみても、中高生のとき母親にそういう相手がいたら、生理的に受け付けなかったと思う。

でもそれは自分が中高生より上の年齢を経験していなかったからで、四十二歳になった現在、もし母親にそういう相手がいる、もしくは過去にいたとしても、そういうこともあるよね、と思うかもしれない。進んで知りたいとは思わないにしても。

「たぶん、あの三人に対してはないと思う。わたしの目で見る限りだけど。でも、これまで会わせた男性のなかには、千夏が好きになれなかった人もいるよ」

「あの、こんなこと言ったら気を悪くさせてしまうかもしれないけど」

「なんでも言って。なんでも答える」

「自分の恋人が、娘に性的な何かをするかもって心配したことはない?」

「ある。その可能性が一パーセントでもありそうな人は家に入れない。千夏と二人きりにしない」

「いくら気をつけてたって、お酒が入ったり、伊麻との関係性が変化したり、ストレスで人柄が変わったりして、そういうことに及ぶ可能性がゼロになるってことはないんじゃない？　ほんの一瞬の隙とかもあるだろうし」

「絹香の言うことは、百パーセント正しい」

「私には無理だな」

伊麻が小首を傾げた。そう思う理由はどこにあるのかな、というように。

私はハーブティを口に含み、ゆっくり飲み下した。

「嫉妬はしないの？」

「たまにするよ」

「そういうときはどうするの」

「話し合う」

話し合いにならなかったら？　言いかけて、口を噤む。

「じゃあ執着は？」

「しない」伊麻は迷いなく言い切った。

「執着のない愛なんてあるの？　それって単に、性を含む気楽な関係なんじゃない？」

「愛してたら執着するの？」

無邪気に尋ねられ、今度は私が黙った。

愛していたら執着するのか。嫉妬は？　そもそも嫉妬と執着はどう違う？　考えたこともない疑問が次々頭に浮かび、こんがらがってくる。

「でも、その生活って……。火種が生じない？」

「生じることもある。たとえばいままさに起きていることなんだけど、さっき話した美容オタクの彼氏、亜夫っていうんだけどね、亜夫がおつきあいしてる相手に『好きなのはおまえだけだよ』って言ってたことが判明したの。わたしや、ほかの恋人の存在を隠してね。本人曰く『だって絶対無理って言われたらそう言うしかないでしょ』って。それで嘘がばれて修羅場になって」

「ちょっと待って」私は掌を伊麻に向けた。「えっと、つまり、伊麻の恋人にも、別に恋人がいるってこと？」

「うん」

理解を超えるどころか、想像すらしたことのない世界。高校時代の友人が、そんな場所で生きていたなんて。

「あの、病気とか怖くない？」

「定期的にみんな検査に行ってる」

歯医者に歯石取りに行くより頻繁に、と伊麻は付け加えた。

「こんなこと訊いたらデリカシーがないかもしれないけど、高校のときからそうだったの？」

「いま思えばたぶんね。絹香、中杉くんって憶えてる？　一年のとき同じクラスだった」

中肉中背のハンドボール部員。目立つ子ではなかったが、同じ空間にいると居心地が好く、こたつに入ってとりとめもない話をしたいような男の子だった。

「わたし、彼のことが好きだったの。だから二年生でも同じクラスになれてすごくうれしかった。放課後駅に向かう道でたまたまいっしょになったことがあってね、歩いてるうちに話が弾んで、バスロータリー横の噴水のベンチに座って暗くなるまで話したのよ。そのとき中杉くんが言ったの。

実は俺好きな子がいて、って。告白する前にふられちゃったわけだけど、わたし、そのことに傷つかなかったの。中杉くんのことすごく好きなのに。その後中杉くんはめでたくその子とつきあった。でもやっぱりつらくはなかった。わたしは中杉くんから彼女の相談を受けたり、惚気（のろけ）を聴くようになった。彼女といて幸せそうに笑ってる中杉くんを見ると、わたしも幸福な気持になった」

「好きの意味が違ったとか」

私が中杉くんに抱いているのと近い感情だったのではないか。愛や恋というより、親愛の情のようなもの。

「うん。そういう疑問も含め、高二から大学二年まではすごく悩んだな。わたしはどこか変なのかもしれない、ほかの人とずいぶん違うって」

「大学二年のとき、何かあったの？」

「先生に出会った」

先生。その言葉を、伊麻は大切な宝物のように発音した。

単位が取りやすいらしいという適当な理由で履修した民俗学の講義で、伊麻はその先生と出会った。人を惹き込む話し方。学生に向ける情熱、前のめりな姿勢。世界に対する溢れんばかりの好奇心。すべてを受容する深い眼差し。最初の一時間ですっかり先生に魅了されてしまった伊麻は、講義のあと質問に行くようになり、テストもレポートも他の講義とは比べ物にならないほど必死でやった結果、先生のゼミの呑み会に参加させてもらえるようになったのだという。

「先生が、わたしを丸ごと認めて、解放させてくれた」

昼下がりの日差しが、伊麻を後ろから光らせている。

「些細なことも大きなことも、これを話したらどう思われるかなって考えずに、先生には話せた」

「それはどうしてなのかな」

「たぶん、唯一の正解なんかないことを知ってる人だから。それに、基本的になんでも面白がる人なのよ」

「つきあってる方たちといっしょに暮らすようになったのは、どういうきっかけなの？」

「はじめは到っていう彼氏とわたしと千夏の三人で暮らしてたの。その頃到はイタリアンレストランでシェフとして働きながら独立を目指してたんだけど、あるとき長くイタリアに行くことになって。当時わたしがお別れしたばかりの男性がストーカーっぽくなってたから、わたしと千夏二人じゃ怖いなって思ってたの。そしたら亜夫が『オレ行こうか』って言ってくれて、到も『来てもらった方が安心だ』って。そこからちょくちょく泊まりにくるようになって、亜夫のアパートの契約更新のタイミングで一軒家を探しはじめて」

　聴けば聴くほど現実とは思えない話だった。けれど現実味のなさが、私を気楽にした。

　私は夫の不倫について、伊麻に話すことにした。話し終えると、その倍の長さで針生さんのことを話した。ひとつ話すごとに深く息を吐いた。呼吸とともに、心の奥深くに隠していた感情を吐き出すような心地好さがあった。

　すべて聴き終えた伊麻はきっぱり言った。

「絹香は、条件反射で自分の要望を後回しにする癖がついてると思う」

「何に対して？」戸惑いながら私は尋ねた。

「何に対しても。すべて。ご家族との生活においてもそうだし。その剝製師さんに対しても。絹香は昔からそうだった。ほら高校のときも、電車のなかで吐いた人を介抱したことがあったじゃない」

「え？」

「高三の二学期の、定期テストの日の朝」

びっくりした。そんなこと、完全に忘れていた。

その朝、私は親戚の家から登校した。つり革につかまって単語帳を繰りながら、もうすぐ高校の最寄り駅に着くというとき。目の前に座っていたスーツの女性がとつぜん脈打つように上半身を動かしたかと思うと、激しく嘔吐した。

「わたし、絹香と同じ車両に乗ってたの。周りの人はさーっと離れて、次の駅に着くなり違う車両に移動していったのに、絹香はティッシュをその女性に渡して、近くにいた人に『駅員さんに連絡をお願いします、すみません、すみません』ってまるで自分のことみたいに申し訳なさそうに頭を下げて。女の人の様子を気に掛けながら、口の周りやスーツを拭いてあげてたよね。絹香の靴には吐瀉物がかかってたし、手や制服にもついてた。でもそんなこと気にしてなかった。しかもその何日かあと、学校に連絡が入ったでしょう。貴校の制服を着た女子生徒がこんなことをしてくれました、ほんとうにありがとうございましたって。校長先生が朝礼でその話をして、心当たりのある生徒は名乗り出るようにって言ったのに、絹香は黙ってた。『俺だったらハイハイハーイって挙手するけどな』って中杉くん言ってた」

「中杉くんに話したの？」

「三年くらい前にね」

「いまも彼と連絡取り合ってるの？」

「個展に来てくれたのよ。彼も絹香のこと『人間がいい』って言ってた。『あれほど意地悪さのない人もめずらしい』って」

「褒められてるのかな」

「褒めてるよ。すっごく褒めてる」

伊麻が姿勢を正した。それから、セリフを読み上げるように言った。

「褒め言葉はそのまま受け取ってください」

はにかむような、慈しむような表情で伊麻は続けた。

「って昔先生に言われたんだ」

褒め言葉をそのまま受け取る。それは簡単なようで、難しい。相手にとっては褒めているつもりでもこちらは傷ついてしまうことだってある。

「あのね、絹香。夫の不倫を知って不倫相手にどう償おうか考えるなんて、ほんと、絹香らしいよ。夫やその相手に怒りや嫌悪感を抱くんじゃなくて、自分の傷に心が向くんでもなくて。腕時計を売るっていう発想はちょっと笑っちゃったけど」

でも、と伊麻は言った。

「不倫する状況を作り出した責任は自分にもあるかもって省みるのと、起きた不倫に責任を感じることは、区別した方がいい」

そうなのだろうか。そのふたつにどれほどの違いがあるのだろう。

「不倫について夫と話し合う気はないの？」

「いまのところはない。話したところでどうなるものでもないと思うし」

「どういう意味？」

「たぶん、話し合えない。夫は不倫を否定するか、聴こうとしない。もしくは逆ギレする」

「出会った頃からそんな感じの人なの？」

「違う。気づいたらこうなってた」

問題が起きたら話し合うと、伊麻は言った。私にはもう、夫と話し合う気力がない。話せば話すほど関係が悪化する。いっそ表面の皮だけ見て生活していけばいいのではと思ったこともあった。

「絹香は他人のために生きすぎてる。ここから先の人生は、絹香自身のものだよ」

自分の頭では思いつきもしない言葉だった。私は他人のために何かするのは良いことだと思って生きてきたし、自身の欲求に耳を傾けるほど自分に価値があるとも思えなかった。

「絹香はもっと自分の好い面に目を向けて。人の心を温かくした瞬間を思い出して。それは、絹香が生きてきた道のなかにたくさん、たくさん、あるから」

にっこり笑って伊麻は、ポーチを手に席を立った。

「堂々と、凜と強気で」

椅子の背にもたれ、窓の外を眺める。

針生さんがここを通る可能性もあるのだ。渡したいものがあると言っていたけれど、なんだろう。「また」って、どんな気持で言ったのだろう。ひとりになった瞬間、考えるのは針生さんのことばかりだ。

化粧室から戻ってきた伊麻の口には、鮮やかな口紅が塗ってあった。家に帰るのに紅を引く。それはどんな生活なんだろう。

針生剝製を二度目に訪れたのは、紫陽花（あじさい）が色づきはじめた五月半ばの日曜の夕方だった。

その日は朝から家の雰囲気が好かった。私は生理の終わりかけで気分が軽く、萌絵は中間テストの結果が予想より良かった上にダイエットが順調のようで上機嫌、夫もめずらしく寛いだ様子でテレビを観ていた。カレーとサラダとスープを作って、昼過ぎに美容院へ行った。

「仕上がり、いかがですか」

合わせ鏡に映る自分を見て、悪くないと思えた。髪だけじゃなく、瞳も肌艶も、悪くない。

そして美容院を出た瞬間、思ったのだ。叶うなら今日、いま、彼に会いたい。

渡したいものがあるのでアトリエに寄ってください。針生さんは確かにそう言った。歩き出しながら、あのときの彼の表情をなるべく改竄（かいざん）しないように、好い方に思い込まないよう、ブレーキをかけながら吟味する。社交辞令ではなかった、と思う。

でもいくら来てと言われたからって、いきなり行くのはまずいだろう。どうしたらいいかわからないまま、ただ歩く。最近の私は暇さえあれば歩いている。パートのあいだは気が紛れるけれど、家にいると彼のことばかり考えてしまう。

さっきの美容院でシャンプーを担当してくれたのは、丈の短いグレーのニットを着た女の子だった。おそらく二十代前半。お臍がとても愛らしかった。あの白い、ふわふわのお腹。

針生さんのアトリエへ向かう途中、写真館があった。

萌絵が中学に上がったとき、ここで家族写真を撮った。その写真は半年間ほど店頭に飾られていた。卒業の際もぜひと言われたことを思い出す。

そうだ、針生剝製のホームページを探してみよう。

自販機でミネラルウォーターを買い、一口飲んでスマホをひらいた。簡単に見つかり、お問い合わせフォームの下に電話番号が記されていた。あとは発信マークを押すだけというところで指が止まった。

心臓が痛い。電話なんかできるわけがない。作業中にかかってきたら迷惑に決まっている。そして私は、針生さんの迷惑そうな声など聴いたら傷ついてしまう。

電話よりメールの方がいいだろう。メールなら都合のいい時間に読んでもらえる。それが五時間後なら今日は会えないけれど、それでも彼に厭な思いをさせるよりはよっぽどいい。

どんなメッセージが良いだろう。不安に苛まれ、自分が落ち込みそうな反応をいくつも先回りして考える。

お問い合わせフォームに個人情報を入力しメッセージを書き終えたところで、ふと思った。

こういうとき伊麻ならどうするだろう。

アハハ！　また人のこと優先して。来てって言われたんだから行けばいいのよ。

あの大きな口で笑い飛ばす伊麻が目に浮かぶ。

ミネラルウォーターを飲みながらＬＩＮＥを作成し、伊麻に送った。描くときは電源を切っていることが多いと言っていたので期待していなかったが、数分で返信が届いた。

『わたしもそのフォームからメールを送ってみると思う』

『よかった。忙しいのにありがとう』

『こんなことでお役に立てたならうれしいよ』

ほっとした。と思った次の瞬間には喉が渇く。

またスマホが震える。

『でも会いたいって不思議な言葉だよね。いちばん言いたい人に言えない言葉』

ほんとうにその通りだ。緊張して、慎重になってしまうからだろうか。

『伊麻は大切な人にメッセージを送るとき、何を優先する？』

『関係性によると思うけど』

『うん』

『相手の気持を軽くすること』

ミネラルウォーターを飲み、伊麻の言葉を反芻した。相手の気持を軽くする。

『その言葉を送る目的は愛に基づくものか。それとも自分の不安を消すためのものか』

私が書いていたのは、まさに自分の不安を消すためのメールだった。書き直そう。決めてペットボトルを口に当てると、もう空だった。

二回しか会ったことのない針生さんの気持がどうしたら軽くなるか、考えるのは難しかった。肚をくくって送るとスマホが震えた。知らない番号が浮かんでいる。

「絹香さんですか」

やわらかく籠った声がした。針生さんだった。

「どうぞいらしてください」

「よろしいんですか」

「お待ちしています。あ、針生です」

「わかってます」

くすくす笑いが、自分の喉から漏れる声とは思えないほど湿り気を帯びている。

「いまどちらですか」

「写真館のそばです」

「そこの交差点、左折の事故が何度か起きてるので気をつけてください」

通話を切って、胸が苦しくなった。車に轢(ひ)かれないようになんて心配をしてくれたのは、父が最後だ。


針生剝製のガラス扉からベレー帽をかぶった女性が出てきて、私の横を通り過ぎた。彼女が鼻に当てたハンカチから、嗚咽(おえつ)が漏れていた。

続いてアウトドアウエアを着た男性が出てくる。おそらく私と同年代、ぼさぼさ頭の彼は、にこにこ笑いながら「あなたが絹香さん？」と訊いてきた。

顔が近い。彼の服にたくさんついているポケットはどれも全開で、足許は裸足(はだし)にサンダルだった。瞳が好奇心で光っている。

「さっきの女の人、泣いてたからびっくりしたでしょ」

「はあ」

「あの人ね、倒された剝製の修理に来たんだよ。乳母車に入れて散歩してたら、とつぜん知らない男に蹴られたんだって。しんじらんないよね。針生がここで作ったキャバリアちゃんの剝製なんだけどね。あ、キャバリアっていうのは犬の種類ね。耳がこんなおっきいの。最初にキャバリアちゃんを持ち込んだとき、あの人めちゃくちゃ泣いてて、出来上がったときもめちゃくちゃ泣いたんだって」

ポケット全開の彼は早口に話し続けた。優秀な専門家特有のマッドさがあり、悪い人ではなさそうだ。しかし距離が近い。私が一歩下がると彼は「でね」と一歩分きっちり詰めてきた。

「資料として針生がキャバリアちゃんの写真を受け取ったんだけど、その背景に何が写ってたと思う?」

「え、わかりません」

「介護用おむつと、お年を召されたご両親。彼女、親をふたり介護してるんだよ。そういう日常におけるキャバリアちゃんの存在って、彼女にとってどんなものだったんだろうなあって、俺なんか考えちゃってさあ」

「聴かなかったことにしてください」

いつの間に出てきたのか、針生さんが私の後ろに立っていた。

「プライバシーをペラペラ喋るんじゃない」

「お、すまんすまん」

「博物館で研究職をしている友人です」

犬山(いぬやま)と名乗った男性は短く頭を下げた。そして「じゃっ」と掌を見せた。

「カモシカの件頼むぞ」

言い終える前にもう背を向けて歩き出している。

「ユニークな方ですね」

「あいつとつぜん道端で雷鳥(らいちょう)の物真似とかするんですよ。頼んでないのに」

雷鳥がどんな鳥かわからなかったが、きっと甲高い声で鳴くのだろうと想像した。

ジーンズについた粉を払って、針生さんは私を見おろした。そして言った。

「お待ちしていました」

焦げ茶色の犬が作業台に載っている。垂れ耳が愛らしい。

「この子が、さきほどの女性の伴侶動物ですか」

針生さんが振り向いて、目を細めた。

「憶えてくださってたんですね」

「興味深い言葉だったから」

あなたとの会話を何度も反芻したからとは言えない。キャバリアの奥にはフクロウがいて、そのすぐそばの作業机にはコアラが載っていた。

コアラは剝製ではない。どの角度から見ても、ぬいぐるみだ。

「カンガルーの革でできたコアラなんです」やすりやペンチを手早く片付けながら針生さんが言った。「引っ越し業者からの依頼で」

「そういうこともあるんですね」

作業中の破損ということだろうか。

「このコアラの持ち主のお父さんが、娘さんのために五十年前に海外出張で買ってきてくれたものだそうです」

　五十年前にその女性が十歳だったとして、いま六十歳。その父親は健在だろうか。きっと子煩悩な人だったのだろう。五十年ものあいだ大切にして、修理にまで出すということは、女性も父親に深い愛情を抱いているに違いない。

　彼女と父親との間には、どんな思い出があるのだろう。

　彼女は父親がかけてくれたどんな言葉を憶えているだろう。

『会いたい人には会いたいと言って』

　私の父はよくそう言っていた。

「針生さんは、誰かの宝物を大切に残す、すばらしいお仕事をされてるんですね」

　彼の顔がゆっくりこちらを向くのがわかった。私は、彼のいる側が熱くて顔を向けることができない。

「ちょっと倉庫に行ってきていいでしょうか」

「もちろんです。あの、ほんとうに大丈夫ですか」

「何が」

「私、ここにいていいんでしょうか」

「いや、やっぱり」

　針生さんはそう言って、電話の子機をエプロンのポケットに落とした。

　やっぱり邪魔だったのか。背中がひやりとした。

「いっしょに行きましょう」

ほっとして頬がゆるんだ。

アトリエを出て裏手に回ると、プレハブ小屋のような建物があった。針生さんが鍵を開けて中に入る。

羽を広げた逆さ吊りの鳥と目が合った。

入って右側、高いところに尾の長い鳥の剝製がずらりと並んでいる。端っこには何かの毛皮がたくさんぶら下がり、視線を落とすと、積み重なった衣装ケースやゼブラのゴルフバッグがあった。そして左手奥には、巨大な冷蔵庫のようなもの。

その扉を針生さんが開けると、冷気が這い出てきた。ビニール袋に包まれた動物が幾体も重なっている。冷蔵庫ではなく冷凍庫だったらしい。ひときわ大きな包みを針生さんが抱きかかえ、床に丁重に置いた。カモシカだった。

「再来年まで売らないでくれって犬山に言われたんです。その頃には金銭的に余裕が出ると思うから買いにくるって」

腕まくりしてカモシカの様子を確かめると、再び冷凍庫の奥へ仕舞い、針生さんは扉を閉めた。

「そこ、どうなさったんですか」

彼の左腕の内側に切り傷があった。針生さんはばつの悪そうな顔をした。

「数日前に針金で切ったんです。慣れない作業をしていて」

「こっちは？」

左手の甲を指差す。えぐれたような傷痕があった。

「これはずいぶん昔、鷲の爪が刺さったんです。恰好悪いですよね」

いえ、と私は首を振った。

「どちらも恰好いいと思います。勲章みたい」

アトリエに戻るのだと思いきや、彼はそのまま倉庫にとどまった。ひとつだけあった丸椅子に私を座らせ、自分は床に尻をつけて胡坐（あぐら）をかいた。

「髪の毛切りました？」

唐突に訊かれ、はいと答えると、似合ってますおきれいですと言いながら針生さんは腕を伸ばし、棚のいちばん上の引き出しを開けた。

彼の掌に、鳥の羽根で花びらを模したコサージュが載った。赤銅色、焦げ茶色、水玉模様、三種類の羽根だ。

「きれい。なんの羽根ですか？」

「ホロホロ鳥です」

「はじめて聴きました」

「非常に神経質な鳥として知られています。ストレスがたまると卵を産まなくなってしまうので、飼育員は地味な色の服を着て、しずかに、ゆっくり作業しなければなりません」

「もっと地味な服を着てくればよかったですね」

真面目な顔で、彼は自分を指差した。

「もしかして、神経質と思われてるんでしょうか」

「すこし」

「ひどいな」

後ろ頭をかく姿が愛らしく、声に出して笑ってしまう。

「でもホロホロ鳥は神経質ですが、病気には強いんです」

何がどう「でも」なのか。さらに笑いが込み上げる。

「服に穴があくの、お厭じゃないですか」

何を訊かれたのかわからなかった。

針生さんが、ホロホロ鳥のコサージュを、差し出してくる。

「え、私に？」

「なんだと思ってたんですか」

「つけていいですか？」

「もちろんです」

薄手のニットの胸元に刺した。その部分だけが異様に熱を持ち、輝いているような心地がした。

「最初に作った剝製はツグミでした」

針生さんが高い所にある鳥を指差す。

「野鳥が好きでこの世界に入ったんですけど、弟子入り後、皮むきばかりやらされていたとき、休日にひとりで作ってみたんです」

「皮むきって難しそうですね」

「脂を取るのがたいへんなんです。気を抜くと穴が開いてしまうので」

「スズメは？」

「スズメは脂が少ないから。というか、こんな話退屈じゃないですか」

「ぜんぜん。もっと聴かせてください。さっき、キャバリアちゃんの隣にフクロウがいましたね」

「フクロウは難易度が高いです。顔面が平たいので。皮を剝いでいくと、顔を支える独特な構造があって、それをきれいに残せれば、あのフクロウらしい顔を再現できるんですけどね」

「あのフクロウも、どなたかの伴侶動物なんですか？」

「いえ、画塾からの依頼です」

画塾で輪になって絵筆を動かす生徒たち。その真ん中に、針生さんの作ったフクロウがいる様子を思い浮かべると、なぜか誇らしい気持になった。

子機をポケットの上から押さえながら、針生さんが言った。

「今日は電話が鳴らなくていいな」

しずかだった。時々冷凍庫のモーター音が鳴る以外、なんの音もしない。

世界に二人きりみたい。ここはひっそりとして薄暗く、死んだものたちの気配に満ちている。

そろそろ失礼しますと腰を上げると、買い物があるからと針生さんも立ち上がり、いっしょに倉庫を出た。

「少しだけ、遠回りする時間はありますか」

しばらく歩いたところで、針生さんが川のあちら側を指差した。

梅雨入り前の公園は、木の幹や花びらの匂いが入り乱れていた。何度か一人で歩いたことのある場所だったけれど、私の頭にある公園とは少し違って見えた。私たちは花や川や雲を見て、好きな色や、これまで訪れたことのある土地、そこで経験した印象的な出来事について話した。話しても届かない、のれんに腕押しという虚脱感を、針生さんには抱かなかった。どんなトピックも、話す意味があると思えた。

彼は左手で自分の鞄を持っていた。私のいる側。そんなことでほんのり気持が沈む自分の繊細さに、心のなかで自嘲する。

風がそよぎ、葉っぱがさわさわと音を立てた。心地よさそうに目を閉じた針生さんの姿を、目に焼き付けた。

別れ際、マンションへ続く一本道でＬＩＮＥを交換した。

「お仕事がんばってください」

「絹香さんも」

どちらからともなく手を差し出した。神経質そうに見えた手は握手すると温かく、どっしりとしていた。

「また」と彼が言った。

また。なんて好い言葉だろう。たった二文字で私は生き延びられる。

幸福の極みみたいな気持で帰宅すると、リビングからバーンとドアを開けて萌絵が出てきた。靴を脱ぐ私に一瞥(いちべつ)をくれ、不貞腐れた横顔で廊下を歩き、自室の扉をまたバーンと閉める。

「ずいぶん遅かったな。どこ行ってたんだよ」

襟のよれたＴシャツを着た夫が現れる。同じ言葉を、夫の帰りが遅かった晩、私が口にしていたらどうなっていたのだろう。想像すると少し笑えた。

「なに笑ってんの？　カレーとサラダじゃつまみになんないよ」

幸福がしゅるしゅる萎んでいく。手を洗い、エプロンの紐を腰で結びながらキッチンに立つ。新じゃがを切って水にさらし、新玉ねぎと豚肩ロースを切る。豚肉に塩を振って片栗粉をまぶす。新じゃがの水気を切ってレンジに入れてボタンを押したところで、「ん?」と声が出た。

おきれいです。彼はそう言わなかっただろうか。

「何?」と夫が言った。

「なんでもない」

似合ってます、おきれいです。

針生さんは確かにそう言った。

また幸福がふくらんでいく。じゃがいもを揚げ、豚肉を揚げる。気分がどこまでも高揚する。鼻歌交じりにキッチンを移動する。不気味そうに私を眺めていた夫と視線が合った。夫があくびをする。私は夫のあくびスイッチ。それも喉の奥まで見える大あくび。出来上がった酢豚といっしょにハイボールを運んだ。夫はスポーツニュースを観ている。「はい、あいボール」と言って出したらどうなるだろう。想像してまた笑った。

私の脳は、完全に彼にチューニングされた。針生さん以外の男性に感情を動かされることがない。すれ違う人もテレビに出ている人も、彼ではない人間という点でみんな同じ。

週に何度かコンビニを訪れるお客さんで、パート店員に絶大な人気を誇るサラリーマンがいる。三十代前半。さらさらのセンター分けの下に、幅の広い一重。爽やかな香水をつけていていつも笑顔で、どの店員にも分け隔てなく「PayPay でお願いします」「ありがとうございます」と目を見て言ってくれる。レシートも置きっぱなしにしないでちゃんと籠に入れていく。

「声だけで妊娠しそう」

自動ドアの向こうに消えた彼を熱い視線で見送って、吉谷さんがカウンターのなかで声を弾ませた。

八つ年上の吉谷さんとは、一度だけ店の外でお茶をしたことがある。私が父の葬儀関連で長く休んだあと「ファミレスで甘いものでも食べよう」と誘ってくれたのだ。シフトで迷惑をかけたのは私の方だったのに。その上、「誘ったのは私だから」「私の母も調子が悪くていつどうなるかわからないから」とごちそうしてくれた。

「ね、篠木さんもあの声、どきどきしない？」

「そうですねえ。メロディアスだなとは思いますけど、どきどきはしませんね」

「そーお？　私なんか、こないだテレビで『推しに抱きしめられているところを想像するとストレスが一分で消える』ってやってるの見て、とっさにあのお客さん思い浮かべちゃった」

吉谷さんが私の肩をバンバン叩く。強いです、と笑いながら疑問が湧いた。伊麻は、つきあっている三人全員にどきどきするのだろうか。

それってほんとうに駄目なこと？

どんな愛の形なら、ありなの？

伊麻と会って私は、愛について考えるようになった。

自分のなかに、現実とは違うもう一つの世界ができていた。針生さんだけの場所。日に何度もその世界に入り込んで彼のことを考える。照れくささそうに笑った顔、ゆったりした声、あの言葉の意味、表情の意味。仕草の意味。

求めるのと同じ強さで、針生さんを避けた。

これは不道徳なことだという意識があったし、彼を欲する自分が気持悪くてつらかった。彼のことを考えるのをやめたかった。苦しみも恥ずかしさもない日常を取り戻すと同時に、飛び跳ねたいほどの悦びをうしなうのだとしても、その方が望ましいと思った。ときめくくらいなら、許されるだろう。責任を放棄してはならない。川沿いには近づかないよう用心し、遠回りしてでも針生剥製のそばを避けた。

なるべく健全なものに目を向けようとした。常備菜づくりや水回りの掃除に没頭し、逆境に立ち向かっている人のノンフィクションを読んだ。針生さんのあれこれを言語化しなければいいのではとも考えた。言葉にあてはめなかった記憶をあとになって取り出すことは難しいから。

いろいろやってみても駄目で、感情の行き場がなくなったら外に出て、音楽を聴きながら延々と歩いた。

スマホが一万五千歩を表示したところで公園のベンチに腰掛けた。このみっともなさを、打ち明けられる相手は一人しか思い浮かばなかった。

『彼のことばかり考えてしまう自分をなんとかしたい』

伊麻にＬＩＮＥを送り、また歩いた。

しばらくして届いた返信は、画像だった。

【考えない連絡しない行かない対策】

壁に、そう題されたＡ４サイズくらいの紙が貼ってある。

「動物園、美術館、猫カフェ、お菓子作り（ホットケーキミックス）、ボルダリング、語学の勉強、旧友に手紙を書く、行ったことのない書店、ヨガと筋トレ、新しいメイクを試す、餃子を作る、公園でサイクリング、スーパー銭湯、難解漢字、歯科予約、粗大ごみを出す、仕事の効率化を考える、整体、旅、映画。考える余裕をすべて消す。目標達成するまで連絡しないと決める」

続けてメッセージが届いた。

『身分不相応な人を好きになってしまったとき、諦めるしかないと思ってこれをひとつひとつやっていったの。諦めるには、見ない近寄らないがベストでしょう。物理的にも心理的にも』

『それで伊麻は諦められたの？』

『ノー。でも少なくとも、これをやっている間は気が紛れた』

私はその画像をスマホの壁紙に設定した。設定を終えた瞬間また針生さんのことを考えてしまったので、歯科検診の予約を入れた。心が忙しい。私は腑抜け。自分からは送れないくせに、彼からのＬＩＮＥを心待ちにしている。

夫が目の敵にしているイタリアンバールの店先には、今日もちいさな黒板が立てかけてあった。

『あなたは誰に忠実に生きているのか』

カウンターに立つ、髪を束ねた男性の横顔が見えた。四十代半ばだろうか。好い顔だ。苦労と経験が程よい自信となって表情に表れている。いつかここでお酒を呑んでみたい。針生さんはお酒を呑むだろうか。呑むとしたらどんなお酒が好きなんだろう。

店の前を通り過ぎ、自宅マンションを過ぎ、さらに歩き続ける。

音楽アプリで、はじめてプレイリストというものを作った。そのリストがいずれ針生さんを思い出すスイッチになることに、私はもう気づいている。気づきながら彼のことを考え、歩いている。

「来週末のことだけど、小坂さんが一度だけ様子を見にきてくださるって」

「小坂って誰」

するめ片手に夫が眉間に皺を寄せた。雨粒が窓を叩いている。萌絵はちゃんと塾に傘を持っていっただろうか。

「ここの同じ階に住んでらっしゃる方」

「いくつ？」

夫はすぐ年齢を訊く。それが男なら社名や肩書や出身大学を訊く。

「あなたのお母さまより少し上。とても親切な方なの。萌絵が金曜の夜に一人きりになるって言ったら」

「よく知らない人家に入れんのやなんだけど」

よく知らないその人が、誰より早く私の手首のサポーターに気づいてくれたのだ。

「家に入るわけじゃなくて、ただ玄関で萌絵と話すだけ」

母方の祖父の法事と夫の出張、それから萌絵の定期テストが重なった。萌絵は一日くらいひとりで平気だと主張したが、私は心配だった。偶然エレベーターでいっしょになった小坂さんにその話をすると、「ここはセキュリティがしっかりしているけれど、さすがに中学二年生の女の子がひとりは危険だと思う」「もしお厭じゃなかったら私が夜にでも萌絵ちゃんの様子を窺いに行くわ」と申し出てくれたのだ。

「萌絵だってもう中二なんだし、自分でなんとかできるよ。過保護だなあ」

夫はするめをくちゃくちゃ嚙みながら言う。自分は中二のときなんとかしていたのだろうか。鍋底にこびりついた焦げをタワシでこすって落とす。苦でない音で苦な音を消す。

「でももし何かあったら」

「何かって何。おまえって、何事においても悲観的すぎるんだよなあ」

「何事って、ほかにどんなことがある？」

「ハイボールつくって」

夫は私の話を聴いていない。夫にとって私はノイズ。それもいつも同じだから注意を払われないノイズ。カエルが長い鳴き声の合間に短い音を挟むように、私もたまには違う声を出してみようか。

「ごめん、炭酸水が切れてるの」

「えーっ、なんで。言ったじゃんネットの定期便使えって」

舌打ちとともに夫は立ち上がり、リビングを出ていった。しばらくすると玄関ドアの閉まる音がした。コンビニにでも行ったのだろう。

ゴム手袋を嵌めて食器を洗い、キッチンを磨きながら、私は実感していた。

淋しくない。私は、恋に落ちて孤独じゃなくなった。あの人の顔が見たい、声が聴きたい、それが叶わなくて胸がくるしい。そう感じるけれど、孤独ではない。

私は針生さんを好きになった。いい加減そのことを認めなければならない。

雨でしずかで不幸だけど幸福だった。野菜室からレモンを取り出し、斜め十文字にカットする。大きなグラスに一切れ落とし、冷凍庫に仕舞った。

アネモネ、カランコエ、クレマチス。家のあちこちに花がある。色に心が華やぐ。もうすぐ父が好きだった芍薬の季節だ。針生さんは、花は好きだろうか。レモンはどうだろう。音楽は？ 柑橘の香るキッチンで、雨を眺めていると、天啓のように閃いた。

互いに認めればいいのだ。伊麻たちのように。

夫と八沢藍子さんの関係を認める。同時に、私が誰かを愛したりつきあったり、つきあわないにしても二人で食事やデートをする可能性を認めてもらう。

提案したら、夫はどんな反応をするだろう。

そうすることで私たち夫婦の間においてうしなわれるものがあるとすれば、いったいなんだろう。互いに認める。その案は私の脳に、きらきらと光をもたらした。

嫉妬は時々するけれど執着はしない、と伊麻は言っていた。

独占欲ってなんだろう？　たとえば子どもに対する愛とパートナーに対する愛は、性を含む含まない以外に、どんな違いがあるのだろう。

萌絵に対して独占欲はない。もし萌絵が悩み事を私以外の大人に打ち明けたとしたら、自分が話してもらえるような関係を築けていなかったことに落ち込むかもしれないが、嫉妬心は抱かない。お母さんよりあの人のごはんの方がおいしいと言われたってかなしんでも嫉妬はしない。それと近いことを、女友だちに対しても思う。独占したいだなんて思わない。どうしてカップルの関係においては、嫉妬が重要なものとして扱われがちなのだろうか。爪に栄養を与えるオイルをすり込みながら考えていると、玄関で音がした。

リビングに入ってきた夫がコンビニ袋をどんとテーブルに置く。夫が手を洗いソファに腰を下ろ

す合間に、私は冷凍庫からレモン入りのグラスを取り出してウイスキーを注ぎ、炭酸水を入れて軽く混ぜた。それから、

「はい、あいボール」

と言って差し出した。

7

夜のアトリエに寝そべって漫画を読んでいると、シートマスク姿の亜夫くんが入ってきた。

「明日ちなっちゃん、何の種目に出んの？」

「全員リレーと大縄、借り物競走」

「えっ面白そう！　めっちゃ観たい！　仕事抜けられそうなんだけど、保護者って何人行ける？」

「招待状を持ってる二人のみ」

「えー、じゃあまた伊麻ちゃんと氷雨か。ずるい」

ママのとなりで氷雨くんが振り返り、すみませんと頭を下げた。

タイマーが鳴って亜夫くんが洗面所へ戻っていく。電子音が止み、美顔器の操作音が聴こえ出す。

「終わったあと打ち上げとかあるの？」

白い豆皿に岩絵の具を落としながらママが言った。

以前は岩絵の具を出すときは小墁(こびん)を指でとんとんと叩いていたけれど、最近はアイスを買ったときについてくるスプーンですくって入れている。氷雨くんのアイディアだ。

「たぶんない」

「居酒屋行ったりしないんだ」

「するわけないでしょ」

漫画を下腹部に載せて目を閉じる。生理がきそうで憂鬱だ。体育祭と重なるなんて最悪。

「そういえば花梨ちゃんのお姉ちゃんの出産祝い、何にするの？」

「ベビー服にしようかなって」

「いいね」

「ママだったら何にする？」

「お姉ちゃんに使ってもらえるようなものかなあ」

瞼をひらく。

「アクセサリーとか？」

「うーん」岩絵の具を指でときながらママは言った。「アクセサリーは好みもあるし、揺れるものだと赤ちゃんが摑んじゃうからね」

「ボディクリームはどう？」戻ってきた亜夫くんが言った。「妊娠出産って、皮膚が伸びたり縮んだりするんでしょ」

「なるほど。さすが亜夫くん」

「買い物つきあおっか？」

「え、うれしい」

「だって愉しそうだもん。ついでにピアス開けにいく？」

「行く行く！　やったー。亜夫くんありがとう！」

亜夫くんは駿さんと別れたらしい。亜夫くん曰く「平和に」。昨夜はほろ酔いで「いまごろ駿泣いてんだろうなー」などとのたまうので、あたしは黙殺し、ママは瞼を閉じた。氷雨くんだけが冷静に「そういう発言は慎むべきだと思います」と指摘していた。

「そうそう、花梨のお姉ちゃん、推しの兵役に合わせて出産計画したんだって」

「え、頭いいな。推しって誰？」

名前を伝えると、亜夫くんは画像をスマホで検索した。

「古風なイケメン！」

「古風ってどれくらい？」と後ろから覗き込む。ママが「昭和」と言うのと、あたしが「縄文時代」と言うのが重なった。亜夫くんが大笑いした。

「縄文じゃいくらなんでも古すぎる」

「お茶淹れてきます」

長い影があたしたちに覆いかぶさった。立ち上がった氷雨くんがあたしを見下ろしている。

「そうだ、ちな。シャツの袖を折ったまま洗濯機に入れないで」

ひんやりした目と口調。

「あ、ごめん。気をつける」

氷雨くんがアトリエを出ていく。

氷雨くんはわかりやすい。イケメンという単語をママが口にしなくても、男性の写真を見たり好感を匂わす発言をしただけでその場を離れてしまう。氷雨くんを目で追って、ママはといた岩絵の具に筆を浸した。

「ちなっちゃんのクラスは団結してる感じなの？」

「うーん、まあまあかな。同じ実行委員の太呂がかんばってくれてるからね。そういえば今日、太呂に変な質問されたんだよ」

「どんな？」

「なにか俺にしてほしいことない？　って」

「どういう意味だろ」

「ってあたしも訊いたら、『中学のとき同じクラスの子に訊いたときは、よしよししてほしいって言われたよ』って」

「ふふっ、そいで？」

それで、とあたしは思い出しながら言った。

「妬いた？　って訊かれて、妬いてないって答えた」

「それで結局ちなっちゃん、なんて答えたの？」

「特にないよ、いつもありがとうって」

「他人行儀！　そこは一発芸とか言いなよ！」

トレイ片手に氷雨くんが戻ってきて、マグカップを四つ、ローテーブルに置いた。

しゅっ、とママが筆を引く。絵の中の男性の横顔に、淡い色が載る。

「氷雨も、わたしとつきあう前の日にそういうこと言ったよね」

「なんの話ですか」

「僕に何かしてほしいことはありますかって」

「そうでしたっけ」

「そんで伊麻ちゃんはなんて言ったの？」

「駅の向こうの公園を半周いっしょに歩いてほしいって」

「なんで半周？」

「一周は図々しいかなと思って」

「そしたら氷雨はなんて？」

「じゃあ二周しましょう」

ママがほほ笑み、氷雨くんの耳がほんのり赤くなった。


肩を叩かれてゆっくり振り向く。太呂が仔犬のような笑顔で立っている。ロックを爆音で聴いていたあたしは、Bluetooth イヤフォンを片方外した。

「千夏ちゃん、なんでそんなホラー映画のクライマックスシーンみたいな振り向き方すんの」

「前髪崩したくないから」

「これからダッシュして跳びまくるのに？」

「なるべく長く保持したいんだよ」

「その髪型もかわいいね」

高い所でつくったポニーテールの数か所をゴムで押さえたスタイル。亜夫くんが朝の貴重な時間を使って結んでくれたのだ。

「ありがとう。中学の友だちがあたしに似合いそうって、教えてくれたんだ」

「へえ。なんて子？」

名前なんか訊いてどうするのだろうと思いつつ、梓と答える。太呂が校庭の方を指差した。

「いっしょに出よ」

「うーん、あたしトイレに寄るから。先行ってて」

「いいよ、待ってる」

きらきらした瞳で言われ、断れなかった。

女子トイレに入り個室のドアを閉め、腰を下ろす。ぼたり、と大きな塊が落ちる感触。下腹が重い。こめかみが痛い。

トイレを出て、太呂と並んで歩き出す。

「さっき何聴いてたの？」

廊下も階段もいつもと違う高揚に包まれた生徒で溢れている。ママから教えてもらって好きになったイングランドのバンド名と曲のタイトルを伝えると、太呂はそれをすぐ音楽アプリのお気に入りに登録した。

「俺、まじで大縄一位取りたいんだ」

「あたしも」

「やる気出すとき、千夏ちゃんは音楽を聴くんだね」

「うん」

「俺はご褒美を用意するよ。目標達成できたらこれをしようとか」

「いいね。花梨は推しに褒められてるところを想像するって言ってた」

「お、それもいいな。てことはさ、千夏ちゃんにとっては聴覚が大事ってこと？」

「うん？」

「性格より顔より、声で男を好きになる？」

混乱した。いまあたしたちは、好きな人の話をしていただろうか。

「え、いや、うーん。好きになるには性格が大事なんじゃない？」

「そっか。それはよかった」

今日の太呂は変だ。よかったと言いながら、目がちょっと怖い。

「どんな性格の男がタイプなの？」

「えっ、タイプ……。よくわからない。そういうの、あんまり考えたことがなくて。そうだ、太呂、今日いろんな人に写真いっしょに撮ってって言われるんじゃない？　ほらあの、教室まで来てたインスタの先輩とか」

「資朝は？」

階段を二段飛ばしで下りながら太呂が言う。

「資朝ってイケボだよな」

ふいうちで出てきた名前に胸がざわめく。

「あの人とはほとんど話したことないし、よく知らないから」

「ほんとに？」

太呂が猛スピードであたしを見た。太呂はいつも、あたしの視線をまっすぐ捕まえようとする。

捕まった視線を解くことができない。

「千夏ちゃんって、資朝のこと好きなんだと思ってた」

「好きじゃないよ」

「被せ気味に言う」

薄い肩が小刻みに揺れる。

「好きじゃないって」

「なら大縄で一位取ったら、俺とつきあってくれる？」

その瞬間、周囲が静まり返った。

「千夏ちゃん？」

腰をかがめるようにして、顔を覗き込んでくる。

「聴こえた？」

「聴こえたよ。なんで？」

「なんで？」

「なんであたしなの」

「おっもしろいこと訊くねえ！　千夏ちゃんのことが好きだからに決まってるじゃん」

「やめて」

ありえない。そんなことは、絶対に、ありえない。

「いつから？　どこが？」

「はじめて会ったときから。やさしいところも、どじなところも、長い指も、顔も髪もぜんぶだよ。

俺は千夏ちゃんのことが、ぜんぶ好き。かわいくてたまらない」

信用できない。同年代の男の子に褒められたことなどない。しかもこんなもてる人気者に。信じたらあとで恥をかく。

けれど、とあたしは深呼吸しながら太呂の手を見る。

指先が、かすかに震えている。それにさっきあたしが「やめて」と言ったとき、太呂は傷ついた顔になった。緊張や不安は、演技で表せるものではないのではないか。

そして、太呂の言う「かわいい」は、ママが言うのとはまったく違う響きを持っていた。

ママの「かわいい」は日常的すぎて、いまや小鳥のさえずりを超えて冷蔵庫のモーター音のようだし、子豚に対するそれと変わりない気がする。太呂の「かわいい」はもっと特別で「きみが必要」「きみじゃなきゃ意味がない」と言われている感じがする。勘違いかもしれないけど、もしも、万が一、ほんとうに太呂があたしを好きだったら。

背中を冷汗が流れ落ちていく。

大勢の人が良いと言う男子が、あたしを良いと言っている。これは、かなりすごいことなんじゃないだろうか。太呂だけでなく、みんなのあたしに対する評価も高くなるということだ。

周囲の視線を痛いほど感じながら階段を下りる。まさか断る気？　身の程知らず。きっとそう思われている。お腹は痛いし汗はひどいし頭の中は混乱しているし、わけがわからない。

太呂があたしを好きだと言った。あたしは、認められた。

でもやっぱり理解できない。つきあう？　あたしが太呂と？　どうして？

「太呂ーっ！」

裕翔が廊下を駆けてきた。陸上部の彼のフォームは人混みのなかでも整ってきれいだ。

「先生が呼んでる！」

「まじ？」

裕翔に数歩近づいて、太呂が立ち止まった。

「いい？　ダメ？」

振り向いた彼の目を見て驚いた。

浮かんでいたのは、怯え。

無敵の太呂が、神様の太呂が、あたしごときに受け入れてもらえるかどうかで、硬くなっている。

そのことに気づいたあたしの心に、ほんの少し、余裕ができた。

「お願い！」太呂がおどけたように、拝む仕草をした。「いいって言って！　そしたら俺、超がんばれるから！」

「……じゃあ、一位、だったら」

「よおおっしゃあああ！」

肩がびくっと跳ねてしまうほどの大声を出し、太呂は拳を突き上げ、裕翔の方へ駆けていった。

二人の姿が見えなくなってもあたしの心臓はばくばくしていた。さすがに一位はないだろう。

くらくらする。今日の天気は変だ。午前中は太陽が強烈な紫外線を放ち、インスタの先輩やリコリチはクラス席で日傘を差していた。空に灰色の雲が現れたのは正午を過ぎて、一年生の全員リレーがはじまってから。最終走者がゴールした瞬間、突発的に吹いた強風でゴールテープが高く舞い上がった。

「降ってきた！」

「さいあく！」

リコリチが頭の上で掌を広げた。雨がグラウンドを、一滴ずつ黒く染めていく。

もうすぐ大縄がはじまる。

「前髪もメイクもくずれるー」

位置につけの笛が鳴った。

「一位取るよー！」

太呂が爽やかな声を飛ばした。

「これまでの練習でやったこと、ひとつひとつ思い出して！」

そっと振り向いて、もう一人の回し手である資朝を見る。縄の様子を入念に確認している。

笛が鳴った。

「せーの！」

数えはじめて三で引っかかった。順調に回数を伸ばしていく他のクラスを見て、焦りが募る。また跳んで、今度は二で引っかかった。ため息が広がっていく。やっぱりねという感情が伝播(でんぱ)するのがわかってかなしい。

「大丈夫！」

太呂が明るく活を入れた。

「まだはじまったばっかりだよ！　深呼吸、深呼吸」

太呂の掛け声で、また跳ぶ。何度やっても縄はすぐ地面にへたり込む。リコリチが何か言い、引っかかった子の肩が強張（こわば）った。

「ちょっと休もっか」

太呂の眉は少し歪み、下がっていた。

完全に諦めの空気が漂っている。

もうだめだ。一位は無理だとわかっていた。最下位だけは避けたかった。なのに。

「全員高く跳べ！」

背中に太い声がぶつかったのはそのときだった。

驚いて振り返る。資朝が、見たこともない顔つきで、大縄を握り直して言った。

「引っかかってもいい。いままでいちばん高く跳べ！」

空気がピリリと引き締まった。


閉会式後、教室に戻る途中、観客席の柵から身を乗り出すようにして手を振ってくるママが見えた。応えない限りぶんぶん振り続けそうだったので、仕方なく振り返した。氷雨くんが長い脚で階段を下りてきて、ママの手首を握り、下ろした。

「え？　あれ千夏のママ？」花梨が声を上げた。「え、え、なんかめっちゃ雰囲気ある！　となりのイケメンは誰？　千夏のお兄さん？」

そんな感じと答えながら、軽い頭痛を笑顔でごまかす。

「なんかふらふらしてるけど、大丈夫か」

振り向くと、資朝が立っている。彼はジャージのポケットに手を入れると、ちいさな何かを取り出した。

掌に載っていたのは、個包装の塩分入りラムネ。あたしがふらふらしているのは熱中症だからではなかったけれど、ありがとうと言って受け取った。

「もう一個ちょうだい」

図々しいなと笑いながら資朝が取り出したそれは、温かかった。

遠くにいた太呂と目が合った。真顔が笑顔になり、スキップで近づいてくる。裕翔も真似して、二人で跳ねながらやってくる。いつの間にか資朝はいない。

「見て太呂、あれ千夏のママだって！」

花梨がママに手を振る。投げキスで応えるママの手を、氷雨くんがまた摑んで下げる。

「知ってるよ。俺話したことあるもん」

胸を張って太呂は、ママたちの席へ歩いていく。

「ちょっと待って」

あたしが止めるのもきかず、花梨と裕翔も追いかける。

三人は口々に自己紹介して頭を下げた。「いつもお世話になってます」と言った花梨にママは「大人みたい！」と感激し、熱烈なハグをした。

「あっ、あなたリレーのアンカーしてた子でしょ？」

「そうっす」

裕翔がぴしっと背すじを伸ばす。

「すごくきれいな走り方だった。ずっと見ていたかった」

「やった！　うれしいっす」

氷雨くんは無表情だけれど、真正面から見た喉仏が上下に忙しなく動いている。高一にも妬くのだろうか。

「太呂くんの大縄の回し方も、掛け声も、すばらしかったね。あなたのおかげで優勝できたのよね」

「いえ、そんな。あの、えっと僕、今日から千夏さんとおつつき」

「おつつき？」ママが笑い、花梨と裕翔が「なになに？」と太呂を見る。

自分の両頬をパン、パン、と叩いて太呂は言った。

「僕、千夏さんとおつきあいさせていただくことになりました！」

「えっなに、俺聴いてないけど！」裕翔が目を丸くし、

「千夏、そうなの？」花梨があたしの肩をがしっと摑んだ。


亜夫くんが入れてくれたPayPayでチーズと豆乳と新発売のグミを買って帰ると、ママがリビングに面した庭でシャンパンを吞んでいた。

「あー千夏、おかえりー。今日はおめでとー！」

夜風に吹かれて、ママは心地よさそうに細いグラスを掲げた。

餃子の皮を開封している氷雨くんに、買ってきたものを渡す。ありがとうと言う氷雨くんの目の縁の赤色を見て、ふたりともすでに結構吞んだのだな、と思う。

食洗機からコップを取り、豆乳を注いで飲む。この洗い物をしてくれたのは到さんだ。一目でわかる。汚れが落ちやすいよう、食器が傷まないよう、整えて入れてあるだけではなく、取り出しやすい工夫までしてある。氷雨くんは、感心するほどきっちり説明書通り入れる。ママと亜夫くんはかなり適当。適当なのに、洗浄中の音が騒々しいとかタッパーの蓋が歪んだとか文句ばかり言う。あたしは、手で洗う。

シーツの干し方にもそれぞれの特徴が出る。特に氷雨くんのやり方は面白い。風と光が最大限広い面に当たるよう、考慮されたのがわかって笑ってしまう。空気力学とかそういうのを踏まえているんだろうけど、太陽の軌道を考慮した結果なのか、庭の端、かなり遠くに置かれていることもあって、取り込むとき日に当たりたくないあたしは時々うんざりする。

「さっそく太呂くんと帰ってきたの？」

「うん」

「みんないい子でびっくりしちゃった。わたし高校のときあんな挨拶できなかったな」

あのイケメン、千夏のママの愛人かと思ったー。教室へ戻る途中、花梨は笑いながらそう言った。不倫ならもっとこそこそやるだろ。裕翔が言い、まあやるならばれないようにやってほしいよね、と花梨が同意した。でも子どもいるのにまだ恋愛したいとか、気色悪いよね。

もしかしたら、花梨の両親の離婚は、どちらかの浮気が原因なのかもしれない。同担拒否じゃない愛は軽いと言った花梨を思い出す。ママの恋人三人と同居していることを、花梨には言えないと思った。太呂にも。

「そうだ、今度、高校のときの同級生を、到のお店に連れて行こうと思ってるの」

「へえ、めずらしい。誰？」

「絹香っていう子。こないだ、千夏に忘れ物を届けた帰りに偶然再会して、それ以来時々ＬＩＮＥしてるんだ」

餃子の皮でチーズを包む氷雨くんを見ながら、去年のあたしの誕生日は餃子パーティだったなと思い出す。つくってくれたのは到さん。オーソドックスな具のほかに、キムチやかっぱえびせん、バナナなど、いろんな具材が入っていた。ママはスニーカー、到さんは腕時計、亜夫くんは甘夏の描かれたポーチにお薦めのコスメを詰めてプレゼントしてくれた。

あのときはまだ、氷雨くんの存在すら知らなかった。たった一年でこんなに変わるなんて。来年のあたしは誰といるんだろう。再来年は？　十年後は？

テーブルにお皿が運ばれてきた。こんがり焼き色のついた餃子の皮。チーズがとろりとはみ出している。ひとつつまんで口に入れる。さくさくでおいしい。

「ちな、大縄優勝おめでとう」

氷雨くんがにっこり笑って言う。

「ありがとう。氷雨くんがアドバイスしてくれたおかげだよ」

氷雨くんは餃子に視線を落とし、人差し指の第二関節で存在感のある鼻をこすった。

ハシビロコウ。そうだ。氷雨くんはハシビロコウに似ているんだ。すっきりした。ママと氷雨くんに言いたい。でも言っていいものか迷って口がむずむずする。

氷雨くんが冷蔵庫から肉や野菜を取り出し、次の料理に取り掛かる。

「ピアス開けにいくのいつがいいかなって、亜夫さんが言ってたよ」

あー、とあたしは咀嚼しながら言葉を探した。

「やっぱり、しばらく開けないかも」

「どうして」

「太呂が。あの、今日いっしょにいた、大縄回してた子が」

「うん、わかるよ」

「開けない方がいいって」

氷雨くんが手を止め、ひんやりした目の端であたしを捉えた。


お風呂上がり、亜夫くんの部屋へ行くと、お尻を突き出してスクワットの真っ最中だった。

「お、ちなっちゃん、どした」

「あわよくば乾かしてもらえるかなーと思って」

「仕方ないな。あと二十回だからそのあいだタオルドライしてて」

椅子に腰かけ、言われた通り手を動かす。

亜夫くんは目玉が飛び出そうなほど高価なドライヤーを所持している。それを使うと髪が傷むのではなくむしろ丈夫になるらしい。そんなことってあるのだろうか。亜夫くんがあたしの背後に立った。高級な風が濡れた髪を揺らす。

「ピアス開けけんの延期したんだって?」

「うん」

「そっか、大縄優勝祝いにピアスプレゼントしようと思ってたのにな」

「えっ、ほんと？」

「うん、ほんとはサプライズにしたかったけど」

「わー、めちゃくちゃうれしい！　予定通りたのみます。どうせいつかは開けるんだし」

「仕方ないな。テストもがんばるんだよ」

「はい！　がんばる！」

「いつかは開けるのにタイミングは予定通りではないんだ」

うんとうなずいた声は、ドライヤーの音に紛れた。亜夫くんがあたしの右側に移動し、サイドをていねいな手つきで乾かす。

「ねえ亜夫くん、これキーホルダーにする方法知ってる？」

塩分ラムネのタブレットを見せると、亜夫くんは首を振った。

「知らないけど調べて教えてあげる。やってみて難しかったら、手伝ってあげる」

「ありがと。やさしいね。何かいいことあったの？」

「あったし、オレはいつもやさしい」

幸福な出来事を思い出すように、亜夫くんは満ち足りた笑みを浮かべた。

「そうだちなっちゃん。二択ね」

「うん」

「好きな人が、どんなパジャマを着てたらきゅんとくる？　一、センスのいいパジャマ。二、ださいパジャマ」

「ださいパジャマ！」

「おんなじ！」

ぷはっと笑った亜夫くんの息が前髪に当たり、ドライヤーの風が止んだ。

亜夫くんがいたずらっぽい顔で、あたしの瞳を覗き込む。

「いまの質問、誰を思い浮かべた？」

8

「はい、あいボール」

私が差し出したハイボールを受け取らず、夫はゆっくり顔を上げた。

そして目が合った瞬間、瞼を閉じた。

ださい。ださすぎる。感情を読み取らせないために目を閉じるなんて。

「ケンカしたいわけじゃないの」

柑橘の香りが鼻孔をくすぐる。グラスに浮かぶレモンを切っているときは、自分の口からこんな言葉がこぼれ出るなんて、考えもしなかった。

「提案があるの」

夫が瞼を開けた。その目には、はっきりと怯えが滲んでいる。

「二択なんだけど、一つは離婚。もう一つは、あなたも私も自由にする」

「……何を言ってるか、よくわからない」

「あなたはこれまで通り会いたい人に会って、過ごしたいように過ごして。私もそうする。それを認めるってこと。互いに、すべて」

「そんなん、夫婦やる意味ないだろ」

「片方だけ自由だったら意味があるの？」

「はあ？」

「結婚式の誓いを、片方は破って自由に恋愛して、もう片方は守り続ける。それって変だと思うの」

「何？　なんの話？」

「離婚するのと、互いに自由を認めた上でいっしょにいるのと、どっちがいいかって話よ。あなただけがお金も時間も自由に使ってほかの人と関係を持ってるのって、なんていうか」

「ちょっと待て。関係がどうとかはよくわからないけど、俺が稼いで俺が使うことの何が問題なんだ？」

どうしよう。いつものことだが嚙み合っていない。コンロの炎に触れてしまったポリ袋のように気力が萎んでいく。期待せず強制せず穏便に。それを夫とのコミュニケーションにおいて心掛けてきた私にもたぶん責任がある。なに、と夫が薄笑いを浮かべた。

「もしかしておまえ、そういう相手がいんの？」

「肉体的接触がある相手っていう意味で言ってるのなら、いない。ひとりも」

「なんだよその曖昧な言い方は」

「こっちは曖昧どころか返事すらしてもらってないんだけど。あいボールって」

「あー、わかったわかった！」不貞腐れた顔で夫は遮った。「もういいよ、おまえの望むようにするよ。疑われるようなことはもうしない」

「自分も不自由でいるから私にも不自由でいろってこと？」

「は？」

「私は互いに自由でいようって提案したの。私を自由にするくらいなら、自分も不自由でいいってこと？」

「意味がぜんぜんわからない。もうちょっと論理的に話してくれよ」

「私反対してないの。あなたは何も変えなくていい。八沢さんと別れなくていい」

はじめて口にしたその名に、夫の右瞼が痙攣（けいれん）した。

「彼女には誠意ある対応をすべきだと思うし、仕事って嘘吐いて会われるのも厭だし、なるべく家計に響かない範囲でお願いしたいけど」

「だからお互い自由にって？　ありえない。びっくりなんだけど。何を勘違いしてそういうこと言いだしたのかわかんないけど、おかしいだろ、そんな夫婦。萌絵はどうなるんだよ」

「萌絵は大事よ、もちろん。萌絵のためならいくらでも耐える。私が不思議なのは、あなただけ好き放題なのはなぜってこと」

「好き放題なんかしてないけどさ、おまえは俺をぜんぜん敬わないよな」

夫の口から飛び出したのは、思いもよらない言葉だった。

「萌絵ばかり優先して、俺を立てない」

「あなたは私を敬ってくれた？　優先してくれた？」

「ほらそうやってすぐ言い返す。俺を言い負かそうとするなよ。俺は糞（くそ）みたいな仕事やりながら必死で手伝ってきたよ、家事も育児も。おむつだって替えた。そもそもおまえが思ってるようなことはないんだよ。疑うなら会社の奴に訊けばいい。俺はそういうキャラじゃないってわかるよ。そりゃ仕事のつきあいで行きたくない店に行くとかはあるけど、そこに深い意味は一切ないし。おまえこそ忘れる努力をしろよ」

わすれるどりょくをしろよ？

夫が指を耳に突っ込んだ。出したその指を見ながら夫は言った。

「野暮」

「え？」

「日本って、隠されてることにエロスを感じる文化じゃないの？　おまえが言ってるようなことって野暮なんだよ。情緒がない。こうしましょう、ぜんぶオープンにしましょうって、美徳とされるものからかけ離れてる」

「美徳とかそんなことはどうでもいいの。とにかく私は……」

涙が目の縁に盛り上がってきた。驚いた。夫に対して泣きながら話すような感情がまだあったことに。

「私は、これからどう生きるかを、真剣に考えたい」

「なんでそんなことを言うんだ！」

萌絵が言うのを聴きながら、保安検査場の入口に目を遣る。

「って先生が西くんを叱ったら、『すみません、よくわかりません』ってアップルウォッチのSiri

が応えたんだよ」

法事の片付けを終え、実家を出てバスを乗り継ぎ空港に着いたのは予定よりだいぶ早い時刻だった。週末だから道が混んでいるに違いないという予測は外れた。スマホを耳に当てたまま、公衆電話が二台並ぶひと気のない場所に移動する。

Siriの話に続いて萌絵は、小坂さんがかわいいシートマスクをくれたこと、今度三人でお茶しにきてと言われたけれどお邪魔するとしたら二人でと答えたことなどを話した。

「どうして二人？」

「だってお父さんがいっしょだったら、愉しんでるかなって考えなきゃいけないから」

八沢さんの名を出した夜以来、夫は私を避け続けている。話しかけるとスマホを摑んでリビングを出ていってしまう。

「お母さん、あと何分で飛行機乗るの？」

二時間半後と答えたら萌絵は吹き出した。

「空港って、そんな早く着いてなきゃいけないものなの？」

「ううん。国内線にしてはちょっと早すぎた。でも焦るよりはいいから」

萌絵との通話を終えると小坂さんにかけた。萌絵の様子を見に行ってくれたことやシートマスクについて感謝を述べると、小坂さんは「気に入っていただけたならよかった」と明るく言った。先月旅先で買ったという九州限定のシートマスク。お菓子でも手料理でもなく、最も萌絵が悦びそうなもの。

「なぜ娘の好みがわかったんですか」

「食べものは個人の決まりごとが意外とむずかしいのよ。萌絵ちゃんくらいの年代のお嬢さんには、お肌がきれいになるものなら困らないかなと思ったの」

きれい。その一言が針生さんに直結する。

おきれいです。あんなのお世辞に決まってるのに。めでたい思い込みをしたがる自分の思考が滑稽で恥ずかしく気持悪い。

この二日間で、針生さんに似た男性を三人見た。あ、と浮いて、ああ、と沈む。そのたびに自分の頭は彼でいっぱいであることを思い知らされた。

「あの、変な質問していいですか」

「何かしら」小坂さんが声を弾ませた。

「小坂さんは自信を持ちたいとき、どうされますか」

「まずどうして自信を持てないのか考えるわね。やるべきことを後回しにしているせいなのか、否定ばかりしてくる人に囚われていないか。それとも尊敬するあの人に自分なんか相応しくないと思い込んでいないか」

「それで、原因がわかったら」

「手っ取り早く自信を回復する方法をいくつか試すわ。たとえば、お化粧してお気に入りの服を着て、行けそうなら美容院へ行って、そのまま街に出るとか。歩いて、新しいものを見て、食べたいものを食べる。運が良ければ、知らない誰かがすてきですねって褒めてくださることもあるわ。とにかく外に出ることね」

家にいるとマリーのことばかり考えてしまうし、と小坂さんは付け加えた。

「篠木さんは？」

「私？　私ですか。私は……常備菜をつくるとか、家族に悦ばれるおかずをつくるとかですかね」

「それは自信を回復するためじゃなく、うしなわないためにしていることじゃない？」

「そうかもしれません」

「篠木さんは責任感が強すぎるのよ」

「そうでしょうか」

「私はそう思うわ。責任を負う必要があるものに対しては負うべき。でもそうじゃないものに対しては、手放していいんじゃないかしら」

私は萌絵に責任がある。身体の健康も情緒面も経済的にも。けれど夫に対しては？

もしかすると私は、勝手に責任を感じ、自分で自分を苦しめていただけではないか。

問題は、いくらそう理解できたとしても、私の脳の回路には責任と罪悪感がセットで流れるように出来上がってしまっているということだ。

台所が散らかっているとき、一汁三菜が作れないとき、お風呂場にピンク色の黴（かび）を見つけたとき、私は罪の意識を抱いてしまう。

「家事や育児で家族を悦ばせる達成感って年々減ってこない？　便利な存在でいることに疲れ果ててしまうというかね。篠木さんはもう充分すぎるほどきちんとしてるんだから、どうすべきかってことより、どうなったら愉しいか、どうなったらリラックスできるかということに目を向けたらいいと思うわ」

リラックスが大事なのはわかる。でも、リラックスしている自分がきらいだったら？

「ほかに自信をつける方法、何か思いつく？」

「……褒めてもらったときのことを思い出す、とか」

すてき、と小坂さんはほほ笑みが見えるような声で言った。

「もう少しお話ししても大丈夫？」

「はい、もちろんです」

「昔、親しくして頂いてた年上の女性が、五十代半ばで亡くなったの。彼女はその十年前にご主人に浮気されたんだけど、とても苦しんでね、最後に病院のベッドで会ったときもそのときの話をしてた。苦しみの種類が、あのときといまとでぜんぜん違うって彼女言ってた。発覚当時は嫉妬もプライドもあったし、子どもにとっては良い父親だし、収入面で苦労させるわけにはいかないって考えて、離婚しなかった。ご主人の良い面を必死に探したりもした。それが、病床で考えたことはただひとつ——」

私なら何を思うだろう。

自分の選んだ道は正しかった。そう無理にでも納得しようとするのではないか。

「『見限れ』って十年前の自分に言いたいって」

見限れ。予想外の言葉だった。

「信頼も期待も完全に底をついていたあのときに、なぜ決断しなかったのかって、彼女悔やんでた。たとえ不倫が解消されてご主人には終わったことでも、妻にとってはその恨みは知ったときからはじまるのよね。恨み続けて一生を終えるなんて勿体ない。そりゃ何もかも思い通りになんていくわけないけど、せめてひとつひとつ細かく自分で選び取ってきたって思いたいじゃない？　気づいて、変える決意をするタイミングは、三途の川からなるべく遠い方がいいと思うのよ」

電話を切って、広々とした窓の外の景色を眺める。

「針生さんに会いたい」

彼のことなど考えていなかったタイミングで、ぽとりと言葉が落ちた。

でも会いたいなんて送れない。送ってしまった直後の自分を想像しただけで胃がしくしく痛む。断られたら。会えたとしても幻滅されたら。幸せな思い込みをして、あとで落ち込む羽目になったら。

保安検査場を抜け、搭乗口へ向かう。

会いたい人に会いたいと言うのは、なんて難しいんだろう。

途中の自動ドアに、大きな文字で書いてあった。

これより先に進むと、戻ることはできません。

9

公園のベンチで、はじめてのキスをした。

太呂が買ったペットボトルのレモンティを交互に飲んで、人通りが完全に途絶え、沈黙が長くなったところで、顔が近づいてきた。唇が軽く触れただけで、太呂はすぐ下を向いた。

「はーっ、緊張したーっ」

脚のあいだに腕を垂らし、頭を下げて息を吐く姿を見て、かわいいなと思った。

「千夏は落ち着いてるね」

太呂が上目遣いにあたしを見た。

このベンチに座ろうと言われたとき今日キスをする気なんだなってわかったから、なんて言えない。あたしの視線を捉えたまま「もしかして」と太呂が言った。

「俺以外の奴としたことある？」

「ない。つきあうのもはじめてだし」

「ほんとに？」

「ほんとだよ」

「よかった！」

顔全体で笑って、太呂はあたしを強く抱きしめた。

すごい。この人があたしの彼氏なんだ。

こんなに恰好良くて目立つ、なんでもできる人が、あたしを必要としてくれている。ほかの人に取られたくないと思ってくれている。

太呂の身体から木枯らしのような音がした。

耳を澄ます。やっぱり聴こえる。顔を上げると、太呂は眉を下げて笑った。あたしの手を取って、自分の胸板にぺたりと当てる。

「なんの音？」

「俺、ちいさい頃ひどい喘息だったの。その名残」

「大丈夫？」

「大丈夫だよ」

なぜか淋しそうな顔をしている。

「無理しないでね。なにか知っておいた方がいいこととかあったら、教えてね」

太呂の目が歪み、強く抱擁された。

太呂は人気者だけど、人に弱音を吐くのが得意じゃないのかも。あたしは太呂の理解者になりたいと思った。たすけたいし、サポートしたい。

「千夏、好きだよ」

「うん」

「俺のこと好き?」

「うん」

公園から駅を越え、商店街に入ったところで太呂と別れた。太呂は家まで送ると言ってくれたけれど、ママに会ったら恥ずかしいし、人通りも多い道だからと断った。

きっと一生憶えているだろう。ファーストキスの相手は学校の人気者で、場所は家から徒歩十五分の公園。レモンティのほろ苦い味がしたことを。

太呂はわかりやすく甘えん坊で、わかりやすくやさしい。会えない日には『会いたい』とLINEを送ってくる。『会いたい?』も送ってくる。電話のときはもしもしより先に「会いたい」と言う。

あたしが嵩張(かさば)るものを持っていると、太呂は必ず持とうとする。

文化祭の準備で空の段ボール箱を運んでいるときもそうだった。

「ほら、貸して」

裕翔といっしょに長い角材を運んでいた太呂は、あたしが抱えていた段ボール箱をその角材の上に載せて教室まで運んでくれた。

あれくらい持てるのにという可笑しさと、か弱いものとして扱われるくすぐったさが混ざり合った。太呂は、女の子を守る力のある強い男として扱われたいようだった。

つきあってひと月で、太呂の友だちを何人紹介されただろう。違うクラスの同じ中学出身の子からはじまり、バスケ部の友だち、別の高校に通っている友だち、地元の先輩。偶然街で会った同じ小学校の親友。いっしょにいると学校の内外でいろんな人に声をかけられた。太呂は堂々として、自信に満ち溢れていた。みんなが彼を褒める。あたしを羨ましがる。太呂とつきあえるなんていいな。あいつ意外と真面目で一途だからさ、大事にしてやってね。

太呂とつきあうようになって、あたしはほんの少し自分に自信が持てるようになった。特に見た目。太呂が褒め言葉をシャワーのように浴びせてくれるから。太呂は毎日「昨日よりビジュいいね」と言ってくれる。あたしはこれまで目立たないことを最優先にしてきた。ファッションもメイクも、思い切った挑戦なんかしたことない。でもいまは、自分が心から惹かれるものを纏ってみようと思えた。人気者の太呂にふさわしい彼女になろう。お菓子は控えて野菜を食べてストレッチをがんばろう。亜夫くんに美容のことをいっぱい教えてもらおう。

「千夏ちゃん、髪、といた方がかわいいよ」朝の教室で裕翔が言った。「ていうか最近めっちゃかわいくなったよね」

「でしょ?」すかさず太呂があたしの肩を抱き寄せる。「かわいいんだよ、俺の彼女」

口笛とブーイングが湧き起こる。あたしはしんじられない思いで教室を見渡す。みんなが親しみのこもった笑顔であたしを見ている。受け入れられている。

太呂といると、強くなれる気がした。クラスの子に話しかけるときも、あまり緊張しなくなった。

四時間目が終わり、太呂といっしょに物理室を出たところで三年生の女の人が手を振ってきた。アイラインの長い、太呂にインスタを訊いてきた先輩だ。白く細く、長いネイルの先輩は太呂と話したそうだったけれど、太呂はお辞儀を返すと正面を向いて、あたしといっしょに教室へ向かった。すれ違いざま先輩の視線があたしのふくらはぎに落ちた。女子同士にだけわかる、意味を含んだ忍び笑い。

「さっきの先輩に、テスト終わったらボーリング行こうって誘われたんだよ。インスタのＤＭで」

「そうなんだ」

「俺が中学の友だちと行ったときの動画をストーリーで観たらしい。すごい上手なんだねって。韓国料理もいっしょに食べに行きたいって」

「うん」

「ツーショット撮ってとも言われた」

「そっか」

「断ったよ。すみません、彼女が悲しむんでって」

「うん」

「うんじゃないでしょ！」

太呂が脚を止め、あたしの肩を摑んだ。

「そこはありがとうでしょ。千夏もそういうこと言われたらちゃんと断ってね、全部」

指が制服越しに食い込む。太呂の笑顔はいつもと同じ。

「言われないから大丈夫」

「ほんとかなあ」

「ほんとだよ。太呂はあたしに、なんかフィルターかけて見てくれてるんだよ」

「いや、ちがう。千夏が自分のことをわかってないだけ。千夏は最高なんだよ。かわいくてやさしくて。俺、千夏のことが好きすぎる。千夏を独り占めしたい。あー神様お願いします！　世界中の男の目に千夏が映らないようにしてください！」

両手を組んで天井に掲げる太呂を、後ろから歩いてきた裕翔が冷めた目で見た。

「こいつあほじゃない？　千夏ちゃん、愛されてるねえ」

教室に着いて、スープジャーを机に載せる。今日のお弁当は、昨夜到さんが作ってくれたチリコンカンに、氷雨くんがアボカドと唐辛子とチーズを加えてくれたもの。一口食べて、頬がゆるむ。

『めっちゃおいしい！』

画像とともに家族LINEに送った。ふと視線を感じて教室の後方入口に顔を向けると、資朝と目が合った。彼の弁当箱を見て吹き出してしまう。なに？　というように資朝が首を傾げる。

『ふっかーくて、ひろーいお弁当箱ですね！』

LINEを送ると、彼はポケットからスマホを取り出して見た。無表情で指を動かしはじめる。

『本日二度目の弁当』

『一度目は何を食べたの』

『バインミー』

『えっあたしバインミー大好き！　近くで売ってる？』

『いや、彼女が作ってくれた』

自分を取り巻く世界が遠ざかったような心地がした。

『千夏の弁当は何？』

ＬＩＮＥを打つ指が震えている。そうか。資朝、彼女いたんだ。いるよね。しかも料理上手。同じ学校かな。それとも同じ中学？　太呂に訊けばわかるだろうか。いや訊けるわけない。


放課後、学校の最寄り駅のファストフード店で課題をやっていると花梨からＬＩＮＥが届いた。

『ワッフル食べて帰らない？』

行こう行こうと返信し、太呂と家族ＬＩＮＥにその旨送った。花梨から推しの投げキススタンプが届く。

『千夏とワッフル食べられると思ったら元気でたよ』

『どうしたの？　元気なかったの？』

『うん、かなり落ちてる。推しがやばいことになりそうで。あとで聴いてね』

店を出て駅の改札にＰＡＳＭＯをタッチした瞬間、太呂から電話がかかってきた。

「いっしょに帰るって約束したのに」

暗い声で太呂は言った。

「もしも太呂の部活が終わるまであたしが課題をやってたら、って話じゃなかった？」

太呂は黙ってしまった。なんだかすごく申し訳ない気持になった。

「とりあえずそこで待ってて。すぐ行く」

息を切らして駆けてきた太呂は、開口一番「ごめん！」と身体を折った。

「俺かっこ悪いこと言っちゃった。恥ずかしい。花梨ちゃんとワッフル愉しんできて」

身体のどこかが痛んでいるような表情を見て、罪悪感がさらに募った。

太呂の見ている前でスマホを操作し、『ごめん帰らなきゃいけなくなった』と花梨に送った。

「だめだよ、そんなの」

「もう送信しちゃった」

笑って顔を上げる。あたしを見つめる愛おしげな表情。こんな目であたしを見てくれる人が現れるなんて。

『オッケーまた今度』

花梨から届いた返信にスタンプを返してリュックに押し込み、太呂と電車に乗る。太呂はあたしの荷物を持ってくれた。席が空くと座らせてくれた。バスケをやっていた太呂の方がきっと疲れているのに。

花梨にひどいことをしてしまった。

花梨と最後に遊んだのは、体育祭の二日前。学校から家とは反対方向に二駅の大きな繁華街でチーズハットグを食べて、カラオケに行った。受付で花梨が記した氏名や電話番号があまりによれよれで、爆笑しながら写真に撮った。カラオケのあとはゲームセンターに行ってプリクラを撮り、その場でスマホに貼った。たくさん笑った。太呂といるのも愉しいし、満たされる。でもこのひと月、太呂以外の誰とも遊んでいないのは、ちょっと変かな？　とも思う。

あたしの家の最寄り駅で電車を降りて、公園で二度目のキスをして、商店街の入口まで送ってもらった。

これが、つきあうということだろうか。だとしたら、ほんの少し窮屈。あたしは変なのかもしれない。こんなに大事にしてくれる彼氏に対してそんなことを思うなんて。

あたしのなかから淋しさは消えた。消してくれたのは太呂だ。

それにこんなに密なのは最初だけで、徐々にほかの友だちと過ごす時間や、自分のやりたいことをやる時間も持てるのかもしれない。

「あの」

考えを巡らせながら歩いていると、声をかけられた。

びっくりした。おみみちゃんの飼い主さんだった。

「わあ！　お元気ですか？　ミクちゃんも」

ペット用ベビーカーを覗き込む。おみみちゃんの瞳がきらきら光っている。毛並みもきれいだ。

「よかった！」

「はい。やっと元気になったミクと再会できました」

ベレー帽をかぶった彼女は、穏やかにほほ笑んだ。元気になった、ということはやはりあのときおみみちゃんは、けがをしたのだ。鼻の付け根に熱が溜まる。ほんとうにひどい。大事なミクちゃんを傷つけられて、どんなにつらかっただろう。

「なんだかミクちゃん、前より幸せそうに見えます」

「ほんとう？　実は私もそう思っていたの。あのね、あの日」

改まった様子で、飼い主さんは言った。とあたしは背筋を伸ばした。

「あなたにミクをかわいいと言っていただけて、すごくうれしかった。ありがとう」

笑顔で言われて、泣きそうになった。はい、飼い主さんの悲しみを思って。心の強さを思って。

あたしはこんなふうに、感情を素直に口に出せる大人になれるだろうか。

家に向かって再び歩き出しながら、太呂やクラスの子にＬＩＮＥを返し、それから家族ＬＩＮＥに送った。

『おみみちゃんに会えたよ！　どんなラッキーがあるのかなあ。氷雨くんもしかしてミスドの新作買ってくれてる？　それとも亜夫くんがシートマスクくれるとか？』

『氷雨と亜夫って誰』

届いたＬＩＮＥを見て血の気が引いた。

あたしはメッセージを間違って太呂に送ってしまっていた。


太呂の電話から解放されて帰宅すると、家にいたのは氷雨くん一人だった。

「ママは？」

「編集者さんと打ち合わせ。ちな誰かと電話してた？」

氷雨くんが家の裏の路地を指差す。

「ごめん、うるさかった？」

「うるさくはなかった」

ダイニングテーブルに広がっていた分厚い本や辞書を、氷雨くんは一か所にまとめた。

「氷雨くんは研究室に苦手な人っている？」

「苦手っていうのは」

「声に圧があるとか、隣に立たれるとちょっと緊張するとか」

「いない」

「触れられる距離にいてもいいって感じ？」

「いいも悪いもないというか、論文の話をしてるからその空間にいるってだけ。そういえばこないだ、伊麻さんと美術館に行ったとき、ちょうどパーソナルスペースのことを考えたよ。展示のキャプションを読むときとか、知らない人がこれくらいの距離に入ってくるとなんとなく不快だなって」

すっきりと片付いたテーブルに、氷雨くんがミスドの箱を載せた。

「新作のこと、よくわかったね」

やったーと言いながら胃の痛みが和らいで、ああ、あたしは胃が痛かったんだと気づく。

「花梨ちゃんとのワッフルはどうだった？」

氷雨くんがチャイティの入ったマグカップをあたしの前に置いた。

「また今度になった」

明るく答えたつもりが、思ったよりか細い声が出てしまった。

氷雨くんがあたしを見た。何かあったのと訊かれたらなんて答えよう。

「ちな、好きなの選んでいいよ」

けれど氷雨くんはそのことには触れず、ドーナツの箱をあたしの方へ近づけた。

ありがとうと言った声に、スマホのバイブ音が重なる。取り出して、見て裏返す。

太呂には、亜夫くんも氷雨くんも親戚だと説明した。信じてくれただろうか。怒りは鎮まっただろうか。さっきの電話で太呂は、一度だけ大きな声を出した。

「あしたのお弁当、リクエストある？」

「バインミー」

「いいね。それは僕ひとりじゃ思い浮かばなかった。パクチーあったかな」

立ち上がり、野菜室をチェックする広い背中に尋ねる。

「氷雨くんは料理を、お母さんに習ったの？」

「そう、だね。はじめは」

「お父さんも得意なの？」

「父はいない。母は結婚せずに僕を産んだから」

「あたしとおんなじだ。氷雨くんは、お父さんがいまどこで何をしてるか知ってるの？」

「知ってるよ。書店に行けば父の本が置かれてるし、時々テレビの討論番組に出て難しい話をしてるから」

「えっ、ほんと？　名前訊いてもいい？」

いいよと氷雨くんはスマホで検索した画像を見せてくれた。あまりテレビを観ないあたしですら、見たことがあると感じる男の人だった。肩書は国際ジャーナリスト。鼻の形や顔の骨格が氷雨くんとそっくりだ。

「今度本読んでみようかな」

「やめといた方がいい」

手の中のドーナツをじっと見て、氷雨くんは言った。

「愉快じゃない言葉がたくさん出てくるから」

「たとえば?」

氷雨くんは視線を左に遣って、民度とか、と答えた。

「父のことを考えると『この世は仮装行列だ』というゴヤの言葉が思い浮かぶよ」

「ゴヤって、画家の?」

「そう。ゴヤはこう続けたんだ。『顔も衣服も声色もすべては虚偽である。誰もが自身とは違うものに見られたいと願い、たがいに騙し合い、ついには自身の姿を見失う』」

父の仮装技術には感服する、と氷雨くんは言った。あたしの頭には、リコリチや中学時代のクラスメイトが浮かんでいた。

「僕と父は、互いの目盛りがぜんぜん違うんだ」

目盛り。つぶやいてあたしはドーナツをかむ。油と砂糖がじゅわっとおいしい。

「僕は、なるべくなら目盛りが重なる人といっしょにいたいと思う」

「重ならないから面白いんじゃん、って亜夫くんは言いそう」

「伊麻さんもね」

ドーナツをゆっくり咀嚼し、飲み込んでから、氷雨くんは言った。

「重ならないどころか単位すら違う僕だから、伊麻さんは興味を持ったんじゃないかなって、最近思うんだ」

　あたしの顔に疑問が浮かんでいたのだろう。氷雨くんは言葉を探すように、ぽつりぽつりと喋った。

「伊麻さんは人との違いをむしろ歓迎して、そのまま受け入れる。幸福もみじめさも存分に味わい尽くして、作品に昇華する。でも僕はそうじゃない。親しい人との関係においては、ある程度予測がついた方が落ち着くし、コントロール感覚を持ちたいと思ってしまう。僕の目盛りに合わせてとまでは言わないけど」

「コントロール感覚ってどういうの？」

「ものごとを支配できている感覚というか。思い通りに動かしたいというのとはもちろん違うんだけど」

　指先についた粉砂糖を慎重にティッシュの上に落として、氷雨くんは続けた。

「たとえば伊麻さんがちょっと変わった場所にピアスを開けたがったとして、それに僕が難色を示して、彼女が『じゃあやめるね』って言ってくれたら、僕はうれしく思う。そういう感情って変なんだろうか。だめなんだろうか」

「だめってことはないんじゃない？　あたしだって誰かに軽いわがままを言って、それが聴き入れてもらえたら満足するよ。相手がそれを窮屈って感じなければいいんだと思うよ」

「窮屈。なるほど。ちな、いいこと言う。言葉を選ぶのが上手だ」

「到さんや亜夫くんの存在は、つきあう前に知ってたんでしょ？」

「知ってたよ」

「びっくりしたよね」

「うん。同じケースが見つけられなくて」

「ケース？」

「伊麻さんと僕にぴったりはまるケースがどこにもなかった。年齢差、職業、考え方。関係が少数派すぎる僕の悩みは、日本最大級の書店でも解決できなかった。本だけじゃなく、ネットにもなかった。世間の目盛りじゃ測れなすぎるこの状況を、どう打破したらいいか、見当もつかなかった」

「なのにママを受け入れた」

「紐無しバンジージャンプをしてる気分だったよ」

「ほかに道がないからこうなったの？」

氷雨くんは長い首を傾げ、ゆっくり瞬きをした。

「僕はただ、伊麻さんといっしょにいたかったんだ」

チャイティをのんだら、甘みが舌に纏わりついた。

「あたしはね」

「うん」

「今日、花梨といたかった。花梨とワッフルを食べたかったの」

口に出したら鼻の奥がつんとした。うん、と氷雨くんはさっきよりやさしい声でうなずいた。

「花梨の話を聴きたかった。でも、太呂が痛そうな顔をしたから、目盛りを太呂に合わせたの。あたしの言葉でそうなっちゃったなら、あたしに責任があるって思った」

そうか、と氷雨くんはまたうなずいた。

しばらくの間、あたしたちは黙ってドーナツを食べ、チャイティをのんだ。生姜の繊維が喉にピリッとした。

「拒まれると、人間は実際に痛みを感じるらしいよ」

「そうなの？」

「拒まれることと物理的な痛みは、脳の同じ領域で処理されているんだって」

へええとうなずきながら、あたしはふたつ目のドーナツを口にした。

「氷雨くんとつきあう前、ママは氷雨くんに拒まれてると思って、悩んでたよ」

「知ってる」

「最初はママのこと嫌いだったの？　それとも警戒してた？」

「嫌ったことはない。警戒は、少ししたかもしれない」

「怖いと思った？」

怖い、と氷雨くんは言った。その言葉が相応しいかどうか、確かめるみたいに。

「それはぜんぜんない。怖いんじゃなくて、嫌いでもなくて、悩んでたんだ」

「それがママにとっては拒んでいるように見えたんだね」

拒まれていると思い込んだママは突発的に秋田に飛んだ。

「あの頃ママが描いた挿画には、ぜんぶ氷雨くんが描かれてたんだよ」

「うん」

「たまたま入った本屋さんで、それが載った小説誌を見たんだよね？」

「ほんとうは知ってたんだ」

唇の端にドーナツの欠片（かけら）をつけて、氷雨くんは言った。

「なんという小説誌の、何月号に伊麻さんの挿画が載るか。知ってて書店に行った。あの絵を見て、僕は伊麻さんの感情を少し理解できた気がした。いい加減な気持で言ってるんじゃないって。僕を弄（もてあそ）ぼうとか一時の気の迷いとか誰にでもとか、そういうのじゃなくて、僕を認めて、必要としてくれているんだと思った」

でも、と氷雨くんの小鼻が、くっと狭まった。

「こないだここで」

玄関ドアに鍵の差し込まれる音がした。

「ただいまー」

ママだ。氷雨くんが立ち上がり、玄関へ向かう。ママの笑い声が響いて、家の彩度が上がる。

その日は夜更けまでねむることができなかった。静寂のなか太呂や氷雨くんのことを考えていると、家の前をおじさんが痰を吐いて通り過ぎた。最低の気分だった。


三度目のキスは、カラオケだった。

花梨とプリクラを撮った繁華街のど真ん中にあるその店で、太呂は、それまでの緊張が嘘のように大胆だった。

カラオケには男女合わせて八人で行った。あたし以外は全員同じ中学。女の子はみんな読者モデルみたいに華奢で洗練されて、金髪ロングが似合っていた。がたいのいい男の子たちはあたしにたくさん話しかけてくれた。あたしも雰囲気を壊さないように、太呂の彼女いい子だなと思ってもらえるように、努めて感じ好く受け答えした。二部屋に分かれて行き来し合ううち、気づいたら、太呂と二人きりになっていた。

太呂が立ち上がり、ドアの横であたしを手招きした。

「何？」

「いいからおいで」

手首を掴まれ、男の子の強い力で引き寄せられた。

「友だち戻ってくるよ」

大丈夫、と太呂はあたしを抱きしめた。まず上半身、それから下半身がぴったり密着した。

「店員さんに注意されるよ」

「ここだったら見えないから」

制服のシャツの上からブラジャーの線を撫でられ、唇を押しつけられる。分厚い舌が入ってきてぎょっとした。自分と違う粘膜の感触。にがいと思った。他人のざらざらがあたしの口のなかを忙しなくかき回す。上顎、舌の裏側、歯茎。消臭剤と煙草とアルコールの香りが漂う部屋で、あたしはシャツのボタンを三つ外され、乳首を舐められた。何が起きているのかよくわからないまま、手を太呂の股間に持っていかれる。骨みたいに硬い。さすって、と耳許で囁かれた。どんどん膨らんでいくそれを、太呂がジッパーに手をかけ取り出そうとしたとき、ドアが開いて大学生らしき酔っぱらいが入ってきた。部屋を間違えたのだろう。その人と入れ違いにあたしは部屋を出て、女子トイレに駆け込んだ。

洗面台に立ち、水道の蛇口を捻る。手を伸ばす。

つめたく、よそよそしい水。水ってこんな感触だったたっけと思う。鏡のなかの自分が、自分じゃないみたいだ。

結構長くそこにいたのかもしれない。部屋に戻ると太呂のほかに男子と女子が一人ずついて、履歴にはすでに歌われた曲がいくつも並んでいた。太呂と男友だちが目と目で何か合図したように見えたのは気のせいだろうか。その表情を頭から追い払うように、あたしはみんなの歌に合わせて拍手し、笑った。

「今日は送ってくれなくていいよ」

カラオケを出て駅に向かう道であたしは言った。前を歩く六人は無敵感漂う後ろ姿で、夜の繁華街を跳ねるように歩いている。

いますぐ一人になりたかった。もう一秒だって耐えられなかった。早く帰りたい。帰って氷雨くんと甘いものを食べて、亜夫くんと美肌やダイエットの話をしたい。

「いや、いい。商店街の入口まで送ってく」

「ママに頼まれた買い物があるの」

「つきあう」

「卵とか納豆とかだよ。つきあってもらうの恥ずかしい」

そう。面白くなさそうに太呂はそっぽを向いた。それから言った。

「到さんっていう人と、家で二人きりになることあるの？」

「ないよ。レストランをやってるから、生活時間が違うの」

事実だから緊張せず言えた。太呂があたしの目を見つめた。

「氷雨って人とは？　体育祭の日に来てた、学生みたいな人だよね？」

「うん。ないよ」

「もし男とそういう機会があったら、ドアは開けておいてね。相手が何歳でも」

意味もわからないままうなずく。あたしのスニーカーに、薄茶色の染みがついている。誰かのこぼしたコーラだろうか。

「あとさ、裕翔が髪下ろした方がかわいいみたいなこと言ったけど、髪型はこれまで通りにして。下ろしたところを見るのは俺だけ」

あとさ、はまだ続く。

「スカート丈、詰めた？　それとも折ってるだけ？」

「折ってクリップで留めてる」

「よかった。じゃあ二回下ろして」

「えっ」

「二回」区切るように太呂は言った。「それじゃ短すぎるよ。電車通学なんだし。制服以外でスカート穿くのは俺といるときだけにして。家でもね。千夏の脚、誰にも見せたくないから」

改札で別れ、電車に乗る。窓に映るあたしは、目がひらききっていない。

家の近くのコンビニを通り過ぎるとき、店内に亜夫くんの姿を発見した。いつもと変わらぬすました表情にほっとして、目の周りの力がゆるんだ。雑誌コーナーで立ち読みをしていた亜夫くんに気づかれないよう接近し、背後からわっと声をかけた。「うわー」と亜夫くんがのけぞる。

「ちょっとやめて。いまのでストレスかかって肌年齢上がったかも」

亜夫くんが手にしていたのはチケット情報誌だった。観劇のページを見ていたらしい。『オセロー』の文字が目に飛び込んできた。

「最近知り合ったイケメンと、今度これを観に行こうと思って」

亜夫くんが指差したのはまさにその『オセロー』だった。

「お気をつけなさい、嫉妬というやつに」

『オセロー』のなかにそういうセリフがあるんだよ、と亜夫くんは教えてくれた。

「あいつは緑色の眼をした怪物で、人の心を餌食とし、それをもてあそぶのです」


何かがおかしい。

はっきりと感じたのは、その翌日だった。一時間目が終わった後の廊下で、太呂が言った。

「浮気したら殺す」

冗談っぽい口調で、笑顔だったけど、目が笑っていなかった。

「浮気なんかしてないよ」

「じゃあ昨日いっしょにいた男は誰?」

スマホの画像を見せられた。

一枚目はコンビニの外で肩をぶつけ合って笑うあたしと亜夫くん。二枚目は亜夫くんのアップ。

「後を付けたの?」

「俺じゃなくて、たまたま目撃した知り合いが撮って送ってくれたの」

「知り合いって?」

「それは言えない」

あたしの背中が窓枠にぶつかった。

「この人が亜夫くんだよ。前に言ったでしょ？　親戚。でも亜夫くんは」

「ああ、シートマスクがうんたらかんたらの。で？」

その先を口にしようかどうか迷った。でも言うしかなかった。

「彼はゲイだから」

その表現は正しくない。けれどこの場を収める方法がほかに思いつかなかった。亜夫くんごめん。ごめんなさい。嘘をついてまで身を守ろうとする自分に吐き気がした。

「そんなの嘘かもしんないじゃん」

「え？」

「千夏を油断させるための嘘かも」

「嘘でそんなこと言う人いないよ」

「なんで言い切れんの？　千夏はなんにもわかってない」

刃物のような目つきは、太呂の背後を通り過ぎていく子たちには見えない。

「正直に言って。その亜夫って奴とやった？」

「そんなのありえないよ。亜夫くんはそういう目であたしを見てない」

「どうして千夏にわかるんだよ。俺は千夏の言葉をどうやって信じたらいいわけ？　俺を家に近づけたがらないし、いろんな男の名前が出てくるし、でも隠すし。はっきり言って怪しいよ。俺と同じ立場になったらみんなそう感じるよ」

仲いいねえ。千夏ちゃん愛されてるねえ。休み時間にカップルがいちゃついていると思い込んでいる子たちが通り過ぎていく。

「千夏！」

花梨の声がした。

「千夏に聴いてほしい話があるんだけど」

花梨があたしの手を取る。太呂は一瞬でよそゆきの顔になった。その鮮やかな変化はまるで仮面をつけたみたいだった。笑顔の太呂に手を振って、あたしは花梨と廊下を歩き出した。

「推しがついに炎上しちゃった」

いまにも泣き出しそうな顔で、花梨はスマホを見せてきた。

「喫煙隠し撮り画像が出回ったの」

がっかり。ファンやめる。劣化の原因は煙草だったのか。五年前に戻ってほしい。こういう人はアイドルにふさわしくない。ＳＮＳに並ぶコメントすべてに花梨は胸を痛めていた。あたしにできるのは花梨の話を聴くことだけだった。花梨のつらさをあたしがもらってあげられたらいいのに。一般的に苦痛とされる事柄でも、耐えられない人と平気な人がいる。あたしは推しの炎上で泣くほど思い悩むことはないし、花梨が大嫌いな注射も歯医者もぜんぜん苦じゃない。だから花梨がつらいと思うことぜんぶ、あたしがもらってあげられたらいいのに。

「千夏はどう思う？」

いま考えていたことをそのまま答えたら、花梨はきょとんとしたあと、大きく笑った。

「お母さんみたい」

自分の感情に素直な花梨を、心の底から愛おしいと思う。じゃあ、と花梨が言った。

「あたしが千夏の苦を引き受けるよ。千夏がいまつらいことは何？」

「ないよ」

あたしは笑顔で首を振る。


太呂は屋外の人目がある場所でも触ってくるようになった。エスカレーターで上りながらお尻を。朝の学校の一瞬ひと気の途絶えた駐輪場で胸を。あたしは彼にやめてほしいと言えない。

学校のない日も太呂は会おうと言う。土曜日。今日はママと用事があると断った。ほんとうは、ママと、ママの友だちの絹香さんと、到さんと亜夫くんと氷雨くんと会う用事。それなら仕方ないねと太呂は言ってくれない。たいていの女の子ならどきっとしそうな整った顔立ちで、遅くなってもいいから顔が見たいと言う。遅くなりたくないから十三時の待ち合わせにした。

我が家の最寄りから電車で三駅の改札で太呂は待っていた。川沿いにある公園に行こうと誘われる。今日行く予定だった、到さんのお店の近くだ。

会うなり肩を抱き寄せられ、額にキスされた。

「人に見られたら恥ずかしいよ」

言いながら自分が笑みを浮かべていることに気づく。いったいなんの笑みだろう。

「いいじゃん。つきあってるんだし」

冗談ぽく、でも勇気を出して、あたしは言う。

「あたしの身体だから」

自信に満ちた顔で、太呂は言う。

「半分は俺のだよ」

そう言えばあたしが悦ぶと思っているみたいに。

大木の裏にあるベンチに並んで座る。暗いなと思って見上げると空に分厚い雲がかかっていた。さわさわ鳴る葉っぱの音が怖い。太ももに手が乗った。撫でられる。指がスカートを徐々にまくり上げる。首筋に唇を押し付けられる。足音が近づいてきて、あたしは立ち上がった。

「トイレ行ってくる」

暗い緑のなか、太呂の目があたしの目を捕まえた。

「ついていくよ。心配だから」

「大丈夫。すぐそこだし」

公衆トイレを指差し、あたしはまた笑う。

「だーめ。男女隣り合ってるし、いつおかしい奴が侵入してくるかわかんないでしょ」

太呂も立ち上がる。

確かに太呂が言うように、衝立(ついたて)に隠れて入ってこられる構造なのは間違いない。

個室のドアを閉めようとしたら、ぐっと向こう側から引っ張られた。身体がよろけた。入ってきたのは知らないおかしい誰かではなく、太呂だった。

唇を押し付けられる。スカート越し、右の太腿に棒みたいなものが当たっている。太呂が便座を閉じた。肩を押されてあたしはその上に座る。カチャカチャとベルトの音がした。太呂が何をしようとしているか、理解したときも、あたしは笑っていた。

10

湿らせた布でやさしく拭けば咲きますよ。花屋の女性に教えられた通り、芍薬の薄紫色のつぼみを撫でた。昨夜同じ色のネイルを塗った手で。それから家を出て、Lasciare に向かった。

『誰かを愛し、同時に完全に自由にすることは可能か』

土曜十五時。イタリアンバール Lasciare の黒板にはそう記されていた。

「絹香、少しほっそりした？」

右隣に座る伊麻が私の腕にふれた。今日も伊麻の指はきれいだ。

「あまり食欲がなくて。ひとつのことを集中して考えるのも難しい」

調子の悪い日は彼のことを考えるしかできないし、調子のいい日は調子よく延々と彼のことだけ考えていられる。

「なに絹香ちゃん、難攻不落な恋でもしてんの？」

私の左に座る亜夫さんが、真っ白な歯を見せた。してますと答えると、亜夫さんの目が輝いた。

「食欲と集中力の著しい欠如」伊麻の奥に鎮座する氷雨さんが言った。「それは恋愛初期の段階においてめずらしいことではなく、相手を本気で好きだという、肉体構造上の証です」

若い。肌がどこもふるびていない。襟足も白目も爪もぴかぴか。赤ちゃんみたいだ。

「俗にいう恋煩いですが、ストレスホルモンであるコルチゾールが胃の血管を収縮させるものとの説が有力で、それによって食欲と集中力が低下するようです」

「氷雨を好きになった頃のわたしってことね」

氷雨さんの尖った耳が赤くなった。

氷雨さんは伊麻に褒めてもらおう、認めてもらおうとする。そんな彼を見て私は幼いな、少し滑稽だなと感じるけれど、伊麻は愛しい、面白い、と思うのかもしれない。

笑い声がした。店の奥のテーブル席で、若い男子二人組が会話しながらこちらに顔を向けて笑っている。

もし私が伊麻の立場だったら、あの男子二人は自分のことを笑っているのだと思い込み、居たたまれなくなる気がした。

伊麻は引け目を感じることはないのだろうか。こんな年下の男の子とつきあっていることを周囲にどう見られているか。彼は隣にいるのがこんな年上の女で恥ずかしくないか。

私は年下の男性とつきあったことがない。そもそも恋愛対象として見たことがない。

「お待たせしました。生ハムとチーズの盛り合わせです」

女性スタッフが大皿と取り皿を運んできた。私はそれを取り分け、あいボールからはじまった夫とのやりとりを話した。

「お互い自由にしようって提案したら、野暮って言われました。情緒がない、変だって」

くくっと亜夫さんが肩を揺らした。入口に近い席に座る亜夫さんの向こうには、二車線道路と、植え込みに咲く大きな紫陽花が見える。

「それって肌の色を変って言うのとどう違うのかね？　パートナーを一人にするんじゃなくて、互いに納得して複数の相手を持つことを、変って決めつけるなんてさあ」

「互いに納得して」法律の条項を読み上げるように氷雨さんが言った。

「互いに納得して」と伊麻が続いた。

「もう、ごめんって。駿のことはちゃんとケリつけたから」

到さんと目が合った。肩をすくめ、呆れたように笑う。つられて私も笑ってしまう。これがいつもの彼らのやりとりなのだろう。

チェイサーの水を飲んで、亜夫さんが言った。

「ま、変って言われたって関係ないよね。世間、客観、くそくらえだ」

「ごはん屋さんでくそとか言わない」

伊麻が亜夫さんをたしなめる。到さんが私を見て、ごめんねというように苦笑する。

入店して一時間も経っていないが、私は寛いでいた。店にも、伊麻の恋人たちにも。やさしく落ち着いた到さん。美意識が高く、ちょっと皮肉屋の亜夫さん。伊麻のとなりを死守し、口数は少ないながら的を射たことを言う氷雨さん。

「絹香ちゃんの旦那、提示された二択にうなずける選択肢がなくてイラッとしただろうね」

鼻歌交じりに亜夫さんが言った。

「旦那が想定してたのは、絹香ちゃんが自分にすがるとか、詫びるとか、暫く怒ったり無視したりするけど元に戻るとかだよね。斬り捨てられるってビビっただろうね」

「夫の不倫が、絹香ちゃんへのＳＯＳだったっていう可能性は？」

木べらで鍋をかき混ぜながら到さんが言った。

久しぶりのアルコールで脳がふわふわする。私は夫の発言のひとつひとつを慎重に吟味した。

敬ってほしかった。構ってほしかった。

「そこを掘り下げたら、より深く誠実な夫婦関係に変化する可能性があると思うよ」

それを私は望んでいるのだろうか。望んだ時期も、たぶんあった。けれどその点はとうの昔に過ぎ去って、振り向いても見えないほど遠い。

「変化する必要なくない？　このまま夫婦続けたって、絹香ちゃんも裏切られたことを思い出さずにいられないでしょ？　しかも九年？　ありえないよ」

亜夫さんが空になったグラスをカウンターの上に置いた。

「氷雨はどう思う」

氷雨さんの前にピスタチオを置いて、到さんが尋ねた。

「到さんの意見に二点、同意します。まず一点目は不倫がＳＯＳだった可能性についてです。結果的には、仕事のストレスから目を背けるための不倫だったのではないでしょうか。話を伺っている限り、心身を相当消耗する職場環境のようですから」

「ん？　どゆこと？」亜夫さんが目を細める。

「インカ帝国の奴隷たちは、コカの葉を嚙むことで過酷な労働に耐えていたそうです。それに代わるものが、現代社会を生きる絹香さんの夫にとっては不倫だったのではないでしょうか」

意味不明という顔で自分を見る亜夫さんを意に介さず、氷雨さんは続けた。

「二点目は、変化する可能性に関してです。一方もしくは双方が苦しみを抱えた関係において、選択肢は四つあります。一つ目は『別れる』。あとの三つは『別れず、変えられる部分を変える』『別れず、変えられない部分を受け入れる』『別れず、諦める』です」

「最後のやつは死に等しい。オレにとって」

「亜夫さんにとっては、そうでしょうね」

「いっしょにいる意味ないじゃん。相手にとっても諦められてるなんてみじめじゃん」

「諦めたことが伝わるとは限りません」

「伝わるよ」

「ともかく、変えられない部分を受け入れるのもある意味変化と言えますし、よく話し合えばなんらかの改善は見込めるのではないでしょうか」

「どうかなー。話聴いてる限り、アタマ固そうな旦那だと思うけどね。オレが興味深いのは、そういう相手いるのって旦那が絹香ちゃんに訊いたことだよ。ある意味かわいい」

亜夫さんの顔には毛穴がない。氷雨さんとはまた違う、手のかかったうつくしさだ。

「そんなに見つめないでよ」

「今朝何を召し上がったか訊いてもいいですか」

「大根おろし」

「だけですか?」

「だけ。昨日会食だったから。絹香ちゃんの旦那、焦ったんだろうね。ほったらかしにしてたおもちゃに誰かが興味を示した途端、手放すのが勿体なくなっちゃった子どもみたいに」

「おもちゃ?」

「絹香ちゃん気にしないで」到さんがほほ笑む。「亜夫は時々単語のチョイスに悪意が滲むんだ。パートナーはおもちゃじゃない」

「じゃあなに？」

一呼吸おいて、到さんは答えた。

「花。夫婦愛ほど眠りやすい花はないんだ」

到さんの背後に薔薇(ばら)が咲いていくよう。この人は、もてるだろう。店外を通りすがりに彼の佇まいを眺めていたときから思っていたけれど、今日話してその確信は強まった。到さんには余裕がある。それは経験に基づくものだ。失敗や挫折が彼の色気を増している。

到さんのほかの恋人はどんな人なんだろう。伊麻は会ったことがあるのだろうか。ほんとうに、執着しないのだろうか。こんなすてきな男性が、自分以外の人に好意を抱いて、褒めたり、頭を撫でてキスしたり、愛おしそうな顔で見つめても？

「夫婦愛の花がひらいたままでいるために必要なものはなんなの？」

亜夫さんに尋ねられ、到さんは「想像力」と答えた。

それは私に圧倒的に足りていないものだった。針生さんのことなら、もうやめたいと思うほど想像しているのに。きっと夫もそうだった。八沢さんに関しては、何をしたら笑ってくれるか、悦んでくれるか、驚いてくれるか、想像しただろう。想像したくなる相手だったのだろう。だって、妻とは違い、驚いて笑って悦んでくれる人だから。

「互いに自由恋愛を認めることが、愛していないことにはならないのにね」

伊麻がきゅっと口角を上げて言った。伊麻はかわいい。悦び上手で、悦ばせ上手だ。亜夫さんもたぶんもてる。氷雨さんは世代が違いすぎてよくわからないけれど、萌絵が見たら「ふつうにイケメン」と言いそうだ。

みんな、人生を隅々まで謳歌している。彼らはきっと、死の床で悔やまない。

「絹香ちゃんはその人のこと知りたいんでしょ？　もっと連絡して、もっと会ったらいいのに」

「亡くなった父もよく言ってました。『会いたい人には会いたいと言って』って」

「ほらー。言わなきゃ伝わんないんだよ」腰を浮かせ、氷雨さんの皿からピスタチオを摑み取って、亜夫さんは続けた。「パパは誰に会いたかったんだろうね」

「事情があって疎遠になってしまった親戚がいたそうです。連絡しようと思っているうちにその人が病気で若くして亡くなってしまったって」

「それはつらかったでしょうね」伊麻が温かい掌を私の手に重ねた。

「だからさ、とにかく今すぐだよ。相手にどう思われるかっていうスイッチをオフにして、すぐ連絡するの」

「でも彼が私をどう思っているかはわかりませんし、厭な思いをさせたくないから……」

「絹香ちゃんの本心はどこにあるのよ？」

亜夫さんが肘をついて、私を見つめた。

「絹香ちゃんって人の顔色を窺うのが癖になってない？」

いつかのファミレスで伊麻が言ったことを、何倍も率直に亜夫さんが指摘してくる。

「正しいとされる価値観で自分を雁字搦め（がんじがら）にする習慣がついてるっていうかさ。なんか、見てて窮屈。世間の物差しで生きて、ずっとそれで測っていくの？　物差しなんかぶっ壊しちゃいなよ」

「自分の物差しは大事にすべきです」と氷雨さんが言った。「目盛りと言い換えることもできると思いますが、自分の心や身体がどのラインで傷ついてしまうのか、それを他人が壊せなんて言うのは横暴です」

目盛り。私の目盛りは消滅しかかっているのかもしれない。

はーっと亜夫さんがため息をついた。

「氷雨も絹香ちゃんも、もっと自由にのびのびしたらいいのに。ごちゃごちゃ考えてないで、行きたい場所に行って、会いたい人に会えばいいんだよ。まあとりあえず、その男と食事に行きな」

「そんな。どうやったらそんなシチュエーションになるか、想像もつかないです」

「ごはん食べに行こ！　って言うだけだよ。好きな男とお酒呑むって最高に幸せよ？」

「でも、そもそも、いけないことですから……」

ふふっと亜夫さんが唇の端を持ち上げる。

「なに言ってんの。危険と秘密が女をうつくしくするんだよ」

到さんに飲み物のお代わりを尋ねられ、氷雨さんはビール、伊麻は白ワインをたのんだ。亜夫さんはお水と言った。

「一杯しか呑まないんですか？」

「体重管理したい人は週に赤ワイングラス三杯までってエリカが言ってたから」

「エリカ？」

「エリカ・アンギャル。ちなみにお酒一杯につき同量の水をのむと肌にいいらしいよ」

「そうすればそんな毛穴のない肌になれるんですか？」

「これは顔脱毛のおかげ。ねえ絹香ちゃん、二択ね。しょうもない男の唯一の妻であるのと、スポーツ選手でも俳優でも昔憧れてた人でもいいんだけど、崇拝レベルで好きな男の第五夫人、どっちがいい？」

え、と口ごもっているうちに伊麻と到さんが即答する。

「第五」

「第五」

「だよね。オレも第五でいい、いやむしろ第五がいい。氷雨は？」

「しょうもない人とはつきあいません」

「だーかーらー、たとえじゃん。まあ結局、一夫一妻制はしょうもない男にとって有利な制度ってことよ。不倫を容認しちゃうと、コミュ力の高い人がますますもてて、そうじゃない人がますますそのチャンスを逃すってことになるから」

そうとも限らないのではないか、と私は考えを巡らす。ぎこちないコミュニケーションに惹きつけられてしまうこともある。みんながみんな、人気者を好きになるわけじゃない。

「あーでも、やっぱ、めっちゃ好きだったら、さすがに五位はやかも。全力で一位か二位取りに行くな。絹香ちゃんは？」

「私は一対一がいいです」

「だからさ……まあいいや、ところでその剝製師のどんなところに惹かれたの？」

グラスの水をのんで、亜夫さんが訊いてくる。

一個目は開けやすそうなのを選ぶの。伊麻がピスタチオの殻を開けるコツを氷雨さんに教えている。その殻の片方を、次の殻に差し込んで開けるの。

私は亜夫さんに針生さんの魅力を話し、ため息をついた。

「なぜこんなに惹かれてしまうのかわからなくて……。とにかく毎日みっともないです。どういう気持で彼はあんなことを言ったのかなってずっとぐるぐる考えてます。一言の意味を永遠に探してしまうし、永遠に宝物にしてしまう。あんな褒め言葉、たんなる社交辞令に決まってるのに」

「褒め言葉はそのまま受け取ってください」

伊麻がにっこり笑って言った。憶えている。大学時代の恩師が彼女にかけたという言葉。

「好きのはじまりってそんなもんじゃない？」と亜夫さんが言った。「いちばん愉しい時期じゃん。どれくらいなら好意を出していいのか、探り探り球を投げる、恋愛初期の醍醐味よ。絹香ちゃん、もっと味わいな」

「そんな余裕ないです。自分が醜くて恥ずかしいです」

「人を好きになるのは醜いことじゃない」と伊麻が言った。「恋をしながら賢くいることは不可能だって、フランシス・ベーコンも言ってる」

「懐かしい名前〜。歴史の授業で習った気がする。何した人だっけ？」

「十六世紀、イギリスの政治家兼哲学者よ」

「遠い子孫に、同名のフランシス・ベーコンがいますよね。二十世紀に活躍した画家の」

「さすが氷雨。そう、画家のベーコンと愛する人との出会いはね、ある夜、アトリエの天井から落ちてきた泥棒にベーコンが一目惚れしてしまうところからはじまるの」

「泥棒？」びっくりして訊き返す。

「そう。それがジョージ・ダイアー。ベーコンはダイアーを警察に突き出す代わりに、『ベッドを共にすることで許す』って告げて、その日から二人は恋人同士になった。とつぜん上流階級の世界に放り込まれたダイアーは、周囲からの好奇の視線と嘲笑に耐えられなくなって、次第に精神が追い詰められていくの。しまいにはドラッグとアルコールに溺れ、ホテルで睡眠薬を大量に飲んで死んでしまった。ベーコンがパリのグラン・パレで生涯最高の栄光を手にしたその日に」

三十代と思しき男性客がふたり入ってきた。彼らが亜夫さんと私の後ろを過ぎ、伊麻の後ろに差し掛かったとき、氷雨さんが掌を伊麻の背中にかざした。

「ベーコンは、どんなものをテーマに描いた画家なの？」

「愛、嫉妬、孤独、苦しみ、官能」

ほろ酔いなのか、伊麻の目はほんのり赤くうるんで色っぽい。

失礼しますと言って氷雨さんが席を立ち、トイレに向かった。

「伊麻がベーコンだったら、その泥棒と恋人になる？」

「なったと思う」と伊麻は眉を下げて笑った。

「百パーセント、別れが見えていても？」

「うん。いずれ別れるのだとしても、出会いを避けて通るのは淋しすぎるから。それに、明日があるかわからないのに、愛を伝えずにいられる？」

「情熱的ね」

「伊麻は芸術家だから」到さんがほほ笑んだ。「描くためには、人より多くの情熱が必要なんだ」

情熱の燃料は愛なのだろうか。高揚も不安もみじめさも、伊麻にとっては創造性に放り込む薪なのだろうか。

「情熱は人一倍あるけど、嫉妬心は人一倍少ない、それが伊麻ちゃん」

じゃあ、と私はトイレを一瞥して尋ねた。

「たとえば氷雨さんが、かわいらしい女の子と密室で二人きりになるのが厭だとか思わない？」

「思わないよ」

「やさしく抱きしめて、キスして幸せだなと思っても？」

「うん。その人が氷雨に与える悦びは、わたしが彼に与える悦びと同じ種類ではないだろうから」

「伊麻の目の前で、氷雨さんが彼女の髪を愛おしそうに撫でても？」

「うれしくはないけど……。そうね、いいな、わたしにもあの愛おし気な顔を向けてほしいなって思う。でもその人に色っぽい言葉をかけないでとは思わない」

「誰と会って話して触れてもいい。でも伊麻ちゃんとも会って話して触れてほしい。そういうことだよね？」

「うん。亜夫も？」

「概ね同意」

「前に伊麻、嫉妬は時々するけど執着はしないって言ったでしょう」

「うん」

「じゃあ束縛もないってこと？」

「ないね」と答えたのは亜夫さんだった。「伊麻ちゃんは一切束縛しない。他者性を大切にする人だから」

「他者性」

「境界線っていうの？　それがはっきりしてるから。伊麻ちゃんは自分の気持をわかってくれて当然とか、つきあってるんだから彼は自分の思い通りに動くべきとか、そういうの、ないの。伊麻ちゃんは自由。相手が自分をどれだけ愛するかも含めて超自由」

「そうとも言い切れません」戻ってきた氷雨さんが口を挟んだ。「伊麻さんが境界線を重んじているというのは正確な表現ではないと思います。なぜなら伊麻さんは、声が聴きたくなったら僕が研究室にいようがバイト中だろうが構わず電話をかけてくるからです」

一呼吸に言い終えて、氷雨さんは確認するように伊麻を見た。

「声が、少し聴きたいときってあるじゃない？」

言い訳するように、伊麻は氷雨さんを見つめ返した。

「その通りです。しかし伊麻さん自身は、描いているときや、特に構想を練っている最中にかけても、まず出てくれません」

「電源切ってるもの」

「僕はかかってきても困りませんが、というかむしろ愛情を感じてうれしく思いますが、こちらがかけたときに出てくれないと、もやもやすることがあります」

「それはごめん」

「謝る必要なくない？」亜夫さんが言う。「そういう伊麻ちゃんとつきあってんだから。それにいくら伊麻ちゃんが氷雨の声を聴きたくてかけたとしても、出てもらえなくたって伊麻ちゃんは腹立てたりしないじゃん」

氷雨さんが伊麻を見る。伊麻がうなずく。

「伊麻ちゃんは会ってるときだけ無限に愛すんだよね。会ってないときは嫉妬や束縛なんか、する暇ないくらい自分のことに没頭してる」

「でも亜夫は、嫉妬や束縛を否定してないよな」到さんが言った。

「まあね。所有されたい欲ってあるじゃん？　束縛のどこまでが愛情表現なのかは難しいところだけど、オレはヤキモチってゼンギの一種だと思うんだよね」

ゼンギが前戯であると気づくのに数秒要した。気づいて動揺した。亜夫さんがまた片肘をついて私を見た。もうわかる。この顔は、からかう準備だ。

「セックスの前に行われる求愛儀式ってあるじゃない？」

私の瞳を愉快そうに覗き込みながら亜夫さんは言った。

「動物界でもさ、挨拶からはじまって、プレゼントして、歌って、愛の言葉をささやいて。好い香りを身に纏って、装って、身体の一部に色を塗る。人間もおんなじじゃん？　眼差しが交差して、かするくらいの接触があって、きれいすてき恰好いいってポジティブな感情を伝えて、得意なことを披露する。それらに『嫉妬を掻き立てる言動』も含まれると思うんだよ」

「僕には理解できません」

「氷雨は、そうだろうねえ。でも嫉妬してはじめて自分の恋心を自覚するってこともあるじゃん」

「そんなものなくたって気づけます」

「嫉妬は一滴も要らない？」

「要りません。一滴も」

伊麻が到さんに何か言い、到さんが薬缶を火にかけた。

「ねえ伊麻」

「うん？」

「つきあっても敬語ってこと、あるのね」

沈黙が降りた。

「常に、そうってわけじゃないのよ」

おずおずと、伊麻が長い睫毛を氷雨さんに向けた。氷雨さんはつめたく見下ろすように、伊麻に視線を注いでいる。

どきどきした。上下関係が入れ替わる瞬間を見てしまったような気がした。ふたりきりの場では、きっと敬語ではないのだ。ドアを閉めた瞬間、氷雨さんが主導権を握り、伊麻が敬語になるのだとしたら。

到さんがカウンターにマグカップを置いた。異国感漂うレモングラスティの湯気が、想像と現実の境をあやふやにする。

「まったく嫉妬しない人なんていいんのかな？」

「シューベルトは、嫉妬や嘘とは無縁の誠実な人柄だったと言われています」

「ほんとに？　それも本で読んだの？」

亜夫さんに問われ、いえ、と氷雨さんが言い淀んだ。

「本じゃないなら何」

「母が、昔言ってたので」

「氷雨ママも物識りなんだ」

「特別そういうわけでは。音楽に関わる仕事をしているからだと思います」

「へーどんな？」

「ピアノを教えています」

ピアノか。つぶやいて亜夫さんはまた私の方を向いた。

「絹香ちゃんは、旦那にふれたいと思うことある？」

「どこか痛そうにしていたらさする、とかはできると思います。でも嘘を吐かれていたと知ったとき汚いと思いましたし、よくよく考えてみたらそれ以前から、臭いはだめになってたんですよね」

「肉親は体臭を共有するんだよね。その近さが抑止力になっちゃうっていうか」

「夫婦を肉親とは呼べません。基本的に血縁関係がないので」

「肉親じゃないにしても、同じもの食べて歯磨き粉もシャンプーも柔軟剤も同じだったら、似た匂いになっちゃうよね。伊麻ちゃんとオレらはだいぶ違うもん。だからいいのかねえ」

伊麻に伸びる亜夫さんの手を、氷雨さんがはたき落とす。

「オレの働いてる会社、いま新社屋を建設中でさ」

亜夫さんの話題はころころ変わる。困惑しながら、ええ、とうなずく。

「ちょっと前から仮社屋で仕事してるんだけど、新しい建物に移れるのは三年後なの。三年後なんて謎すぎない？　オレ自分がどうなってるかぜんっぜん想像できない。絹香ちゃんがもし三年後にタイムスリップしたとして、『えっ嘘!!』って、うれしすぎてびっくりしちゃう未来ってどんなの？」

「タイムスリップ……」

「そう。こうなってたら最高っていうか、いちばん手に入れたいものは何？」

針生さんが私の名前を呼んで、抱擁してくれること。必要だと言ってくれること。いや、たったひとつの何かではなく、いちばん欲しいのは、針生さんとの尊い時間の積み重ねかもしれない。でも、ありえない。想像するのが虚しいほど、ありえない。

「どんどん望もう。叶うから」

ニッと笑う亜夫さんの隣で、伊麻がうなずいた。

「千夏の高校の体育祭でね、大縄を回してた男の子が言ったのよ。『引っかかってもいい。いままでいちばん高く跳べ！』って。わたし、その一言がずっと忘れられなくて」

引っかかってもいい。いままでいちばん高く跳べ！

私は高く、跳べるだろうか。跳ぶには、何かを望むには、もう遅いのではないか。

「ねえ絹香。三年後じゃなくてね、いま。いま、なんでもやっていいとしたら、何がしたい？」

私が何をしたいか。

そんなことに関心を持ってくれる人は、長い間いなかった。

「自分を解放して。頭のなかだけでも」

伊麻は念押しするように言った。

「一人暮らししたい」

とっさに口からこぼれたのは、自分でも気づいていない感情だった。

「私はもう、世話をしたくない」

ここは、ふだん口にできないことを言わせる空気のある場所だと思った。

亜夫さんがうれしそうにうなずいた。

でも、そんなことはできっこない。権利がない。なぜなら私は稼ぎが少ないから。私が選ばなかった道。上司の厭味にも夫の非協力にもめげず、あのまま仕事を続けていたら。社会的にも金銭的にも夫に依存していなければ、もっと自分を貫けたのではないか。へそくりを使い切ってでも、シッターさんをお願いすべきだった。正社員の職を手放すべきではなかった。

店の前の大通りをトラックが通り、風に吹かれて紫陽花が一斉に揺れた。幼児が頭を振っているみたいだ。

手を繋いで歩いてくる初々しいカップルが見えた。車道側を歩く坊主の男の子が、愛おしそうに彼女を見つめている。女の子の顔は彼の方を向いていてよく見えないけれど、肌の色や脚の長さから推測するに、外国籍の子だろう。

「亜夫さん」と氷雨さんが言った。「僕の鼻の付け根を見てください」

「え、なに？　やなんだけど。あらー、立派なお鼻ですね」

「次に僕の瞳孔を見てください」

「瞳孔？　目じゃなくて瞳孔？　なんで？」

「質問します。亜夫さんは、亜夫さんの人生を生きていますか？」

「生きてます超生きてます、胸張って言えるよ」

「わかりました、結構です」

「なに？　なんなの？」

「そこの道を、千夏とボーイフレンドが通ったのよ」苦笑しながら伊麻が言った。

「はあ〜？　なんでよ。オレ見たかった、ちなっちゃんの彼氏。なんならここに呼びたかった」

「そう言うと思ったからです」

「まだ間に合うかな？」

腰を上げた亜夫さんの手首を氷雨さんが掴んで座らせる。

「踏み込んだ質問してもいい？」

「絹香の質問は、たぶん踏み込んでないと思う」

伊麻が笑った。

「千夏ちゃんのお父さんは、日本人じゃないのね」

「そう。モロッコ人なの」

私が脳内で描いていた千夏ちゃんは、両親ともに日本人の女子高生だった。なぜそうでない可能性を想像しなかったのだろう。

デザートのティラミスは氷雨さんだけが食べた。伊麻はいつまでもマグカップに口を付けず、ぼんやりしていた。私はレモングラスティをのみながら針生さんの姿を浮かべ、千夏ちゃんのことを思い、今日ここで彼らと話したことを振り返り、結局また針生さんのことを考えた。

芍薬のつぼみは咲かないまましおれた。

11

別れよう。別れを告げるしかない。

『大事な話があるの』

朝の洗面所で、太呂にＬＩＮＥを送った。何度歯を磨いても、口のなかがねばねばする。氷雨くんが焼いてくれたふわふわのパンケーキも半分以上残してしまった。もう太呂の隣には立てない。正面にも立ってほしくない。商店街を歩き、改札をくぐり電車に乗って、甘夏のポーチを取り出す。開けて、キーホルダーにした塩分ラムネのタブレットを両手で包む。資朝も、恋人にああいうことをするんだろうか。相手の意思も確かめずに？

『了解。改札出たとこで待ってるね』

太呂から返信が届く。ＳＨＩＲＯのハンド美容液を手に塗って、香りを吸い込む。亜夫くんが励ましてくれているような心持になる。大丈夫。ちゃんと言える。

別れたい。勝手だと思うけど、別れたいです。呪文のように唱えながら、電車を降りる。あたしなんかをいいって言ってくれてうれしかった。感謝しています。でもごめんなさい、もう無理です。別れたいです。別れたいです。階段を下りる一歩ごとに決意を固める。

券売機横の柱に寄り掛かっていた太呂が、顔を上げた。不安げに笑う顔を見た瞬間、決意は砕け散った。

「具合悪いの？」

お弁当の後、抗生物質を飲んでいると、太呂に話しかけられた。あたしの席は教室の真ん中のいちばんうしろ。今日のお弁当はブルーベリージャムとクリームチーズを塗ったベーグルと、亜夫くんが作ってくれた豆腐とひじきのマヨサラダ。枝豆の緑色が、朝蓋を閉めたときよりくすんでいる。

「うん、ちょっと」

膀胱炎という単語は教室では出しづらい。特に女の子は尿意を我慢しないように。性器に触れる手は清潔に。泌尿器科の先生はそう言った。清潔以前に、さわられたくないときはどうしたらいいですか。喉元まで出かかった質問を、口にすることはできなかった。チャイティをのむ。口内炎に生姜がしみる。いつもより味がうすいなと思いながらもう一口のむ。先生から、水分をたくさん摂るよう言われていた。

「下着が透けてる」

低い声で太呂が言った。

胸元を見おろす。シャツの下に着た黒いキャミソールのことを言っているのだろうか。

「朝ママがなんにも言わなかったから大丈夫だと思うんだけど」

「ママ関係なくない？　いま話してんの俺だし」

ママだけじゃない。到さんたちもそれはちょっと、と思ったら言ってくれる。「千夏はまったく悪くないんだけど、そのスカート丈だとじろじろ見られたり盗撮されるかもしれない」とか「きれいな鎖骨だけど、胸元気をつけて」とか。

到さんや亜夫くん、氷雨くんがかけてくれる言葉に圧を感じたことはない。でも太呂は違う。何が違うんだろう。どうして息苦しくなるんだろう。

離れたところにいた資朝と目が合った。

放課後、校門前で太呂を待っていると、あのインスタの先輩が、同じように白くて細くてきれいな先輩と歩いてきた。すれ違いざまふたりの視線があたしのふくらはぎに落ちて、どちらかが「鬼太」と言った。「焼けすぎじゃない？」とも。こういうことを言われたら、以前なら落ち込んだ。

いまは違う。ただ疲れる。最近すべてがめんどくさい。

太呂と公園を歩いて、池に面したベンチに並んで座った。太呂は毎日二人きりで会いたがる。友だちと遊びたいと言うと悲しい顔をされるから言わなくなった。あたしたちの背後、十メートルくらい離れた場所に公衆トイレがあった。太呂のいる右側も、トイレのある背中側も、長い黴が生えたような感覚がある。黴があたしの身体と垂直に伸びて固まってバリアになってくれたらいいのに。太呂がお尻を浮かせ、ぴったり身体を寄せてきた。さりげなくほんの少し離れる。笑いながら太呂はまたくっついてくる。下唇を裏返して見せた。

「口内炎?」

「うん。すごく痛いの」

「確かに、痛そう」

眉を下げながら太呂はあたしの手首を摑んで立ち上がる。公衆トイレの個室。便器に座る。目の高さにベルト。またあれをされるんだ。

「千夏の口見たら、なんか昂奮しちゃった」

太呂がベルトに手をかける。一度奥へ押し込んで、手前へ引く。ベルトを外すための動作が、あたしの脳をかき混ぜ朦朧(もうろう)とさせる。

「だって千夏の唇えろいんだもん」

あたしはもう笑わない。笑わない代わりに瞼を閉じる。

また朝がくる。来なければいいのにくる。

それでも改札の脇に立っている太呂を見ると、この先こんなにあたしを必要としてくれる人は現れないんじゃないかと不安になる。あのほっとした表情。あたしごときに感情が左右される太呂。みんなに完璧と思われているけれど、実はだめなところがいっぱいあって、それをほかの誰にも見せられない太呂。あたしほど太呂を受け入れてあげられる人はいないんじゃないか。

「今日学校終わったら映画観に行かない？」

肩や首の後ろを摑まれながら校門にたどり着く。朝からラブラブだねといろんな子に声をかけられる。頭がぼうっとする。靄がかかったみたいだ。最近、目を閉じてからねむるまで時間がかかる。気づいたら三時間経っていることもある。

体育のあとの休み時間。定規を掌に軽く打ちつけながら、教室後方の掲示物をぼんやり眺める。

互いの目盛りがなるべく重なる人がいい。

氷雨くんはそう言った。互いの目盛りが重なる人なんているのだろうか。

その人の目盛りって、どうやって作られるんだろう。目盛りが大きく違う人と、好い関係を築くことなんてできるのだろうか。謎だらけだ。

ひとつだけわかるのは、つきあって以来、あたしは太呂の目盛りで生きているということ。

「ちょっとごめん」

鼓膜を心地好くひっかく声がして、顔の横に腕が伸びてきた。

豊かな黒髪から覗く耳。資朝があたしのそばでしゃがみ、棚の奥に手を伸ばした。肩同士がかすりそうになった。けど、あたしはよけなかった。

よけなかった。その意味を考える。近づかれても不快じゃない人。近づきたい人。近づかれたくない人。資朝なら、厭じゃない。怖くない。むしろ。

温かな色合いの耳朶。血管の浮いた二の腕。尖った肩。触れてみたい。そう思う人以外には触れられたくない。そのことははっきりわかるのに、恋人、しかもあんなにみんなに好かれている人に対して触られたくないと思うことが正しいことなのか、そうでないのかがわからない。考え出すとまた、靄がかかる。

資朝は取り出した紙袋を手に立ち上がると、棚の上に置いた。

「どうしてネクタイ結ばないの」棚の方を向いたまま訊いてくる。「つぎ野崎なのに」

生活指導の先生。このままではきっと叱られる。でもどうでもよかった。

「自分で結べないのに、間違ってほどいちゃったの」

「そっか」

「今日は彼女弁当ないの？」

「ない。あれは特別だった」

「どういうこと？」

「ちょっとけんかっぽくなった次の日の朝、ごめんねって仕事行く前に届けてくれたんだよ」

仕事？

「彼女、社会人なの？」

「そう」

びっくりして目が覚めた。

「けんかの原因は？」

「彼女が会社の呑み会をなかなか抜けられなくて、俺が待ってた場所に来るのがだいぶ遅くなったんだ。その夜は雨も降ってたし。って言葉にするとばかみたいだな」

「資朝はどこで待ってたの？　傘は持ってなかったの？」

「居酒屋の近くの自販機横。傘はなかったけど、パーカーのフードを被ってた」

「何色のパーカー？　立って待ってたの？」

「え、そんなこと訊く？」資朝が笑った。「しゃがんでたよ。パーカーの色は黒」

黒いフードを被って暗がりにしゃがみ、雨に濡れながら彼女を待つ資朝を想像すると胸がくるしくなった。資朝の許へ呑み会を抜け出し駆けていく彼女の目で、世界を見てみたかった。

「ネクタイ貸して」

袋をがさごそ弄(まさぐ)りながら、資朝が言った。

太呂は教室前方で裕翔たちと喋っている。

「椅子の背に回して」

太呂の背中から視線を外さず、あたしは後ろ手にネクタイを渡した。しゅっしゅっと衣擦れの音がしたあと、資朝はぼそりと言った。

「ここに置いとく」

足音が遠ざかっていく。

棚に手を伸ばし、ネクタイを取って頭からかぶった。授業のあいだずっと、結び目が載った肌に資朝の指の熱が残っているような気がした。

「資朝と何喋ってたの」

放課後、学校近くの公園を歩いているとき、太呂に訊かれた。

「なんだったかな。あ、野崎先生の話とか」

「資朝って存在感うすいよね」

飲んでいたレモンティのペットボトルの蓋を閉め、太呂が笑った。人工的なレモンの香りが右頬にかかる。

「卒業して何年か経ったらこんな奴いたっけって言われるタイプじゃない？」

「そう、かな」

「カラオケのときも名前出なかったじゃん。あいつらと同じ中学なのに。あ、いま震えたの何？」

太呂の耳はあたしに聴こえない振動音もキャッチする。スマホを取り出して、顔認証でロックを外す。

『今夜はインドカレー。サフランライスとナン、ラッシー』

「到？」

太呂が覗き込んで指差す。

「お母さんの彼氏だっけ」

「うん」

「氷雨って人と、亜夫って人は親戚って言ってたよね。じゃあこの五人は何のグループ？」

「親戚」

「ほかにも親戚いるよね？　なんで五人限定？」

「ママは一人っ子だから親戚が少ないの」

「到って人はともかく、あとのふたりはどういう親戚なの？　お母さんが一人っ子ってことは、いとこじゃないんだよね。叔父でもない。何？」

「ママのお母さんの……妹の、子ども」

「こっちは？」

「中三のときのクラスＬＩＮＥ」

あたしが反応することはほぼないグループだ。説明していると画面が暗転した。

「貸して」

いいともだめとも言う前に奪われる。

「パスワードは？」

声が出ない。喉に泥団子を詰められたみたいだ。

「やましいことがないなら言えるでしょ。俺のも教えるから」

太呂はすらすらと数字六桁を諳んじる。そしてまた言う。

「パスワード」

あたしが口にした六桁を太呂の指が押していく度、胸骨がバリバリと割れるようだった。

それから太呂は、あたしのスマホの顔認証に自分の顔を登録した。

「なんでネクタイなんか撮ったの」

ひらいた画像フォルダに視線を落としたまま太呂は言った。

「結び方がまだよくわからないから、憶えておこうと思って」

「嘘つくなよ！」

太呂が大きな声を出すのは何度目だろう。慣れたわけじゃないけど、備えるようになった。いつそれが起きても大丈夫なように、諦めて、まひさせて。

「教室のテレビの反射で見えたよ。資朝と後ろの方でこそこそなんかやってただろ。俺の悪口でも話してた？　つきあおうとか言われた？」

「言われてないよ」

資朝彼女いるし。そう言おうとして、本人の許可なしに言っては駄目だと思う。それにそんな話をいつしたのかとさらに問い詰められるだろう。

「信用できない。千夏は嘘ばっかり！　俺を傷つけたいの？」

そんなつもりはもちろんない。嘘をつかなければならない状況に追い込まれているだけだ、と思うけど、太呂からすればそんなの言い訳にすぎないだろう。駿さんも亜夫くんに対していまの太呂みたいな思いを抱いていたのだろうか。

「資朝のＬＩＮＥブロック削除するね。インスタも。俺も千夏がやだっていう子消すから。あとさ、ちょっとパスケース貸して」

パスケース？

「千夏！」

遠くから呼ばれた。

両手をぶんぶん振りながら駆けてきたのは、花梨だった。

「今日こそワッフル食べにいこ！　ね、太呂。たまにはいいでしょ？」

花梨が太呂を見上げて笑う。視線が太呂の手の中のスマホに落ちた。あたしと花梨のプリクラが貼ってある、あたしのスマホ。

花梨の眉が上がった。

え、それ、千夏の携帯だよね？

目で尋ねてくる。

どういうこと？　なんかやばい感じ？

頭頂部に太呂の掌が乗った。湿って、重い手。耳に、太呂の息がかかる。

「写真撮ろうとしてたんだ。あたしの携帯の方が画質いいから」

「そうなんだ」

「いいじゃん、ワッフル」太呂があたしにスマホを戻した。「行っておいでよ。映画はまたにしよう」

スマホが熱い。望まぬ操作をされた熱。

「映画？」

「そう。これから行こうって話してたんだ。親が知り合いからもらったチケットがあって」

「いや、それはさすがに悪いわ。じゃあワッフルは来週の前半、どう？」

予定共有アプリで確認し合って決めようと言って、花梨は手を振り歩いていった。

『携帯チェック、千夏的にオッケーなの？』

少し離れたところから花梨がＬＩＮＥを送ってくる。あたしのスマホがあたしの手のなかにあるのを目視している。太呂は傍らで自分のスマホを弄っていた。

『私が来る前、太呂、千夏に怒ってたでしょ？』

『うん。ちょっと、ヤキモチ』

『誰に対して？』

『資朝』

『誰？』

体育祭の日に大縄を回してた子だと説明しても、花梨は資朝が誰かわからなかった。

『あと千夏の頭ぽんぽんしながら、太呂なんか言ったよね。写真って言わされたんじゃない？』

『言わされてないよ』

『ほんとに？』

『うん』

『そうだよね。太呂に限ってそんなことないか。ごめん、疑って』

写真なんて言ってない。太呂は耳許で囁いただけだ。わかってるよね、と。


ドラッグストアに寄って、家まで歩きながら、ずっと抱いていたもやもやの正体に気づいた。義務感。これは義務感だ。太呂につきあってと言われ、あたしは了承した。受け入れたあたしにも責任はある。いまさらやっぱりやめるなんて言えない。

「ただいま」

玄関で言うと、リビングの扉の向こうがしんとなった。

「映画どうだったー？」

ドアを開けて出迎えてくれたのは亜夫くんだった。両目の下にちいさな靴ベラみたいな透明のシートが貼ってある。

「五列くらい前に座ってた女の人が、カレー食べて爆睡してた」

「一口ちょうだいって言った？」

「言わないよ。今夜カレーって知ってたし」

「そういう問題？」

亜夫くんが笑う。あたしもつられて笑う。

「なんかみんなで深刻な話してた？」

「えっ、そんなことないけど。なんで？」

「いやなんとなく。亜夫くんあした歯医者？」

「すご！　なんでわかったの！」

「ホワイトニングの前の日いつもカレーじゃん。あとブルーベリーとか赤ワインとか」

「見破られてる！」

「おかえりー。おもしろかったー？」

リビングからママの声。うん、と答えながら洗面所で手を洗う。洗う。洗う。何度洗っても、指先がぬるぬるする。あたしの顔はほとんどスクリーンに向いていなかった。

「印象に残ったシーンとか言葉とかある？」

うがいして口と手を拭いて、そのタオルを洗濯かごに放る。新しいタオルを掛け、リビングへ向かう。シンク横のざるに洗い終えたブルーベリーが盛られている。

「特になかったよ。全体的にバーンバーンって感じでにぎやかだった。ただいま到さん」

「おかえり千夏」

到さんが振り返ってほほ笑む。今日は店の定休日だ。テーブルにはナンとサフランライス、チーズ。それから花と赤ワイン。テレビで格闘技の試合を観ていたママが振り返った。

「お客さん、多かった？」

「まあまあ」

嘘だ。それはあたしの願望。劇場はがらがらだった。満席だったらよかったのに。チケットなんか持っていなかった太呂がチケット売り場で選んだ席は、最後尾の端。周囲に人がまったくいない席だった。いちばん近い観客が、カレーの女の人。

予告がはじまった瞬間、太呂はあたしのカーディガンを脱がせた。それを広げて、自分の太ももを覆った。

かちゃかちゃ。またあの音がして、首の後ろを掴まれる。前に押され、そのままあたしの頭はカーディガンに包まれる。湿った空気。饐えた臭い。

「ちなっちゃん、レモンティのむ？」

亜夫くんに尋ねられ、首を振る。

「大丈夫。夜だし、ねむれなくなっちゃうから」

「じゃあレモンソーダは？」

「ごめん、最近ちょっとレモン苦手かも」

ママがあたしをちらりと見たのがわかった。そっかと亜夫くんは気にするそぶりもなく到さんの隣に立ち、レモンをカットしはじめる。酸っぱい香りがして、胃の管が絞られたように痛んだ。

あたしはレモンティが飲めなくなった。カレーはきらいになりたくない。

「千夏、あした学校帰りにショッピング行かない？」

「〆切は大丈夫なの？」

亜夫くんに問われ、ママが耳を手で塞ぐ。

「夏服見に行こう」

「ごめんね。明日は太呂と約束してるんだ」

「それはざんねん。どこ行くの？」

「図書館」

嘘だ。明日あたしは、太呂の家に行く。

「氷雨くんは？」

乾燥なつめのパッケージを開けながら、「ん？」と亜夫くんは顔をこちらに向けた。

「部屋で資料読んでるよ。論文の〆切がどうとかで」

スマホを手に取り太呂にＬＩＮＥを返す。既読がつかないことにほっとする。花梨からもＬＩＮＥが届いていた。太呂とのことを訊かれたらくるしいなと思ったけど、推しについてだった。花梨が花梨の話したいことを話してくれることが、あたしはうれしい。花梨のことをすごく好きで、大切だと思う。なのに、いちばん悩んでいることを話せないのはなぜだろう。

『まだ鎮火しない』

花梨の推しの喫煙画像はいまもＳＮＳを賑わしている。

『どうしてこんなこと書くんだろう。もし事実だとしても、彼の身体なのに』

彼の身体。その一言がずしんと肚に響く。俺の身体。あなたの身体。それは誰がどんなニュアンスで言うかによってこんなにも違う。あたしの身体。あたしの身体。あたしの意思が反映されないあたしの身体。

「どうしたの、真剣な顔して」

花梨の推しの騒動について話すと、亜夫くんは「思うのは自由だけど、書かなくてもいいのにね」と乾燥なつめをつまんで言った。

「確かに煙草は肌に悪いけどね。オレも煙草喫ってたときよりいまのほうが断然うつくしい自信あるし」

「え、亜夫くん煙草喫ってたの？」

「わすれたの？　ちなっちゃんとはじめて会った頃はいちんち二箱喫ってたよ」

五年以上前の亜夫くんを思い出すのは難しい。けれど言われてみれば確かに、初対面のとき「煙草のにおいがするな」と感じた記憶がある。「おじさん」と認識した気もする。

「お腹も少し出はじめてたんだよ。まだ三十三だったのに。はー、あんとき諦めなくてよかった」

「禁煙以外にもいろいろがんばったもんね」

ママに頭を撫でられ、まんざらでもなさそうな顔つきで亜夫くんはスマホに花梨の推しの画像を表示させた。

「でもさあ、煙草喫っててこんだけお肌つるつるってどういうことなんだろうなあ。うわー。顔も鎖骨もめっちゃきれい」

「ねえママ」

「うん？」

「ママは高校生のとき、どんな子が好きだったの？」

「穏やかな性格のハンドボール部員」

「つきあった？」

「ううん。好きって言う前に、好きな女の子がいるんだって相談されちゃって」

「いまならそんなこと気にしないのにねえ」

茶々を入れた亜夫くんを軽く睨んでママは言った。

「彼はその子とめでたくおつきあいするようになって、惚気や彼女の魅力を聴いた。幸せだった」

「幸せ？」

「好きな人が好きな人といて幸せだったら、わたしも幸せ」

あたしは好きな人が恋人と仲良くしている方が幸せだろうか。それともうまくいっていなくて落ち込んでいたら、チャンスだと感じてうれしくなるだろうか。後者だとしたら、それはほんとうにその人を大切に思っていることになるのだろうか。

呼び鈴が鳴った。

「俺出るよ」

エプロンで手を拭き、到さんが玄関へ歩いていく。

好きって、どういうことだろう。

その人の着古したトレーナーが欲しいかどうか。

氷雨くんとつきあう前、ママは確かそんなことを言った。あのときピンとこなかったママの言葉が、いまはなんとなく理解できる。

好きってたぶん、生理的なこと。それだけじゃないかもしれないけど、そういうところからはじまるのが恋なのではないだろうか。その人との距離を縮めて、親密になりたい。そばにいて、心をひらいて、ほんとうの自分を知ってもらいたい。ほんとうの姿を見せてほしい。もっと近くにいたいと願って、繋がって、結びつきを強めたい。それらぜんぶ、あたしは太呂に対して思っていない。

「亜夫くんはどういう人の一番や二番になりたいと思うの？　前に三番や四番じゃ厭だって言ってたでしょ」

「タイプかタイプじゃないか。それがすべてだよ。難しいのはそれが人間的に好い奴とは限らないってことなんだよねえ」

「ママは、自分がそのハンドボール部の子を好きなんだって、どうしてわかったの？　ほかの人に対する感情と、どう違ったの？」

最初はね、とママは姿勢を正して言った。

「すごく惹きつけられる感覚があった。彼を目にするたび頭に血が上って、そわそわした。しばらくすると、彼のどこに魅力を感じたのかが徐々にわかってきたんだけど、それまではずっと不思議だったの。どうしてこんなに知りたくなるんだろう。すてきとは言い難い部分もあるのに、そこに目が向かないのはどういうわけなんだろうって、頭のなかが疑問でいっぱいになった。だから結論としては、吸引される強さが、ほかの人とはぜんぜん違ったのよね」

わかる、と亜夫くんが言った。

「好きのはじまりって、理由はわからないけど、なんか近づいていきたくなっちゃうんだよね」

「お話をさせていただきたくて、参りました」

玄関から女の人の声が聴こえた。

「氷雨の母です」

「氷雨？」

亜夫くんの手から、乾燥なつめがばらばらと床にこぼれた。


氷雨くんのお母さんは、首のきれいな人だった。お化粧は薄い。縁なしメガネの奥の瞳は焦げ茶色で、澄み切って静謐（せいひつ）だった。まだ誰にも発見されていない湖みたいだと思った。

二階でドアがひらいた。階段をゆっくり下りてくる、氷雨くんの足音。

「お母さん」

呼ばれた瞬間、彼女の瞳が揺れた。その動きに深い愛情を感じ、胸が締め付けられるような痛みをおぼえた。一瞬、氷雨くんのお母さんとあたしの中身がそっくり入れ替わって、彼女の目で氷雨くんとママを見たような心地がしたのだ。

「よかった。思ってたより元気そう」

「まさかほんとに来るなんて」

「なに連絡あったの？　ちゃんと教えといてよ」

亜夫くんが言い、氷雨くんのお母さんに軽く自己紹介した。それからママが、到さんとあたしを紹介した。

氷雨くんのお母さんは全員の顔を順に、やわらかく見つめると、紙袋をママに差し出した。

「氷雨の好きなバウムクーヘンと豆大福とレモンタルトです。みなさんのお口にも合えばいいんですけど」

彼女の爪を見てびっくりした。短く整えられたその形が、氷雨くんの爪とあまりにそっくりで。

「上がっていかれませんか」

「ありがとうございます。でも、顔を見たら帰るって決めていたので。あの、ひとつお伺いしてもいいですか」

「もちろんです」

「単純に、疑問というか」

「はい」

息を深く吐いて、氷雨くんのお母さんは言った。

「氷雨との関係を、十五歳年長であるあなたには、はじめない決断をする責任があったと思うんです。私ならその道を選んだと思います。もしも、娘さんが氷雨と同じ立場に置かれたら、理不尽だと感じませんか」

「理不尽でどうしようもないことがときに出現する。それが人生じゃん？」と亜夫くんが言った。

「氷雨だって子どもじゃないんだし」

「それは、その通りです」

氷雨くんのお母さんがうつむいた。それから口を噤んで数秒考え、顔を上げると、左耳に髪をかけた。軟骨にピアスがひとつ光っている。

「でも、息子が傷つくとわかっていて見過ごすのはつらいものがあります」

「傷つくかどうかなんてわかんないし、傷つけない約束なんてできる人いないんじゃない？　じゃっ、オレは失礼します。次はいっしょに呑みましょ！」

人差し指と中指を揃えて飛ばし、亜夫くんはリビングに入っていった。

冷蔵庫を開ける音に続いて、シュポン、と何かの栓を抜く音が聴こえてくる。その音が合図になったみたいに、氷雨くんのお母さんの左耳が朱色に染まった。

「とつぜん伺う形になってしまって失礼しました」

ママと到さんに頭を下げ、それからあたしににっこりした。

最後に氷雨くんに向けたほほ笑みは、心細そうに見えた。身体に気をつけてねと言って、氷雨くんのお母さんは出て行った。

「お見送りしてくる」

ママがサンダルに足を突っ込んであとを追った。

あたしはなんだか悲しい気持で、到さんは思案顔で、氷雨くんは亡霊のように、三人とも無言でリビングに入った。

「襲来前より盛り上がんなきゃ！」

グラスを掲げた亜夫くんがウインクを飛ばしてくる。

亜夫くんのお母さんはどんな人なんだろう。到さんのお母さんは？　太呂のお母さんは？

太呂のお母さんもきっと、太呂が傷つきそうなことは避けたいと思うだろう。じゃあ、太呂が誰かを傷つけることに関しては？

到さんがカレーを火にかけ、あたしと氷雨くんの前にラッシーの入ったコップを置いた。

「かんぱーい」

亜夫くんの音頭でグラスを合わせる。鈍く、覇気のない音が重なった。

テレビではニュースが流れている。飲酒運転による事故、芸能人の不倫、薬物所持、いじめ。

続いてSNSのコメントが紹介される。それは駄目だと言う人。駄目と言う人を駄目だと言う人。

双方を観察し嗤っている人。矛先が自分に向いていない安堵。自分よりも不幸な人を安全な場所で眺める安堵。みな仮面をつけて、言いたい放題だ。言われている人に仮面はない。放たれた言葉が顔にまっすぐ突き刺さる。

花梨の推しも、自分へのコメントを目にしただろうか。

『こういう人は子どもを持つべきではない』

不倫した芸能人に向けたコメントを見て、最低、と亜夫くんが言った。

「吐き気がする。世間と違う人間は差別されるものっていう価値観」

人は何に嫌悪や怒りを抱くのだろう。生理的に違和感を覚えるもの？　それともかつて自分を深く傷つけたもの？

「ちなっちゃん、肌が荒れてるね」

アーモンドをつまみながら亜夫くんが言った。

「クマもひどい」

「千夏」

カレーの入った鍋をテーブルに置いて、到さんが言った。

「スクリーンタイムを見せてもらっていいか」

驚いて到さんを見た。スマホを持つことになった中一の夏、ルールをいくつか決めた。そのひとつが、もしも到さんやママがスクリーンタイムを見せてと言ったら見せるというものだった。けれど、見せてと言われたことは一度もなかった。

「見せなきゃだめ？」

「いや、拒否権はある」

「あれ決めたの三年前だもんね」と亜夫くんが言った。「年に一度くらいルール変更について話し合っておくべきだったかも」

ロックを解除してスマホを差し出す。スクリーンタイムに表示されたほとんどが、太呂とのやりとりに使われるアプリだ。到さんは見てうなずいてキッチンに戻った。あたしはスマホを裏返して置いた。

「ちなっちゃん、彼氏とはうまくいってんの？」

「うーん」

作り笑顔が引き攣る。

同じ質問を花梨にされたとして。あたしは花梨にも作り笑顔ではぐらかす気がした。

どうして言えないんだろう。恥ずかしいから？　ひとりになるのが怖いから？　亜夫くんや花梨を信用していないというわけじゃないのに。自分の感情がよくわからない。

そもそもあたしは、誰かに自分の感情をさらけ出したことがあっただろうか。

「DVとか、ないよね？」

「ないよ」

「それは……ちょっと、あるかも」

「束縛は？」

「えー。ちなっちゃんが親しくする人には誰にでも妬くわけ？　それとも特定の誰かに？」

どうかな、とあたしは首を傾げた。太呂は何かというと資朝の名を出す。

「そいつ大丈夫？　スパイス程度ならともかく、がっちがちに縛ってくる人って超疲れるよね。想像力っていうか、被害妄想力が過ぎるんだよ」

「亜夫さんにとっては」と氷雨くんが言った。「空気のように軽い出来事でも、嫉妬に狂う相手にとっては地球ほど重い証拠となる可能性があります」

「事実じゃなくても事実だと思い込んで？　ビョーキじゃん」

「言葉が強すぎます」

「不安も怖れもひっくるめて、こんな魅力的な人とつきあえるオレすごいって思えばいいじゃん」

「そんなふうに捉えることができたら世界は輝いて見えるでしょうね」

「さりげなくディスるのやめてくんない？　オレがあほみたいじゃん」

「亜夫さんのように考えられる人ばかりじゃないんです。いつか飽きられるんじゃないか、底の浅さを見透かされて捨てられるんじゃないか、不安になって、縛るようなことを口にしてしまうことだってときにはあると思います。問題はそれを態度に出すか出さないかで」

「出す奴オレ無理」亜夫くんは心底うんざりした顔で言った。「縛り合って我慢し続けて、死ぬまでそんな関係？　息が詰まるわ」

「僕だってそんな関係がいいとは言ってません。相手に不快な思いをさせないためにどこにも行かないという考え方は、他の感情に蓋をすることになりますし」

「そう思って家を出たわけ？」

デリカシー、と到さんがたしなめる。

「嫉妬はだだ洩れだったら粋じゃない」

シャンパンを一口呑んで、亜夫くんは言った。

「ほんのちょっとでいいでしょ。苦みや切なさが、恋を味わい深くするんだから。っていうか、ヘビーな嫉妬を態度に出すって幼稚じゃない？」

「僕はそうは思いません。嫉妬は反応です。反応を制御するのは困難です」

「反応はコントロールできなくても、どう受け止めて行動に移すかはコントロールできるでしょ。人間なんだからさ」

「嫉妬すべきときにしないのは病的な寛容です」

「嫉妬すべきときなんかある？　氷雨、まさか嫉妬で愛が確認できると思ってんの？」

「嫉妬しないのは愛していないからだと聖アウグスティヌスも言いました」

亜夫くんがリモコンを摑んでテレビをYouTubeに替えた。お笑いコンビの動画が流れ出す。

あたしはインドカレーを口いっぱいに頰張った。二杯お代わりした。映画館の記憶を上書きするように。

早々に食事を終えたあたしの課題を、氷雨くんが見てくれた。今夜は激甘チャイティはなかった。

玄関のドアがひらいたのは深夜一時すぎ。ママの足音はいつもより重かった。

12

最後に針生さんに会ってから一か月半が過ぎた。連絡は一度も取っていない。一日が長い。でも、このまま会わずにいたらきっと大丈夫。うつくしい思い出のまま、終われる。それはとても楽。楽だけれど、ああ生きていると実感できる、細胞が沸き立つような悦びはない。音楽を聴きながら歩き続ける。目的を持って家を出て、どこかへ向かう人々に交ざって、私はただ、彼のことを考えながら歩く。フォルムを針生さんに設定している自分に気づいた。背の高さ、肩幅、腰幅。彼以外の体形に焦点を合わせていない。

鞄につけたホロホロ鳥のコサージュが風になびく。

ん？　と声が漏れそうになった。

何？　いまの音。

新しい旋律が耳に飛び込んできた。ずっと聴き続けていたのに気づけていなかったベースの低音が、突如鮮明に聴こえたのだ。同じスマホ、同じイヤフォンなのに。

発見はうれしい。発見こそ悦びだ。生きる意味だ。針生さんに出会って以来、私の日々は発見に満ちている。

針生さんだけじゃない。伊麻との再会も、私という人間に大きな変化をもたらした。ねじというねじが外れ、自分の身体がバラバラの部品になって、一から新しく組み立てている気分だ。

夫が釣りに出かけた土曜日。萌絵と遅めのランチを食べたあと、ずっと欲しいと言われていたスニーカーを見にいった。購入したスニーカーをさっそく履いて、萌絵は図書館に行ってくると自宅とは反対方向へ歩いていった。重たげな雲がすぐそこにある。

また音楽を聴きながら、当てもなく歩いた。両側に高いけやき並木が続く道。脚が勝手に川沿いに向かう。あの道を通らないと決めても通ってしまう弱者。

スマホを取り出し、メッセージを作成した。

『元気ですか』

打って消す。お会いしたいです顔が見たいです声が聴きたいです、打ってぜんぶ消す。

『元気ですか』

結局その五文字を送信した。針生さんからすればそもそも私は、客の付き添いで来たよくわからない女なのだ。スマホ片手に、なんだこれ？　と首を傾げる彼の顔が浮かぶ。彼を不快な気持にさせていたらどうしよう。きらわれてしまうのは仕方ないにしても、困らせたくない。あれこれ考えながら破れそうに脈打つ心臓を押さえていると、返事が届いた。

『いいえ。絹香さんはお元気ですか』

『いいえ』

『同じですね』

『どうして元気じゃないんですか』

次のメッセージが届いたのは、既読がついて五分後だった。

『いまから来ませんか』

アトリエへ続く路地に立ち、この道が好きだと思った。夕暮れから夜に向かう薄闇を進んだ。

アトリエの中で足音が軽く響いて、扉の向こうに影が差す。電気のスイッチを入れ、針生さんがドアを開けた。

「絹香さんが来るときは、この匂いが漂ってることが多い気がします」

「どんな匂いですか」

「ペトリコールって知ってますか」

勧められるまま書棚の前の椅子に腰かける。

「土や石のなかに閉じ込められた油分によって発生する、雨の匂いです」

「知りませんでした」

「元気じゃなかったんですか」

「いま元気になりました」

「僕もです」

針生さんが薬缶を火にかけた。僕もです。どういう意味だろう。私と同じ意味だったらいいのに。やさしさから出た言葉ではなく、本心ならいいのに。

「コーヒーと紅茶、どっちがいいですか」

「紅茶をお願いします」

「レモン？　ミルク？」

「レモンなんてあるんですか」

「いつもはないです。今日は特別で、犬山が送ってくれたいいレモンがあります」

「カモシカの犬山さん」

「ええ。あいつの実家広島なんですよ」

「じゃあ、ぜひレモンを」

作業場の机には猫と虎の中間みたいな、勇ましいネコ科の生きものが載っている。私の視線に気づいた針生さんが言った。

「サーバルキャットです。動物の輸入をしていた方が、売る目的ではなくいっしょに暮らしていた子みたいで」

サーバルキャットの顔面には、たくさんの針が刺さっていた。

「どうして針を?」

「成形のためです。皮膚を押さえておかないと浮いてきてしまうから」

マグカップを差し出された。薄切りのレモンが浮かんでいる。

「絹香さんは今日何をされていたんですか」

「娘とスニーカーを買いに行きました」

答えてこれじゃまるで子どもの作文だと思う。

「ふたりで?」

「ふたりで」

「お腹はいっぱいですか」

「いえ、むしろ空いてます。軽い物しか食べてなくて」

「何を召し上がったんですか」

「私はピタパン。娘は焼鯖の玄米おにぎり。久しぶりに娘がお米を食べるところを見てほっとしました」

「ダイエットですか」

「ええ。いろいろと心配なことが多くて。私が悲観的なだけかもしれませんけど」

「悲観的？」

目を細めた針生さんに、私は話した。法事と出張が重なって萌絵がひとりになる夜、小坂さんが様子を見にいきましょうかと申し出てくれたこと。それを話すと夫に悲観的と言われたこと。聴き終えた針生さんは、自分のマグカップのなかのレモンに視線を落とした。それから、顔を上げて言った。

「それは悲観的とは言わない。絹香さんの仕事だ」

通じる。針生さんには声が届く。私を理解しようとしてくれるし、受け入れてくれる。そう思いたくなる。

遠くで電話が鳴って、針生さんが立ち上がった。

私の仕事。彼の背中を目で追いながらつぶやく。その言葉は、文脈や言い方によってこんなにも違う。

ここから先の人生は、絹香自身のものだよ。

伊麻が口にした言葉が胸の中で響く。両手で包んだマグカップが温かい。針生さんが淹れてくれた紅茶。お店以外で人が淹れてくれた飲み物を飲むなんていつぶりだろう。

「そのようなご依頼はお受けできません」

冷淡な声に顔を上げた。針生さんが電話を切って歩いてくる。足音すら色っぽい。欲情は見た目以外にも、音や匂いに強く左右される。針生さんのすべてが私の欲情を刺激した。

なんの電話だったのか尋ねていいのかわからず、黙ってレモンティを飲んだ。

「虎の毛皮に関する依頼でした」と針生さんが言った。「悪質なバイヤーです」

「そんな電話もかかってくるんですね」

「より高値で別のところに売りつけるつもりなんですよ」

それは冷淡な声が出るだろう。誰かの大切なもの、宝物をつくる彼の仕事からはかけ離れている。

「この話は終わりにしましょう。せっかくの時間だから。絹香さん、アンチョビは好きですか？」

「好きです」

「ぶどうパンは？」

「好きです」

「ちょっと待っててください」

自分の指に視線を落とし、満足する。

針生さんを好きになって、私の爪は丈夫になった。爪だけじゃなく、髪も、肌も強くなった。

「お待たせしました」

皿やグラスの載ったお盆と、白ワインのボトルを手に、針生さんが戻ってきた。

オリーブの実とチーズ。ぶどうパンには薄く切ったバターとアンチョビが載っている。

「お口に合うといいんですけど」

「いただきます」

手を伸ばして、ぶどうパンを口へ運ぶ。少し動けば互いの膝が触れそうな距離で。

「おいしいです。バターがよく冷えてて」

グラスに白ワインが注がれる。掲げて、乾杯した。

「こんなおいしいものをパパッと作れるなんてすごいですね」

「アンチョビはおろしにんにくとオリーブオイルでマリネしておいたんです。それを載せただけです」

マリネという単語を男の人から聴いたのははじめてかもしれない。

「針生さんは今日、何を召し上がったんですか」

「朝はパンケーキを焼いて、昼は蕎麦を茹でて食べました」

「自分で？」

「説明書通りに作るだけですから」

「それでもできない人はいます」

「たいがいの人はできる」

たいがいに含まれない私の夫。それとも、八沢さんの家では夫も料理をしたのだろうか。

倦んだ結婚生活。それに比べ、恋はなんて甘く詩的なんだろう。

今日帰ったら、ちゃんと話し合おう。どんなに避けられても、話がしたいと夫に伝えよう。

針生さんの食事する姿は好ましかった。音が立たず、歯は白く、姿勢がいい。

ふっと、いまの状況に現実味が薄れる。

剝製に囲まれ、針生さんが作ってくれたつまみで白ワインを呑んでいる。三か月前には考えられなかった光景だ。何が起きるかわからない。いつ、誰と出会うかわからない。慣れ親しんだ安全な道だけを選んでいたら、この幸福はなかった。

針生さんの作った剝製を眺めながら、私はワイングラスを口に運んだ。

「なにを考えていますか」

「皮をなめすって、どんなふうにやるのかなって」

「ミョウバンと塩を使うんです。でも、ミョウバンは揮発してほかに悪い影響を与えることもあるから、ドイツだとギ酸が使われてます。ヨーロッパではこちらが主流なんですよ。ここではそれを使うスペースがないのと、効き目が実感できないので、いまもミョウバンを使っています」

針生さんが腰を上げ、書棚から雑誌を手に取った。英語で書かれたもので、ひらいたページにドイツの剝製アトリエがいくつか掲載されている。渡されたそれを、私は興味深く読んだ。

「よかったら差し上げます」

「いいんですか?」

「二冊あるので」

「あの、剝製を作ることに、精神的治癒の側面はあるんですか」

「自分は、ないです。ゼロからものを創る仕事をしている人にはそういう方が多いのかもしれませんが、基本的に剝製づくりは見本がきちんとあって、正解にすり合わせていく仕事だと思っています。剝製の表情に、製作者のその生物についての考えや印象が表れていることもありますけど」

「私の友人が絵を描く仕事をしているんです。はっきり尋ねたことはないんですが、彼女は創作に精神的な治癒を感じているんじゃないかなあと思うんです」

うなずいて針生さんは、新しい白ワインを注いでくれた。

聴きなれない音がした。小人が一斉に拍手するような音。

耳を澄ませると、雨が屋根を叩いているのだった。自分の家ならすぐわかるのに、人の家だとすぐに音と現象が結びつかない。

「針生さんは携帯にあまり触りませんね」

眠る直前まで弄り起きたら弄り、真夜中目覚めたときも弄る夫を思い出しながら言う。夫は携帯を食卓に置くし、話しかけてもＬＩＮＥやYouTubeを観ながら気のない返事をされることもある。

ああ、そうか。私はそういう夫を見るたび、受け入れられている、ケアされている、という感覚を低下させてきたのだ。

「携帯はいいニュースを伝えてくれますが、悪いニュースも連れてくるから」

「悪いニュースに触れたとき、針生さんはどうされるんですか」

「うーん、どうするかな」

「じゃあ、自信を持ちたいときは何をしますか」

「質問が替わった」と針生さんが笑う。「絹香さんはよく質問をしますね」

それはあなたのことが知りたいから。好きで、知りたいから。雨は降ったりやんだりを繰り返している。

「同じ質問を年上の女性にしたことがあって」

「その方はなんて？」

「きれいな恰好をして街に出て、新しいものを見て、食べたいものを食べるって」

「いいですね。もしかしてその年上の女性って、小坂さん？」

「よくわかりましたね」

「なんとなく。小坂さんの名前を出さないところが絹香さんらしい。なぜ笑うんですか」

「私らしさをご存知なのかなと思って」

「少しは、知ってるつもりです。隙間は自分の想像で埋めてしまっているかもしれませんけど」

隙間？　想像？　私と会っていないときに私のことを考える時間があるということだろうか。これは意図的な発言なのか、それとも無意識なのか。いずれにせよずるい。これでまた私は針生さんのことを考えてしまう。発言の謎を解こうとしてしまう。

「絹香さんは、自信を持ちたいときどうするんですか」

「私は……最近は、自信をうしなわせるものと距離をとるようにしてます。あとは、強い気持でいさせてくれる音楽や、本や、人に接します。針生さんは？」

「準備をします」

「えっ？」

「準備に時間をかけます。しっかり準備できていれば、大丈夫だと思えるから。……そんなに笑いますか。おかしいですかね」

「おかしくないです。あまりに予想外だったので。すばらしいです。さすがです」

「ほんとうにそう思われているんでしょうか。呆れてませんか」

ぜんぜん、と目尻を押さえながら言った。

「心の底から思ってます」

ほろ酔いも手伝って笑い続ける私を、針生さんが困ったような不思議そうな顔で見ている。

針生さんの言う準備は、私の美容による気休めと少し似ているかもしれない。比べるには申し訳ないような次元だけれど、爪を整えた、運動した、髪をきれいにした、ジャンクなものは食べていない、そういう気休めこそが自信に繋がることもある。

爪を見ながら考えを巡らす私に、針生さんが言った。

「きれいですね」

彼の一言で私は成層圏を突破できる。地球の裏側に突き落とされることもある。針生さんといると、びっくりするほどデリケートな自分を発見する。

「針生さんに褒められるのがいちばんうれしいです」

「ほかに誰が褒めるんですか」

「え？」

「絹香さんは誰にでもそういうことを言うんですか」

「そのままお返しします」

心外そうな表情を浮かべる彼に、私は続けて言った。

「針生さんは、私を動揺させるのが趣味なんですよね。よく言えば褒め上手ですけど」

「絹香さんも僕を褒めましたよね」

白ワインをぐっと呑み干し、左手の甲を向けてくる。

「この傷が、勲章みたいで恰好いいって」

びっくりした。そうだ、そういえばそんなことを言った。

「今日も思ってますよ。手だけじゃなくて、目も、声も、すてきだなって」

「質問に答えてください。自分は誰にでもこういうことを言うわけではありません。絹香さんはどうなんですか。ほかの男にも言うんですか」

怒ったような顔つきは、呻きそうなほど色っぽい。

針生さんと会うといつも恥ずかしい。傷の輪郭をなぞりたい衝動を抑え、針生さんの背後に視線を飛ばした。

サーバルキャットと目が合った。愛され、必要とされ、顔面に針を刺された生きもの。こんな毛で、肉感で、サイズ感で。剥製は、口で伝えるより、写真で残すより、生きた圧倒的な証拠となるのだ。

手に入れたい。でも求めてはいけない。そっと葬る方がいいのかもしれない。でも、その瞳の奥の本心を知りたい。知るために必要なことは何だろう。

「好きじゃない人の目や声なんて、何があっても褒めません」

気圧が低くなると容器から漏れ出す液体のように、私の口から本心が溢れた。

針生さんがため息をついた。誘うような甘い匂いが立ち昇り、くらくらした。

「抱きしめてもいいですか」

乾いた声で針生さんが言った。彼の左膝が私の右膝に触れた。骨の感触。私よりずいぶん大きくて、丸い膝頭。

「だめです」

私たちはグラスを重ねた。水も挟みながら、好きな映画や音楽、これから訪れてみたい土地について話した。料理の話もした。話題は尽きなかったし、時折訪れる沈黙の時間も心地好かった。

まっすぐ帰宅するのが勿体なくて、生まれてはじめてお酒を出すお店にひとりで入った。

といっても到さんのお店だ。混んでいたのでカウンター席の真ん中に腰掛けた。到さんは笑顔で白ワインをサーブしてくれた。やっぱりすてきな人だ。きっと彼目当てに通う客も多いだろう。

でも私の耳や目は、到さんにはチューニングされない。

白ワインを呑みながら、この数時間を反芻した。

叶っている。

気づいて、気分が高揚した。

気のおけない魅力的な人と、音楽や旅、食べものについて話すこと。感情を、互いが知りたいと思って知る努力をすること。それらを餓えるように望んでいたのは、たった数か月前のことなのだ。

どんどん望もう。叶うから。

亜夫さんが言った通りになった。

お客さんの話し声と、さざめきのような笑い、皿とフォークのぶつかる音。

私は目を閉じて、針生さんの一挙手一投足を味わった。愛おしく、尊い。こんな気持を抱かせてくれた彼に感謝の念が込み上げる。彼だけじゃない。生きとし生けるものにやさしくしたい。

「絹香さん」

どんよりした声に呼ばれて顔を向けると、カウンターの端に氷雨さんが座っていた。私と彼のあいだには五十代とおぼしきカップルがいて、お盆休みに旅するのはアムステルダムかベルリンかという話題で盛り上がっていた。

「すみません、気づかなくて」

「なんか幸せそうなオーラを放ってますね」

「え？　氷雨さん、おひとりですか」

ええ、とカップルの背中越しにうなずく氷雨さんは、前回会ったときより頬が削げて見える。

「よかったらずれましょうか」

あいだにいた男性が笑顔で言ってくれた。その隣で女性もにこにこしている。お礼を言って、氷雨さんは皿とグラスを手に私の隣へ移動してきた。声をかけてきたということは人と話したい気分なのかなと思ったが、ハーバード大学のデータがどうこうという話をしたあとは無言で料理を胃に収めていった。皿に載っているのは、見るからに辛そうな、真っ赤な何か。

首を捻った。確か、氷雨さんは甘党ではなかったか。どこか思い詰めた表情で、氷雨さんは黙々と食べた。私は、自分の鎖骨の辺りに万能感が渦巻いているのを感じた。なんでもやれる。どこにでも行ける。私は、自分で選ぶことができる。高揚と焦燥を落ち着かせるため、鞄から剝製の雑誌を取り出してめくった。

キリンやシマウマやライオンの剝製に見つめられながらクロワッサンをちぎる女性が写っている。ホテルの食堂らしい。生きた猫も交じっているとキャプションに記してあるが、どれが生きているのか、どれが死んでいるのか、写真では判別がつかない。

到さんと目が合った。彼はにっこり笑い、調理を続けた。

会計を済ませ、虚ろな瞳の氷雨さんに挨拶をして、店を出た。

グラスワイン二杯のあいだに雨はやんでいた。

『幸福な恋は、本音を率直に伝えるところからはじまる』

黒板に書かれていた言葉を噛みしめながら歩いた。

民家のフェンスに雨粒がきらめいている。星のように瞬いて、草に落ちていく。

幸福な恋とは、どういうものだろう。そもそも存在するのだろうか。

アスファルトにちいさな星が散らばっていた。

針生さんの言葉に浮き立つ私の心が反映されて星の形に見えるのだと思いきや、ほんとうに星だった。どこかの子どもがこぼしてしまったシール。もしくはネイルの飾り。

金や銀の輝く星たちのなかを、私は歩いた。いつまでも歩いていたかった。

13

カシャッ。

シャッター音がして振り返る。

カシャッ。

太呂があたしにスマホを向けている。

「消して」

ブラジャーをつけただけの上半身を両手で隠す。下は制服のスカート。

「なんで?」

「授業で習ったでしょ。性的な写真を撮るのはだめだって」

「えー、ここで授業とか言う？　野暮だなあ」

太呂といると嫌いな言葉や食べものが増えていく。なのにあたしは今日も笑っている。怒らせないように。刺激しないように。彼のプライドを砕かないように。

太呂の家には誰もいなかった。変な臭いがする。饐えて籠った、古い臭い。耐えられない。いますぐ帰りたい。これは自分の望んでいることじゃない。わかっているのに立ち去れない。ここまで来て帰ったらきっと彼のプライドを粉々にしてしまう。

でも厭だ。すごくすごく厭だ。

「お願い、写真消して」

「これ見てひとりでしたいんだよ。千夏だってほかの女の子でされるより、自分をネタにされた方がいいでしょ？」

なにも考えられない。めんどうくさい。なにもしたくない。なにも感じたくない。

「入れていい？」

尋ねながらすでに彼の先端があたしの性器に接している。なんて言ったらやめてくれるんだろう。怖くてたまらない。触れているだけでも妊娠する可能性はあるとTikTokで見た。緊急避妊薬を飲むべきなんだろうか。でもいくらくらいするんだろう。どこでどうやって手に入れられるものなんだろう。それを飲んだら、あたしの身体にはどんな変化が起こる？

気が変になって叫び出しそうになった瞬間、ドアの向こうで足音がした。

「太呂、帰ってるのか」

男の人の声。自分の性器に手を添えていた太呂が、動きを止めた。汗がこめかみからシーツに落ちる。太呂は慎重にベッドから下り、あたしの靴や鞄を勉強机の下に隠すと、タオルケットを押し付けてきた。あたしはそれを身体に巻いて勉強机の下でちいさくなった。

「お父さん病院は？」

服を着ながら太呂が尋ねる。

「暑いから途中で引き返してきた。開けていいか」

太呂の答えを待たずドアがひらく。

「だめじゃない、ちゃんと行かなきゃ」

太呂はするりと廊下へ出た。

太呂の家を出ると雨が降っていた。朝氷雨くんが持たせてくれた折りたたみ傘をリュックから取り出す。もうすぐ夏休みとは思えないほど寒い。首の後ろや肩が強張る。

資朝の声が聴きたい。

「ＬＩＮＥに既読つかないから体調悪いのかと思った」

今日、一時間目の体育のあと、資朝にそう言われた。太呂はまだ更衣室から戻っていなかった。

「太呂にブロック削除されたの」

教室のドアを見ながら言うと資朝はあたしのペンケースからボールペンを取り出し、ノートの隅にすばやく携帯番号を記した。

「何かあったらかけて」

「よかった、追いついた」

もうすぐコンビニに着くというところで太呂が駆けてきた。

「ごめんごめん、びっくりしたね」

「お父さん大丈夫なの？」

「うん」

「病院って」

「去年手術して、身体の半分に少し障害が残ったんだ」

「えっ。それは太呂もお母さんもたいへんだね」

太呂があたしを見た。さっきまでとぜんぜん違う、素の、濁っていない目。

もしもママが太呂のお父さんと同じ状況に置かれたら。

想像するだけで苦しかった。あたしには到さんも亜夫くんも氷雨くんもいるし、きっとみんながあたしにいろんな配慮をしてくれるだろう。けど、それでもきっと逃げ出したくなることがある。誰かに寄り掛かって甘えたいときがあるだろう。

太呂は何も言わなかった。ただ黙ってあたしを見ていた。

「あたしにできることがあったら、協力するから言ってね」

あたしは自分がそうなったときかけてほしい言葉をかけた。太呂の顔が赤くなっていく。何かを必死にこらえるように。

「トイレに行ってくるね」

コンビニを指差して言うと、太呂はリュックを持っててあげると言った。

「ここのトイレ狭いから」

ポーチだけを手に、トイレに入った。もう膀胱炎には罹りたくなかった。

ミネラルウォーターを買って出ると、太呂があたしのリュックにさっと何かを突っ込むところだった。スマホだろうか。別に何を見られてもどうでもよかった。

改札で別れ、電車に乗ると、花梨とのＬＩＮＥのトーク画面をひらいた。

気楽なやりとり。推しのスタンプ。おいしかったラーメンの画像。カラオケの動画。友だちのインスタのスクショ。

車窓を木々やビル群が流れていく。今朝起きてからずっと、早くこの時間になれと願っていた。待ち望んだ帰り道。なのに全身が重く頭上の分厚い雲が去らない。瞼が重い。身体が重い。この雲はどうしたら去るんだろう。どうしたら軽くなるんだろう。なにもやる気が起きない。

どこに行くとか誰と話すとか触られる触られないとか、自分で選べる日常が戻ってきたらいいな。でもそんな未来がくると思えない。そんな過去があったことすら信じられない。あたしはもうだめなのかも。心配と不安でいっぱいなのに、なにもかもどうでもいいような気がしてくる。

『消えたいな。なんかちょっと、消えちゃいたい』

花梨に打った文章を見て震える。

もしもいま電車が急停車して、弾みで送信してしまったら。

地獄だ。こんなＬＩＮＥ、引かれるに決まってる。

たとえばこういう感情を、すべて花梨に伝えたら、どんなことが起きるんだろう。

あたしいますごく混乱してるの。不安で吐きそう。太呂に触られたくないけど、太呂のことかわいそうとも思う。放っておけない、やさしくしてあげたい。あたしの太呂に対する感情は母性を含んでいるのかな。冷静に考えたら、太呂のしてることはおかしい。花梨だってママだって、そんなのだめって言うよね。でもあたしは太呂を見捨てることができない。あたしは太呂にコントロールされているのかな？　ひとりぼっちになって淋しい子って思われるのが怖い。人に嫌われるのが怖い。自分が汚く思えて耐えられない。どうやったら自信が持てる？　どうやったら強い自分で生きていける？

花梨に作った文章を消去して、梓とのトーク画面をひらいた。

『梓は裸の写真撮らせてって言われたことある？』

『あるよー。内緒だけど動画もある』

『いやじゃなかった？』

『んーべつに。あたしも撮ったし』

『もし誰かに見せられたらって思わない？』

『されたらこっちもやり返すだけだよ』

『スマホのパスワード教えるとか彼氏の顔認証登録するとかは？』

『そんなのふつうだよ、みんなやってる』

あたしがおかしいのだろうか。これがふつうです、私はふつうです、でも自分以外のふつうが何を表しているか、みんなどうやって知るのだろう？　自分以外の母性や好きがどういう感情を表しているのか、どうやったらわかるんだろう？　なんとなくわかったとして、それが自分の目盛りと大幅にずれていたら？

考え込んでいる間に次のＬＩＮＥが届く。

『はじまりはあんなだったけど、いまはもうベタ惚れなんだってね、千夏の彼氏』

はじまり。なんの話だろう。中学時代の感覚が蘇る。輪に入れないのは恥ずかしいから、適当に話を合わせてばかりだったあの頃。

『ほんとにね』

『賭けでつきあうとかどうなのって思ったけど』

賭け？　なんの話だろう。大縄のことだろうか。

『だよね。ひどいよね笑』

『よかった、千夏も知ってたんだ。入学式の写真見てどの子の処女奪おうかって賭ける男なんて大丈夫？　って実は心配してたんだけど』

腹の底から湧いてきたのは安堵だった。

賭けならあたしを好きじゃないってことだ。好きじゃないなら別れてくれるはず。

でもどんなふうに言えばいい？　太呂のプライドを砕かない言い方は？　もし彼の逆鱗に触れてしまったら？

ぶるっと身震いがきた。

電車を降りて商店街を歩く。おみみちゃんに会いたくてきょろきょろしながら歩いたけれど、タータンチェックのベビーカーはどこにも見つからない。

『いまどこ？』

亜夫くんからＬＩＮＥが届いた。

『商店街。もうすぐ着くよ』

『掃除してたら去年東南アジア出張で買ってきた緊急避妊薬が見つかったんだけど、いる？　使用期限が迫ってるから捨てようかどうか迷って』

要ると答えた。あたしはそれを、持っていたかった。

『おけ、じゃ帰ってきたら渡すわ』

『ありがとう。高かったんじゃない？』

『二百円もしなかったよ。スーパーの一角にある薬局でふつうに売ってたし。あのさ、余計なことかもしんないけど、避妊しない男ってろくでもないと思うよ』

まだしてないと送ろうか迷ってやめた。スマホを仕舞う。

まだって、あたしは太呂とするつもりなんだろうか。したくないのに、なんのために。震えはまだ止まらない。

ああそうだ。今日は雨だから、おみみちゃんには会えない。

14

台風一号で萌絵の塾が休みになった。

「ポップコーン食べながらホラー映画でも観る？」

買い置きしておいたポップコーンの種を掲げて見せると、萌絵は一瞬驚いたあと、

「うん！」

と幼い笑顔でうなずいた。

萌絵がリモコン片手にどれを観るか悩んでいるあいだに、私はポップコーンをフライパンで温めた。小腹が空いたと言うのでポケットサンドも作り、夫が帰宅したときすぐ食べられるように枝豆を茹でた。

「あー決められない。お母さんがいままで観た中でいちばん怖かったのは？」

食器を洗いながら二十代の頃観た二作品の冒頭部分を話し、どちらがいいか尋ねると、どっちもと言う。

「ていうか洗い物はもういいから、いっしょに選んで」

「散らかってたら、お父さんがかわいそうでしょう」

「いつもお母さんそう言うけど、何がかわいそうなの？　疲れて帰ってきて汚かったらかわいそう、なら、疲れてるのに家事をやるお母さんはかわいそうじゃないの？」

結局二本ともレンタルした。ガタガタと不気味に揺れる窓のそばで、萌絵はソファに座り、私はフローリングの床でクッションに座って観た。萌絵はクマをかたどったプラスティック製容器の後頭部にポップコーンを入れ、つまんだ。

一本目は、森から抜けられなくなる若者たちの話だった。

暗く不気味な森。丸太を歩いて沼を渡り、脚が棒になるほど歩き続け、もうすぐ森の出口が見えてくる、そう思ったのに、現れたのはまた沼。となりで萌絵が息をのむ。さっき通ったのとまったく同じ丸太。人生みたいだと思う。同じところをぐるぐる回って、同じ失敗を繰り返して。

離婚する。もしくは婚姻関係を続けたまま互いに自由に生きる。どちらの選択肢にも夫は首を縦に振らない。このまま私は年を取って死ぬのだろうか。どこへも進めないまま。目的地がない。そう感じる。この泥沼で足踏みしたまま、気づかぬうちに棺桶へ運ばれているのかもしれない。

二本目を三十分ほど観たところで、玄関から鍵の差し込まれる音がした。

「これいつまで？」

「三日間」

「土曜までってこと？　じゃあ明日の夕方また続きいっしょに観ようよ」

「そうね」

「おい、携帯光ってるぞ」

リビングに入ってきた夫が、テーブルの上に置いた私のスマホを指差す。

「おかえり。すぐごはんの支度するね」

鞄を置いて背広を脱ぎ、夫は洗面所へ向かった。

『八沢さんに会いたい？』

智子からＬＩＮＥが届いていた。

私は夫の愛人に会いたいのだろうか。会ったら何を感じ、何を話すだろう。彼女の姿かたち性格まで知ることで夫との情事を詳細に思い浮かべられるようになってしまったとしても、そのことで私はたぶん傷つかない。傷つくのはきっと、八沢さんだ。私はそれを望んでいない。

『会いたいとは思わないよ。とりあえず彼女の金銭的な負担をどうにかしたいと思ってる』

返信して、フライパンに大量の油を注ぎ、次々揚げていく。小鯵。ゴーヤと蒸し鶏をワンタンの皮で包んだもの。山芋。

『八沢さんの部屋に篠木さんの腕時計があるらしいよ。篠木さんが忘れていったみたいで』

ブランドを確認してもらうと、確かに夫の腕時計だった。

『売っちゃおうかなって言ってた。冗談かもしれないけど』

『いいよ、売って』

どうせそうしようと思っていたのだ。智子から爆笑スタンプが返ってくる。

『よっぽど腹が立ってるんだね』

「あー腹減った」

背中から夫の声がしてスマホをエプロンのポケットに滑り落とす。

夫の顔に、かすかな緊張が浮かんだ。萌絵が自分の部屋に入ってしまい夫婦二人になったから身構えたのだろうか。それとも私がスマホを触っていたことが気になったのか。

夫の夕食をテーブルに並べると、トイレに入った。

智子から画像が送られてきていた。八沢さんと夫のＬＩＮＥのやりとりだ。夫は私の誕生日にも彼女に「大好き」「会いたい」「早く抱きたい」とメッセージを送っていた。

もういいよと言う前にまた画像が届く。今度はツイートのスクショだ。

『今日私は三十八歳になった。彼氏は既婚者嘘ばかり』

八沢さんのものらしい。これを、私は読んでいいのだろうか？

『仕事がぜんぜんうまくいかなくてくじけそう』

『孤独がつらいとき、みんなは何をして乗り越えてるんだろう』

同じ疑問を私も抱いたことがあった。萌絵がゼロ歳のとき。

うおーとかうあーとか以外の言葉に触れたくて、どうしても大人と会話がしたくて、スリングに萌絵を入れてレンタルビデオ店に行った。「ご利用泊数はいかがいたしますか」「二泊三日でお願いします」のやりとりに胸が熱くなった。じっと目を見て接客されただけで、大切な存在として扱われている気がした。

孤独は空洞をつくる。とても危険な空洞を。

『私以外の三十八歳みんな幸せそう』

『そもそもどうしてあんな人を好きになっちゃったんだろう』

『褒め言葉を真に受けなければよかったのかな』

夫は八沢さんの何を褒めたのだろう。顔？　身体？　やさしさ？　それとも仕事ぶり？　もやもやする。不快よりも不可解が勝っている。夫は私とどうなりたいのだろう。なぜ智子はこんなものを送ってくるのだろう。

遠くで電動歯ブラシの音がした。瞼をひらくと、寝室の外が明るかった。枕元の目覚まし時計を手繰り寄せる。土曜の明け方三時半。空が白みはじめるにはまだ早い。

私が起きている間に帰宅しなかった夫が、眠る支度でもしているのだろうか。

寝室を出て廊下を歩く。リビングに、煌々と電気が灯っている。点けっぱなしのテレビ。床にビールの空き缶がいくつも倒れ、ポテトチップスとカップラーメンを食べた形跡があった。ひどい臭い。

夫はトイレのドアを開けっぱなしで、便座に座っていた。項垂れているからわからないが、たぶん寝ている。ウォシュレットが延々動いている。電動歯ブラシではなくこの音だったらしい。

「風邪ひくよ。お布団で寝て」

肩に置いた手を振り払われる。

夫が立ち上がろうとした拍子によろめく。ズボンとパンツが足首に絡まっているのだから当然だ。支えた手をまた振り払われる。

私はリビングに戻り、窓を網戸にして、片づけをはじめた。ごみをひとつひとつ袋に入れていく。夫の鞄のそばに、クレジットカードの明細が落ちていた。カード会社の名前が記してあり、あとは英語でよくわからない。時刻はいまから一時間半前。金額は十六万二千円。

「これ何？」

リビングに入ってきた夫に尋ねると、あーと充血した目でぱちぱちと瞬きをした。

「現金下ろして、違う銀行に移そうと思ったんだよ」

レシートサイズの紙に視線を落とす。銀行の取引明細ではない。

「オンライン上じゃなくて現金で？　銀行から銀行に？」

「そう」

泥酔して、夜中の二時になぜそんなことをしようと思ったのか。

「その記録はあなたがオンラインで管理してる口座の通帳に載ってる？」

「載ってると思うよ」

夫が自分のスマホを操作しはじめる。

「ああ、まだだ。土曜だから。月曜には載ると思う」

「そう。じゃあ載ったら一応見せてくれる？」

大金だし酔っていて心配だから、と理由を説明した方がいいだろうかと考えていると、左の頬骨に何かがぶつかった。

テレビのリモコンだった。

「うるさいなあ！」

続けて夫はガムテープを投げてきた。避けようとしたが間に合わず、肩にぶつかった。

「そうやって一生ぐちぐち言われるの？　もううんざりなんだけど」

どすんばたんと歩いて夫は寝室に入った。落ちていた十六万二千円の紙を拾い、ぼんやり眺めた。それから自分のスマホで、そこに記された英語の羅列を検索してみた。女性がお酒を出すお店の名前だった。

トイレが汚れていたので掃除して、便座に腰掛けた。床に夫の足裏の熱が残っている。

いくらなんでも一人でこれだけの金額を使うことはないだろう。部下を連れていき、奢ったのか。内容には腹は立たなかったが、嘘をつかれたこと、大金であることが信じがたかった。これはよっぽどのことだという気がした。家族の口座から大金を使い、ものを投げる。これまでにないことだ。それほどまでに夫は追い詰められているのか。私のせいだろうか。

トイレを出ると萌絵が立っていた。

「大丈夫？　すごい音したけど」

「うん。ずいぶん呑んだみたい」

「だろうね。えっ、てかここどうしたの？」

萌絵が私の左頬を指差し、目を見ひらく。

「リモコン投げてきたの」

萌絵がはっとして、両手を広げた。

「こわかった？」

萌絵が私を抱擁した。反射的に身体が動いたという感じだった。

「プラム洗ってあげようか？　チョコもあるよ。グミもあるよ」

「大丈夫、ありがとう」

大したことじゃないという思いと、やはりよっぽどのことだという思いが混ざりあう。私たち夫婦はどうしてこんなことになってしまったのだろう。どうしたらいいのだろう。

自室に入る前、萌絵は言った。

「真紀ちゃんから言ってもらえば？」

いいアイディアかもしれない。姑の妹である真紀さんはいつも萌絵や私をフォローしてくれるし、客観的に判断してくれそうだ。


アクセサリー置き場から父の形見の腕時計が消えていることに気づいたのは、七月の初旬だった。

「父の腕時計が見当たらないんだけど、あなた知らない？」

萌絵が登校するのを待って声をかけると、「ああ、あれ？」と夫は飲み残しのコーヒーをシンクで逆さまにした。

「売ったよ」

私は不思議と冷静な気持で、飛び散った茶色い液体を見つめた。これを拭くのは私。こうなるとわかっていて明日コーヒーを淹れるのも私。

「どこに？」

「近所」

「近所のどこ？　どうして？」

「だっておまえだってさ……。まあいいや、あれ何？」

夫は答えず顎で私の鞄を示した。いちばん目立つところにつけた、ホロホロ鳥のコサージュ。

「ずいぶん気に入ってるようだけど」

「もらったの」

「ふーん。例の男に？　肉体的接触は果たした？」

「いいえ」

「それが事実かどうか俺には知りようがないんだけど」

「嘘はつかない」

なぜなら夫に嘘をつかれていたと知ったとき、自分が否定されたと感じて虚しかったから。愛は目減りする。そして私の心をどんなに探っても、嫉妬はやはり見当たらない。

ほったらかしにしてたおもちゃ。亜夫さんが言ったそんなものに夫が執着しているのだとしたら、夫の心の真ん中には、何が在るのだろう。

愛や恋ではないはずだ。プライド？　それとも恥？　意地？

だとしたら、私とはずいぶん違う。私たち夫婦は、ずいぶん違う。

「あなたはどうしたいの？」

「離婚はしない」

「じゃあ、お互いにやりたいことを認めるのでいいの？」

「いいわけないだろ」

私は落胆のため息をのみ込んだ。

「それじゃ何も変わらないじゃない」

「いまさら変わる必要があるのか」

夫の右瞼がぴくぴく痙攣した。

「もうあの話ずっとしてなかったじゃん。これまで通りやってくつもりなのかと思ったよ」

どうやったらそんな思考回路になるのか。

「責めないからって、許してるわけじゃない」

「そうですか」

か、にアクセントを置く、夫の口調に卑屈さを感じる。夫の心の真ん中にあるのはおそらく怖れだ。それを取り除いてあげなければという焦りと使命感が湧き、己の母性に呆れる。

「お互いに別のパートナーの存在を認めるなんて、それ愛あんの？　そんなんでいっしょにいる意味あんの？　嫉妬はしないわけ？」

嫉妬、と私はつぶやいた。

「八沢さんのことで嫉妬を感じたことはないし、ほかにそういう相手が現れたとしても、嫉妬はしないと思う」

考え考え言葉を紡ぐ。夫は傷ついた表情を浮かべた。

「嫉妬しないって、それ愛情がないってことじゃん」

嫉妬は愛の証ではない。嫉妬しないことが愛していない証拠にはならない。けれど私の夫に対する嫉妬は、確かに愛と比例している。

「あなたは嫉妬するの」

「するに決まってる」

それも愛ではない、たぶん。夫の嫉妬はきっと、所有欲だ。

「夫婦関係なんてなあなあ、だましだましがいいと思うけど」

だましだまし。その言葉に、私たちは共通認識を抱いていないだろう。

「なにもかも馬鹿正直に話す意味がわからない。俺は俺なりに考えたけど、こういうことを白黒はっきりさせてやるみたいなのは、やっぱり野暮だよ」

また野暮。夫の野暮のために、私はどれだけのものを諦めればいいのか。


「今日の休憩、十時にもらってもいいですか？」

パートの制服に着替えながら尋ねると、吉谷さんはいいよと快諾してくれた。

「何かあるの？」

「電話したいところがあって」

「彼氏？」

おどけた表情にどきっとする。針生さんといるところを見られたのだろうか。

いや、吉谷さんならその場で声をかけてくれるに違いない。

「いえ、リサイクルショップです」

「なーんだ。あー恋愛したーい」

「どうして恋愛したいんでしょうね」

「決まってるじゃない。話がしたいからよ。旦那と話してても禅問答みたいなんだもん」

「のれんに腕押しって思います？」

「思うよ、そればっかりだよ。まああっちも私の話は取っ散らかってて意味不明って思ってるかもしれないけど。そもそも旦那は私の話なんか聴いてもないし。私はさ、数字や所属やＡＩとかじゃなくて、もっと感情を話したいんだよ。愛とか死とか旅とか」

伊麻は日々そういう話をしているだろう。

「あとは、その人が仕事や将来に関して悩んでることとか、これまで挫折したこととかうしなったものに対する感情とか、ほんとうは何を不安に感じているのかとか」

そこまで言って、吉谷さんは鼻の頭に皺を寄せて笑った。

「そんなこと話す男いないか」

バックヤードを出て、挨拶とお辞儀をする。店内に客はいなかった。レジに向かいながら吉谷さんは言った。

「ほんとうに繋がりを感じられる人と、どうやったら出会えんのかな」

「えー、吉谷さん出会い求めてるんすか」

深夜勤の高橋（たかはし）くんが笑いながらレジを出てきた。

「そうだよー。いい人いたら紹介してよ」

「肉体関係込みっすか？」

「あ、セクハラ」

吉谷さんが拳銃で撃つポーズをする。撃たれたポーズをして高橋くんは笑い、むせるように咳き込んだ。よく見ると顔が少し赤い。

「やだ、風邪？」

「かもしれないっす。吉谷さん、お粥つくりに来てくださいよ。ついでに掃除もお願いします」

高橋くんがバックヤードの奥に消えるなり、吉谷さんは苦笑いした。

「これ以上誰の世話もしたくないよねえ」

吉谷さんに到さんのお店を薦めてみるのはどうだろう。仕込みの時間なら、到さんと話せる。レタスをちぎったりワイングラスを磨いたりしながら吉谷さんの弾丸トークにゆったりうなずく到さんを想像すると、口角が上がった。

「お先に失礼します」

着替えを済ませて出てきた高橋くんが私たちの目の前を通る。おつかれさまと言い、吉谷さんは笑顔でひらひら手を振った。

「親と同じくらいの年齢の女が、出会いとか言うのって気持悪いんだろうね。欲求不満と思われてんのかな。うち別にレスじゃないんだけど、できることならもうしたくない。ひどいセックスばかりしてると心が死んでいくよね。うちの旦那これまで少なくとも二人と浮気してるんだよ。でも四十過ぎたらそういうチャンスがなくなったらしくて。もてなくなって戻ってきてもいまさらって感じじゃない？　さんざん妻のことを家具見るみたいな目で見続けてきたのにさ。つくづく思うよ、愛は積み重ねだって。まー、でもあれくらいの男の子には想像もつかないだろうね。五十女の孤独なんてさ。何歳になったって望むのにね。自分が見たものや感じたものを、通じ合える誰かと味わいたいって」

「それって恋愛込みじゃないとだめなんでしょうか」

口にすると疑問が強まった。なぜそれを、恋愛に求めてしまうのだろう。

「恋愛じゃないとだめな人と、恋愛じゃなくてもいい人がいるんじゃない？　私は恋愛含みがいいな。でも現実は、好いた男とですら通じ合うって難しいよね。話がぽんぽん展開してってあー通じ合ってるーって思える相手は、最終的には女友だちや姉妹かもしれない。けどそうはいっても、やっぱ好きな男と通じ合いたいじゃん。それが叶わないからごまかしごまかし生きてるのかも」

「離婚を考えたことはありますか？」

「あるよ千回くらい。篠木さんもある？」

「あり、ます。でも」

もう一度人生をやれるとしても、私は夫と結婚するだろう。

ややこしいところもあるが、私は夫を尊敬している。なにより、萌絵という宝をさずかった。子どもは怖ろしい。愛おしすぎて怖ろしい。こんな愛がこの世界に在ることを知ってしまった。

でも、と強い確信を持って思う。

もう一度人生をやれるなら、もっと早く離婚する。そして仕事はやめない。

「私は結局、やさしかった夫を忘れられないんだと思います」

「わかる。わかるよ篠木さん！　甘いよねー、我々は、ほんと。でもさ、あの瞬間に縛られちゃいけないんだよ。それは切り離さないと。ねえ篠木さん、離婚するなら早いに越したことないよ。私も四十代だったら、再就職とか、恋愛とかいまよりもっとやりやすかったなって思うもん。子どものこと考えると踏ん切りつかなかったけど。息子が独立したいまは親権とか学費とか考えなくてよくなった分、もうやり直すには遅いかなって思っちゃう」

やり直すのに遅いときなんかない。亜夫さんや伊麻ならそう言うだろうと口をひらきかけたが、やり直したことのない自分が言えるわけないと思いやめた。

意外な人が店にきたのは、私が休憩に入る直前だった。

「絹香ちゃん」

私のレジに立った到さんは、朝見るには憂いを含み過ぎた表情で、ヘアゴムとミネラルウォーターをカウンターに載せた。

「こないだはありがとう」

「いいえ、こちらこそ。ちょうどさっき、到さんのことを考えていたんです」

「え、うれしいこと言ってくれるね。どんなふうに？」

紹介しようと思ったけれど、吉谷さんはとなりのレジで接客中だった。

「絹香ちゃん、会うたびきれいになるね」

吉谷さんがこちらを向いて、目をカッと見ひらいた。

十時になって、リサイクルショップや質屋に電話をかけた。父のものらしき腕時計はどこにも見つからなかった。

今夜の針生さんは粉にまみれている。ウレタンを使う作業があったとかで、つなぎも手も真っ白だ。

「どんな一週間でしたか」

針生さんが赤ワインの入ったグラスを差し出してくる。

「前回針生さんとお会いした日の夜、おもしろい話を聴きました」

どんな、と針生さんは自分の椅子を少し私に近づけた。

「八十歳のときの健康状態が最も優れていたのは、五十歳のときの人間関係が最も良好だった人っていう調査結果があるんですって」

「へえ、それは興味深いな。日本のデータ？」

「いえ、ハーバード大学って仰ってたから、アメリカだと思います」

「誰が仰ってたんですか」

棒読みの科白のように針生さんは言った。

「友だちの恋人です」

「ふうん。確かに十年後、二十年後を考えるとき、身体の健康には気をつけようと思うけど、人間関係にまでは気を配らないかもしれない」

「たぶん、それもセルフケアのひとつなんですよね。針生さんはこの一週間、どうでしたか」

「まあまあ屈辱的なことがありました」

グラスのなかの赤色を見つめながら、彼は言った。

「博物館からの依頼で、ある剝製を作ったんです。納得のいく出来栄えに仕上がらなくて、納期を延ばしてもらえないか、お願いしました。でも難しいと言われてしまって」

「どうなったんですか」

「そのまま展示されるそうです。あの博物館には当分足を運べません」

「そんなに？」

「めちゃくちゃ苦痛です。あんなへたくそなのさらされて……。自業自得ですけど」

出来栄えに関する評価は、針生さんの主観だろうか。それとも依頼主も「これはちょっとあんまりだな」と思っているのだろうか。ストイックな針生さんのことだからおそらく前者なのだろうが、そんな質問はしづらい。

伊麻になりたいと思った。ものをつくる伊麻なら、針生さんの気持に寄り添えるだろう。針生さんの言葉の意味を、もっと深く理解し、的確な相づちを打てるだろう。

アトリエの隅に、真っ白いふわふわのものが詰まった箱が見えた。

「あの羽根の山はなんですか」

「雷鳥の翼です」

「犬山さんが真似する雷鳥」

よく憶えてますね、と針生さんは眉を上げて笑った。

「あの翼は、あるアイドルグループの衣装になるそうです。予算はいくらでもいいから、二十着分くらいほしいと言われて」

「いろんな依頼があるんですね」

「中身はフィンランドのパーティで食べられました」

「そこまで訊いてません」

　ははは、と笑って針生さんは立ち上がり、台所のあるスペースへ歩いていった。

　鞄からスマホを取り出す。コンビニのグループＬＩＮＥに通知がたくさんついている。ひらくと、高橋くんの風邪が悪化したらしく、誰か代わりに入れる人はいませんか、という内容に対する反応が溜まっていた。すみません今夜は予定があって。こんな時間に言われたって無理ゲーすぎます。そんなメッセージが相次ぐなか、ひとりだけ『あしたテストなんですけど、誰もいなかったら入ります』と申し出た大学生男子がいた。

「そんなのだめ」

　テストの学生が入るくらいなら、私が入る。深夜勤なんてしたことはなかった。というか夜中の二時三時に起きていたことが十年以上ない。でも、やってみてもいいと思った。したことのない何かをしてみたい気分だった。しかも、人助けになる。

　いいですよと送るところを想像してみた。体調不良の高橋くんもオーナーも、大学生男子も安堵するだろう。夫はいい顔をしないだろうが仕事なのだし、そもそもいい顔をされるかどうか気にする筋合いが、もはやない気がする。萌絵もきっと大丈夫。

『私入ります』

　送信の三角マークを押した直後、心臓がばくんと跳ねた。

　はじめてのことをするときは、いつだって緊張する。既読が次々ついて、賛辞と感謝と驚きのスタンプが乱れ飛んだ。やった。よかった。私はこれまでと違うことをやれたんだ。

「大丈夫ですか。何か声が聴こえましたけど」

針生さんがお盆を手に戻ってきた。

水の入ったグラスがふたつ。アボカドといちじくのピンチョス。れんこんを炒めたもの。

「人間関係に気を配ったんです」

「どういうことですか」

笑いながら針生さんは取り皿と箸を渡してくれた。

「これからコンビニの深夜勤に入ることになりました」

事情を話すと針生さんはシフトの時間を確認し、「ここで仮眠をとっていったほうがいいんじゃないですか」と言った。笑いそうになった。こんなに針生さんの気配が満ちた場所で眠れるわけがない。

れんこんは外側はカリッと中はホクホクで、花椒(ホアジャオ)が香っておいしかった。

「針生さんは、必ずチェイサーのお水も飲むんですか」

「なるべく。その方が翌日のコンディションがいいって三十代半ばに気づいたから」

「お肌のためとかではなく?」

針生さんが静止する。

「そういう観点で世界を見たことは、なかったな」

亜夫さんは肌のために情報を集め、節制する。針生さんは身体感覚で摑んでいく。二人ともすてきだ。到さんも氷雨さんもみんなすてきだ。わくわくする。私は新しい人に出会って新しい世界を見たい。新しい自分を発見したい。残りの人生、未開拓の自分を探求したい。

「あ、これ」

ふいに針生さんがしゃがみ、私の足許からジッパー付きの小袋を手に取った。スマホを取り出すときに落としてしまったのだろう。短いレシートが透けて見える。

「大切なものなんですね。前に見たときも思いましたけど」

「いつ？」

「電車が止まって、ふたりで歩いて、娘さんから電話がかかってきたとき」

そんな些細な出来事を憶えていてくれたことがうれしかった。私はジッパーを開けた。

「父が、最後に買いものをしたときのものなんです」

レシートを取り出すと、病室の空気が蘇った。

見舞いにくる私のために、父が病院の売店で買っておいてくれた私の好きなお菓子。それが父の人生最後の買い物になった。

この袋を開けるのは、レシートを仕舞って閉じた日以来、はじめてだった。大切なものを、この人になら見せてもいいと思った。

針生さんはそれをまるで国宝のように慎重に掌に載せ、指紋がつくことを怖れたのか指では触れず、呼吸も浅くして、ありがとうございますと戻した。

視線が絡んだ。私は目を逸らさなかった。私たちは長い時間見つめ合った。自分がどんな表情をしているか怖かった。針生さんの瞳には、揺るぎない自信の奥に迷いも混じっていた。

座ったまま抱き寄せられた。すり抜けようとすれば容易(たやす)く立ち上がれそうなほどの力で。彼といっしょにいたい。強く思って背中に手を回す。甘くぬるい、ほのかにスパイシーな香りがした。

「いい匂い」

「同じこと思ってました」

「香水つけてるんですか？」

「いえ、ひとつも持ってません。絹香さんは、この辺とこの辺で匂いが違いますね」

分析する科学者みたいな口調で、私の頭と肩にちょんちょんと触れて言う。

「私も香水はつけていないので、たぶんシャンプーと柔軟剤だと思います」

「蛾の性フェロモンは二種類がブレンドされているんですよ」

「そうなんですか？」

腕の中から針生さんを見上げたら、顔が近くて息が詰まった。

「はい。百対一の割合で」

耳が熱い。おそらく赤面しているだろう。顔を伏せて私は言った。

「人間も香水を二種類使ったらいいってことですかね」

「二種類も使う人なんて、いるんですかね」

針生さんの声の振動が、頭や鎖骨や腹部に響く。

ほんとうの意味で生きるというのは、自分に可能性を感じるということだ。私は、私に可能性を感じさせてくれる針生さんといっしょにいたい。可能性を感じて生きていたい。世間の目や自分で勝手に決めたルールに縛られるのはもう厭だ。正しいだけの窒息しそうな関係のなかで生きて死にたくない。

もう一度彼を見上げた。視線が絡まる。ゆっくり顔を近づけた。どくどくと耳の後ろで脈打つ血の音が聴こえる。

次の瞬間、肩を摑まれ、身体を離された。血が一気に冷えた。

この先の関係を、彼は望んでいなかった。さっきのハグは彼のやさしさ。父性に近い何か。ぜんぶ私の勘違いだったのだ。私は鞄を摑んでアトリエを飛び出した。恥ずかしくて吐きそうだった。

俯いてコンビニに向かっていると、伊麻からＬＩＮＥが届いた。『少し話せる?』と書いてある。電話をかけると伊麻は「外にいるの?」と訊いてきた。その声にかすかに切迫した響きを聴きとった。

「うん。急にシフトに入ることになって。どうしたの?」

「絹香だったらどうするか訊きたいことがあって」

「うん」

「千夏の彼氏、太呂くんていうんだけどね」

トラックが起こした突風で揺れていた紫陽花。到さんの店の中から見た坊主の男の子が蘇る。千夏ちゃんのことが好きでたまらないという表情をしていたあの好青年が、どうかしたのだろうか。

「千夏が別れたいって言ったらキレたの」

昨日伊麻が氷雨さんと博物館にいたら、亜夫さんから電話がかかってきたのだという。切羽詰まった様子で亜夫さんは、太呂くんが千夏ちゃんにしていることを話した。束縛。支配的な言動。性的暴力と呼べる行為。伊麻と氷雨さんは急いで帰宅し、千夏ちゃんに話を聴いた。千夏ちゃんははじめ淡々と話していたけれど、あるときを境に涙が止まらなくなった。できることなら別れたい。

でも別れたいなんて言えない。怖いから。しゃくりあげながら千夏ちゃんは続けた。それに、太呂がかわいそう。

その後到さんも交えて話し合い、千夏ちゃんが太呂くんをファストフード店に呼び出した。念のため、店のそばで伊麻と氷雨さんが待機して。間もなく千夏ちゃんから着信があった。

「やっぱりだめ別れられないってトイレに籠って電話をかけてきたの。それで迎えに行ったら」

はいわかりましたって納得できるわけありません。駆け付けた伊麻に、太呂くんはそう言った。家族でも、いきなり今日で家族やめようと言われて受け入れる人います？

「改めてゆっくり話しましょうって言って千夏を無理やり連れて帰ってきたんだけど、どうするのがベストかわからなくて。学校から注意してもらうとか警察に行くとか、太呂くんの保護者に連絡すべきだろうかとか、いろいろ考えたんだけど」

千夏ちゃんが心配だった。伊麻が心配だった。私なら、萌絵がそんな目に遭ったらどうするだろう。

「しばらくどこかに避難していられたらいいのにね」

ぱっと浮かんだのはそれだった。

「逃げたわけじゃなくて、自然の成り行きで連絡が取れない状態になったたっていう感じで、太呂くんと離れられたら」

離れる、とつぶやいて、伊麻は黙り込んだ。

「私なら、避難先を確保しつつ、伝えると思う。『やっぱり別れたい』って、証拠を残すためにも文字で送って、『夏休みは祖母の家に行くことが決まっていたので、しばらく家を離れます』『ＬＩ

NEはしばらく見ません』『二学期がはじまるまでのあいだにもし話したいことがあったら、このアドレスに連絡ください』って、大人が管理してるメールアドレスを伝える」

「そっか。そうね、それがいいね」

伊麻がため息をついた。

コンビニの灯りが見えてきた。

「絹香がお母さんだったら、千夏はどんな十六歳になってたのかな」

娘の生まれ持った良さを伸ばすことの難しさについて、ファミレスで伊麻と話したときのことを思い出した。伸ばすどころか潰さないよう維持するので精一杯。そう言い合ったあれは四月の終わり。たった三か月前のことなのだ。

「わたし、自分の子育てに自信がない。お手本にしたい親もいないし、これでいいのかなって揺いでばかりの自分が厭になる。周りのお母さんたちはこれが正しいって信じる道を子どもに歩ませてて、その迷いのなさに不安になる」

「一貫性ばかり優先してたら、大切なものをないがしろにする可能性があると思うよ。伊麻が揺らぐのは、日々直面する新しい現実にどう向き合うか、一瞬一瞬、真剣に考えてるってことでしょう。揺らぎながらも千夏ちゃんの気持を尊重して、どの選択肢がベストか、成長や将来をちゃんと考えてる。愛情は千夏ちゃんにしっかり伝わってると思うよ」

「千夏はわたしを軽蔑しているかもしれない」

「どうして」

「別れたいなんて言えないって千夏が泣いたとき、わたし言ったのよ。太呂くんはこれからも千夏にひどい扱いをして、嘘をついたり操ったりすると思うよって。そしたら千夏、こう言ったの。『でも少なくとも太呂はあたしだけを見てる』『一対一でしょ』って」

呻くように伊麻は息を吐いた。

千夏ちゃんはどんなニュアンスでその言葉を口にしたのだろう。売り言葉に買い言葉だったのかもしれない。精神的に不安定になって思ってもないことを口にした可能性もある。

「わたしは千夏に自分で選んでほしいと思ってきた。いろんな大人と接して、勉強して、本もたくさん読んで、選択肢を知って、自分で選び取ってほしいって。でもそれは娘を自由にさせてるようで、じつは自分を守ってたのかもしれない。自分が傷つかずに済むように。その事実から目を背けてきた結果がこれなのだとしたら」

洟をすする音が聴こえた。伊麻の背後はしずかだった。

15

「一定期間会わずにいれば、嫉妬は薄れたり消えたりするという臨床実験のデータを見ました。絹香さんの提案通り、僕も離れるのがベストだと思います」

みんなが勢ぞろいするリビングで、氷雨くんが言った。

相談して作成した文章を、ママと手を握り合って、太呂に送信した。

別れたい意思は変わらないこと。夏休みは親戚の家で過ごすこと。用があるときはメールにしてほしいということ。

ＬＩＮＥはやめたほうがいい。ブロック削除して別の手段で。ママや亜夫くんにはそう言われたけれど、あたしは太呂のメールアドレスも電話番号も知らなかった。メッセージの最後に到さんのメールアドレスを記した。

送った瞬間既読がついて、ＬＩＮＥ通話がかかってきた。

「だから言ったのに」

亜夫くんが苦々しい顔でスピーカーボタンを押す。

千夏、と呼ぶ太呂の声にかぶせるようにママが言った。

「メールにしてほしいってお願いしたでしょう」

「千夏のお母さんですか？」

声を聴いた瞬間臭気が蘇り、吐きそうになった。

「ごめんなさい。大事な娘さんに悲しい思いをさせて、ほんとうにごめんなさい。一分でいいです。千夏と話をさせてもらえませんか」

「それはできない。ごめんね」

「最近の僕はふつうじゃなかったんです。お父さんが去年病気で働けなくなっちゃって、お母さんもパートの人といろいろあって、離婚の話し合いで家のなかがもうぐちゃぐちゃで。おかしくなってました。でもこれからはちゃんとします。約束します。千夏の気持を大切にする。何よりも優先する。だから別れるなんて言わないで。千夏がいるからがんばれるんだよ。千夏、千夏、俺ほんとにひどいことした。ごめん。ほんとにごめん。千夏のことが大好きなんだ。別れたくない。もう千夏が厭だっていうことはしないから。絶対しない。だから、別れるなんて言わないで。千夏と別れたら、俺生きていけないよ。生きてる意味がないんだよ」

「ごめんね、太呂くん。また落ち着いて話す機会を設けましょう」

「もしかしてこれって資朝のアイディア？」

「切るね。じゃあ」

「待って！　千夏！　二人で」

ママが通話を切った。それから電源を落とし、アトリエに籠った。

アトリエの扉は真夜中になっても閉じたままだった。おやすみを言いに行くと、扉の前で氷雨くんが置いたのであろうマグカップが湯気を立てていた。紙を丸める音が聴こえてきて、ノックせず自分の部屋に戻った。マグカップの中身は朝になってもそのままだった。


夏休み初日。朝ダイニングに下りると、家にいたのは到さんとあたしだけだった。

スマホに未読のＬＩＮＥが溜まっている。

『伊麻ちゃんとオレと氷雨は先に向かってるね。伊麻ちゃんの仕事道具が超～幅とってる』

『ちなのスマホは置いていった方がいい。位置情報アプリを入れられている可能性があるから』

『もうすぐ北鎌倉につくよ。電話で話したいことがあるんだけど、これ見たら連絡くれる？』

亜夫くんと氷雨くんには返信して、ママには既読だけつけた。会ったときに直接聴けばいいと思ったし、ママと話す気力がなかった。太呂のＬＩＮＥはひらかなかった。

「千夏の荷物は亜夫の車に積んだから」

ありがとうと言ってスマホの電源を切る直前、花梨からＬＩＮＥが届いた。

『急だけど今日あそべる？』

話すならいまだ。そう思うのに、どんな単語を選べばいいのか、今まで言えなかったことについてどう説明すればいいのか、頭がうまく回らない。

『ごめん。親戚の家にいくことになって。電波悪いとこだから連絡取りづらかったらごめんね』

『わかった。帰ってきたらＬＩＮＥちょうだい』

スマホの電源を切ってシンク下に置く前、あたしはあることに思い当たった。最後に話したとき、太呂は資朝の名前を口にした。あたしの居場所がわからなくなったら、資朝に連絡するかもしれない。

別荘に到着し、呼び鈴を押すと門がひらいた。

葉っぱの生い茂る樹々のあいだを、バイクはスピードを緩めて進んでいく。赤い瓦の建物が見えてきた。

「到さんのスマホからクラスの子に電話かけさせてもらってもいい？」

「もちろん。名前を訊いてもいいか」

「資朝」

バイクから降りると、ノートをひらいて十一桁の数字を押した。出なかったので、太呂から連絡がくるかもと留守番電話にメッセージを残した。名前を登録して到さんは、ジーンズの後ろポケットにスマホを押し込んだ。

到さんのヘルメットから、到さんとは違う匂いがした。ママの香水でもあたしのシャンプーでも亜夫くんのボディクリームでもない。他人、と感じるローズ系の匂い。これはきっと、到さんがつきあっている誰かの香りだ。

「最近このヘルメットを使ったのはどんな人？」

建物の入口に向かって歩きながら尋ねると、到さんは可笑しそうにあたしを見おろした。

「めずらしいな、千夏がそういう質問するの」

「いい匂いがしたから」

ああ、と到さんは笑った。

「あの人、ほんといつもいい匂いがするんだ」

到さんの頬がゆるむ。きっといっしょにいて居心地が好い人なのだろう。

「何してる人？」

「YouTuber」

「え、なんの？」

「筋トレ。四十一歳で離婚して、自信喪失したのをきっかけにはじめたんだって」

「そういう情報を、視聴者にもオープンにしてるの？」

「してる」

「なんかいいね」

到さんはうなずいた。

「みっともない部分を見せてくれる人と対峙することで、気づけることってあると思うんだ。人は、相手の不完全さの中に、自分の弱さや人間らしさを見るんだろうな」

あたしは、太呂の不完全さのなかに、自分の弱さや人間らしさを見たのだろうか。

「それっていいことばかりじゃないよね」

「場合によっては。でも、弱くてもいい、完璧じゃなくてもいいって、自分をゆるせるようになるのはいいことなんじゃないかな。それに、自分がいま抱いている不安や怖れが、自分だけのものじゃないってわかったら安心できるし」

「そうだね。その人の YouTube 観てみたいな」

「ＵＲＬ送っておくよ」


庭に面した二つの部屋。先生は向かって右手にあるサンルームのソファで本を読んでいた。左手は暖炉とグランドピアノのある部屋。

白いものの交ざった髭と、水色の半袖シャツ。傍らのテーブルには、分厚い本が何冊も積んである。顔を上げた先生の、瞳が丸くなった。

「千夏さん、到さん、遠路はるばるようこそ」

玄関へ来て出迎えてくれた先生は、三年前と変わらず鋭い眼光で、太い声を出した。

「申し訳ありません、お忙しいなか急にお邪魔してしまって」

「いいえ、今年中にまとめたい論文がありましてね。その資料を読んでいただけです。亜夫さんと氷雨さんは、スーパーまで宴(うたげ)の買い出しに行ってくれています。伊麻さんは」

と先生は白い階段を見上げた。

「二階の奥の部屋でお仕事中です」

階段の壁に、絵がずらりと飾られている。額縁に入った不気味な絵たちから、あたしは手招きされているような感じがした。三年前は視界にすら入っていなかったのに。

特に惹かれる一枚があった。靴を脱いで階段を上り、その絵の前に立った。

雲の下で集う、色とりどりの服を纏った人々。真ん中に立つシルクハットをかぶった男性に、花飾りの帽子をかぶった女性が手を添えている。

人形を抱いた女の人もいる。骸骨もいる。色彩や人物の動きから、お祝い事のような印象を受けるけれど、お葬式と言われても納得するような、奇妙で不穏な絵だ。

「千夏さん、アンソールお好きですか?」

「アンソールっていう画家の作品なんですね」

振り返ると、先生が階段の下で企むような笑みを浮かべていた。唇の真ん中にある灰色がかった窪み。パイプで煙草を喫うせいだと昔ママが教えてくれた。

「何をテーマに描いた作品だと思いますか?」

「むずかしいです。なんとなく、お祝い事かなあと思うけど、家族旅行にも見えるし、舞踏会に行くところと言われたらそんな気もします。あ、授業参観かも」

「千夏さんの視点は、たいへん新鮮です」先生はニッと笑った。「妹の結婚式、というのが有力な説です。中央のシルクハットをかぶった仮面が中国人。その隣の花飾りの帽子をかぶった仮面がアンソールの妹であるといわれています」

「え、仮面?」

「はい。アンソールは、仮面をモチーフにした挑発的な作品を数多く残しました」

絵に視線を戻す。そうか、仮面だったのか。画面右下、人形を抱いた女性が口をひらいている。何か伝えたいことがあるみたいに、遠くを指差して。彼女の腕の中の人形は空を向き、手をだらりと垂らしている。

「実はその絵にはちょっとしたトラップが仕掛けられているという説があるんですよ。アンソールの妹は実家の土産物屋に商品を卸しにきた中国の男と結ばれましたが、結婚生活はわずか数か月で破局を迎えます。妹は赤子を抱いて実家に舞い戻るのです。右下に１８９０と年記があるでしょう。これは、アンソールが絵と実際に起きたことを関連付けられないよう、作為的に入れたもので、実際に描かれたのは１８９２年以降だという説があります。なぜなら妹の結婚は１８９２年だったからです」

「芸術家はそういうことをするものなんでしょうか」

氷雨くんの声がした。玄関に氷雨くんと亜夫くんが立っている。二人が肩に掛けたエコバッグは限界まで膨らんで、ワインやバゲットやセロリがはみ出している。

「する人もしない人もいるでしょう」と先生は言った。「する場合も、理由はさまざまでしょう。誰かを守るためであったり、独りよがりの観衆をおちょくるためだったり」

「自分を守るためかもしれません」氷雨くんが継いだ。「あるいは誰かへのアピール。操作。伝えたい、たった一人への暗号」

そういうぼかすようなことを、ママもしたことがあるのだろうか。ママはあらゆるものをゼロから創造する。実在する人たちの特徴を混ぜ、場所や時間を曖昧にすることもあるだろう。何が虚構で事実かなんて、ママ以外にはわからない。

「冷房がきついですか」

腕をさするあたしに先生が尋ねた。

「いえ、あの、アンソールは妹以外の家族については描かなかったんですか？」

「描いていますよ」

先生が階段を上ってきて、あたしの横を通り過ぎ、踊り場の額縁の前に立った。

「アンソールが仮面のモチーフを取り入れた最初の作品です」

陰鬱な部屋で、仮面の男が背中を丸めて酒を呑んでいる。そこに入ってくる、棍棒を手にした仮面の女。

「こちらはアンソールの母親だと言われています。土産物屋を営み、家計を支えていました」

あたしは手すりを摑んで、その絵がよく見える場所まで上った。

では、椅子に座って女を見上げている、この卑屈そうな男が父親だろうか。

「アンソールは読書家で感受性豊かな父親を敬愛していました。家族のなかでただひとり、アンソールの才能を信じてくれた人だったようです。長身で堂々とした父親は、医学を学び、数か国語を操り、音楽にも秀でていました。けれど父親は事業に失敗したあと酒浸りになり、五十二歳で亡くなりました」

「マジックナンバーですね」と氷雨くんが言った。「大量飲酒者の死亡年齢は、五十二歳で大きな山がくるんです。日本のデータですが」

そうだ。思い出した。あたしはこの絵を見たことがある。我が家の二階の廊下だ。氷雨くんが作った本の山のてっぺんに、アンソールの画集があった。

　あたしはもう一度、最初の絵を見た。重い雲の下に集う人たち。アンソールの妹とその夫。周りの人は親戚や友人だろうか。彼らは中央の男女にどんな言葉をかけているのだろう。仮面の下にはどんな顔が隠れているのだろう。祝福。嘲り。応援。中傷、陰口。彼らは味方なのか。傍観者なのか。それとも敵。

「そういえばちなっちゃん」と亜夫くんが言った。「洗面台に洗顔フォーム置きっぱなしだったけどちゃんと持ってきた？」

「あ、わすれた」

「ＬＩＮＥすればよかったね。あとでいっしょに買いにいこ」

　ありがとうと言った声に、スマホの振動音が重なった。反射的に喉が干上がる。ここにあたしのスマホはないのに。

「資朝くんだ」

　到さんが差し出してきたスマホを、階段を駆け下りて受け取った。

「あの神様のステンドグラスの下で話してきてもいいですか？」

　先生の了承を得て、色鮮やかな光が落ちる、その場所へ急いだ。

「太呂から電話があった」

「やっぱり。なんて？」

「千夏の居場所を知ってるだろって。はじめはちょっと昂奮してた」

「ごめん」

「謝ることない。こういう言い方していいかわからないけど、想定の範囲内だから。その、先生の別荘っていうのは安全なの？」

「うん。ママには恋人が三人いて、みんないっしょに暮らしてるんだけど、三人とも一生懸命あたしを守ろうとしてくれてる。信頼できる人たちだよ」

「それならよかった。三人っていうのはびっくりしたけど」

あたしも自分でびっくりした。いままで誰にも言えなかったことを、資朝には言えた。

「ほかに太呂はなんて？」

「特に何も。太呂は、あまり感情を表にだすタイプじゃないよな。特に弱い感情は。プライドもあるだろうし」

太呂はあたしの前では仮面を外していたのだろうか。あたしにしか見せない顔。

「太呂になんて言ってくれたの？」

「居場所は知らないし、ふられて苦しい感情は自分で処理するしかないって言ったよ」

「資朝、ふられたことあるの？」

「もちろんあるよ」

誰に、と訊こうとしたあたしを先回りするように資朝は言った。

「新学期がはじまったら登下校とか、当分のあいだひとりにはならないようにしたほうがいい。俺協力するから。あ、B組の女の子にも頼んだらどうかな」

「花梨？」

「そう。よく教室に来てるよね」

「花梨には、まだ話してないんだ」

「そうか」

「話すべきだよね？」

「うーん、どうかな。それは俺が決めることじゃないし」

「あたしが花梨の立場だったら、男子に話して自分に話してくれてなかったら傷つく」

「なら話したらいいんじゃない？」

「あのね、言い方が難しいの。いままでに何度もタイミング逃してるし。もし資朝が友だちから大事なこと話してもらえてなかったらどう？」

「俺は気にしないよ。人によって話す内容が違うって、当たり前にあることだと思うし。その花梨って子に話して俺に話さないことだってもちろんあるでしょ」

「ある」

話す内容を分けている。そう考えればいいのだろうか。

「資朝が彼女に話してないことをあたしに話してたら、彼女嫉妬する？」

「どうかな。するかもね」

「嫉妬されたらうれしい？　資朝も嫉妬するの？」

「千夏は質問が多いね」

耳許で資朝の笑い声がして、ほっとする。

好きな人のことは知りたくなるというママの言葉を思い出した。

あたしは太呂に何か質問したことがあっただろうか？

「ねえ妬くの？」

「嫉妬深い人はちょっと嫉妬されるくらいが安心なのかもね」

「一般論に逃げたね。彼女なんの仕事してるの？」

「音楽関係」

「何歳？」

「十九」

「三歳差か」

いや、と資朝は苦々しい声で言った。

「四学年離れてる。俺はまだ十五で、彼女は今月二十歳になるから。三か月間も五歳差なんだよ。早く俺の誕生日がきてほしい」

「年齢が離れてても、目盛りは同じって思う？　あ、目盛りっていうのは、物事に対する見方っていうか、受け止め方のことなんだけど。なにが好きでなにが苦手とか、そういうのも含めて」

「うーん。それは、ぜんぜん違うなって思うよ。年齢のせいかどうかはわからないけど」

「ぜんぜん違う人と、良好な関係を築けるもの？」

「そもそも良好を目指してないのかも。もちろんけんかはなるべくしたくないけど、ああすごいなあって尊敬したり、疲れて甘えてくるときはかわいいなあって思ったり、基本的な目盛りは違っても、違うからこそ必要だし、必要とされてうれしいと思う。うん、必要なんだ」

すこし、かなしい。でも、すこしだ。

嫉妬の感情が大きくないのは愛していないということではなくて、むしろ愛情かもしれない。大切な人の幸福を望んでいるという意味で。

あたしは花梨の幸福を望んでいる。資朝の幸福も望んでいる。でもその二つは同じじゃない。どう違うのか、どうして違うのか、考え出すとまた頭がこんがらがってくる。

「彼女とどうやって知り合ったの」

「その話はまた今度」資朝はそっけなく言った。

「彼女のどんなところが好き？」

「それもまた今度」

「えーっ。じゃあ彼女といるとどんな気分？」

「ああ生きてるなって思うよ」

通話を終えても、あたしはしばらくその場に留まった。

知りたくて近づきたい人には恋人がいて、離れたい人はあたしに執着している。どうなったらあたしは幸福なんだろう。太呂と別れて資朝とつきあえたら？　幸福だ。でも資朝の彼女はどうなる？　はっきりしている感情はいくつかあるけれど、資朝の彼女に対する自分の感情は、まだよくわからなかった。

ああ生きてるなって思うよ。

それをあたしの目盛りの基準にしてみようか。ほかでもない資朝がくれた言葉だから。

ママは一向に下りてこない。集中しているのだろうか。

食堂に入ると、亜夫くんが湖について先生に尋ねているところだった。

「ここに来る途中ちらっと見えたんですけど、すんごいロマンティックだった。吸い込まれそうな湖面で。ね？　先生」

「私はお勧めしませんよ。あの湖は、ほんとうに吸い込まれてしまう人もいるのですから」

亜夫くんと先生のやり取りに目を向けながらも、氷雨くんの突き出た耳は二階へ向いている気がする。あたしは先生に尋ねた。

「先生は嫉妬することあるんですか？」

「致しますよ」と先生は口角を緩く上げた。「嫉妬はたいへん興味深いものです」

じゃあ、と亜夫くんが言った。

「色恋沙汰で嫉妬しちゃったとき、先生はどんなふうに考えるんですか？」

先生は少し考えて答えた。

「出会った当初、相手の何に強く惹きつけられたか、ということを考察してみます。そうすると、自分という人間について、根源的な何かを発見できることがありますよ」

氷雨くんがゆっくり瞬きをした。

太呂は、あたしのどこを好きになったのだろう。

やさしいところも、どじなところも、長い指も、顔も髪もぜんぶだよ。俺は千夏ちゃんのことが、ぜんぶ好き。

体育祭の日のあの言葉は、どこまで本音だったのだろう。

「嫉妬を感じる部分には、なんらかの心の傷があって癒えていないことも多いのです。たとえば、子どもの頃の心の傷を癒す機会を得るために、あえて自分を拒否し見捨てるような人を愛の対象として選ぶ人もいます」

「思い当たる節あるー」亜夫くんがのけぞった。「でもそれって生き地獄」

「そうかもしれません。ですが、別の視点から見れば、子どもの頃の心的外傷を乗り越えるための希望の象徴とも言えます」

階段を下りてくる足音がした。

「あー描いても描いても終わらない」

ママが食堂に入ってくる。と思ったらトレーナーの袖がドアノブに引っ掛かって、つんのめった。見たこともない、男の人が着古したような、だぶだぶのトレーナーだ。

「お腹すいたー。そろそろ宴の支度はじめようよ」

トレーナーは、しかも前後ろだった。

ママがテーブルに手をついた。乾き切っていない絵の具がテーブルに付着した。

この分だと、ドアノブや階段の手すりにも付いているだろう。雑巾はどこ？　周囲を見回したときにはもう、氷雨くんが腰を上げている。

「先生」あたしは勢いよく立ち上がった。「雑巾はどこですか？」

氷雨くんを行かせてはいけない。そう思った。予感があった。的中しなければいいと祈るような予感が。

階段を上り、ママが仕事部屋として使わせてもらっている部屋の扉が見えたあたりで、あたしは予感が的中してしまったことを知った。

誰もいないはずの部屋から、灯りが漏れている。

扉へ、そっと近づいた。

南向きの窓のそばで男の人が腕立て伏せをしている。肩も背中もがっちりとして、プロのスポーツ選手みたいだ。

男の人がこちらを向いた。目が丸くなり、直後愛おしそうに細められる。

大股で歩いてくる彼の年齢は、まったく予測がつかなかった。あたしに似た肌色をした、若い男性ということ以外なにも。

「千夏だね？　マックスです。よろしく」

差し出された分厚い手を握りながら、あたしは無意識のうちに彼と自分の共通点を探していることに気づく。マックスの体温はびっくりするほど高かった。

「何歳ですか？」

「二十六歳だよ」

彼はぽってりとした唇を持ち上げた。

「マックス」

階段を上ってきたママを、マックスが抱きしめた。あたしは反射的に階段の下を覗き込んだ。こんなところを氷雨くんが見てしまったら。

「どうして彼を連れてきたりしたの？」

「一番は、用心棒的な意味合い。マックス、格闘技の選手なの」

「彼にも太呂のこと話したの？」

「大まかにね。それに、みんなに会わせたかったから」

ママの背後でマックスはにこにこ笑っている。あたしの意識はずっと階下にあった。リビングへ続く扉が、いつ開くか気が気じゃない。

「まだつきあってはいないのよ。マックス、ちょっと待っててね」

ママが彼の腹部を押して室内に入れ、扉を閉めた。たくさんの仮面と骸骨に見つめられながら、ママとあたしは階段を下り、靴を履いておもてに出た。

樹齢何年なのか想像もつかない、巨大な樹々のどこかで、鳥が鳴いている。家や学校のそばの鳥とは違う鳴き声だ。

「ママがあたしに電話で話したかったことって、マックスのことだったの？」

「そう」

苛立ちが起こる。あのときママに電話をしなかった自分に。LINEにその内容を書いておいてくれなかったママに。

「マックスのこと、誰が知ってるの？」

「先生と、到と亜夫」

「氷雨くんには」

「これから言うつもり」

「言わないで。マックスは先生の知り合いってことにして」

そうだ、LINE。花梨にも伝えなきゃ。北鎌倉にいること。それに太呂とのことも、ママのことだって、資朝にはしたけど花梨にしてない話がたくさんある。

花梨に言えないのは、たぶん、花梨の両親の離婚が気にかかるから。それに資朝より花梨の方があたしの学校生活に及ぼす影響が大きいから。

もし資朝があたしを軽蔑したり、関わりたくないと思ったとしても、そこまで大きな影響はないだろう。あたしの心が痛むだけで。

でも花梨は違う。万が一花梨があたしを避けたら、あたしはひとりぼっちになってしまう。リスクの高いチャレンジをするのは怖い。せっかくできた友だちなのに。もう、淋しい子とは思われたくない。

「わたしが何よりも大切に思ってるのは千夏よ」

「知ってるけど。なに、とつぜん」

「一対一って言葉がずっと気になってて」

「あれは……」

咄嗟に口から出てしまっただけで、一対一のみが正しいと思っているわけではなかった。というか、わからない。あたしはまだわからないのだ。

「千夏より大切なものなんかない。命だって惜しくないと思える存在は千夏だけ。でもその愛情はわたしのエゴで、こんな母親なら離れている方がましだって千夏が思うなら、なにか方法を考えなきゃと思ったの」

「そういう言い方ってなんか、ずるい」

あたしはママを見た。睨むような目になっていると、自分でもわかった。

「ママはやりたいことをやったらいいと思うよ。あたしも大きくなって、前よりは家のことできるようになったし、到さんと亜夫くんと氷雨くんもいるし。そんなに心配してくれなくて大丈夫。それにママが自分をこんな母親とか思ったって、あたしはほかのお母さんを知らないし、ママを受け入れるしかないんだから、急にそんなこと言われたって困る。コメントのしようがない。ただ……

なんていうか」

ママはじっとあたしの言葉に耳を傾けている。

一対一という言葉は、氷雨くんといっしょに暮らすようになったから出た言葉かもしれなかった。到さんや亜夫くんと違って、一対一を強く望んでいる氷雨くん。

「ママって、恋愛の優先順位高すぎない？」

その言葉を口にした瞬間、長い間ママに抱いていたもやもやが少しクリアになった気がした。太呂に告白されたとき、それまで生きてきて経験したことのない種類の自信を得た。でもこうなってしまったいま、恋愛で自信を持つというのは、ある意味危ういと思う。

様子を見に到さんが出てくるまで、ママはずっと黙っていた。


マックスと氷雨くんに挟まれて駅までの道を歩く。

あたしがいつも使っている洗顔フォームは、となりの駅の近くにあるドラッグストアまで行かないとなかった。亜夫くんがそれを調べてくれたのは、宴がはじまって二時間ほど経ったとき。その場に素面の大人はふたりいたけれど、氷雨くんは完全なるペーパードライバーで、マックスは日本で使える運転免許証を持っていなかった。

だからこうして三人で歩いている。

氷雨くんとマックスは流暢な英語で会話した。あたしにも七割くらいはわかった。わかるように、簡単な単語をチョイスしてくれたのだろう。マックスはホテルのことをオテルと発音した。日本語はあまり話せないけれど概ね聴き取れるという。あたしの稚拙な英語も聴き取ってくれた。ママとの関係をマックスが話したらどうしようと思ったけれど、ママが伝えてくれていたのか、マックスの口からママの名前が出ることはなかった。先生のどんな知り合い？　氷雨くんが尋ねたらあたしが答えようと思っていた。けれど氷雨くんもママの話題を口にしなかった。それは奇妙なことだった。

さっきの電話で資朝にママの恋人が三人いっしょだと言ったけど、もう一人いたと報告すべきだろうか。

そんなことをぼんやり考えながら改札をくぐり、電車に乗った。マッチョなマックスと、細長い氷雨くんは電車のなかでも視線を集めた。

別荘に帰り着く頃にはくたくただった。マックスと氷雨くんがいてくれたおかげで、太呂についてあまり考えずに済んだけれど、氷雨くんのいつにも増して少ない口数が気になったし、肉体的にもかなり疲れた。もしスマホを持っていたら今日の歩数は余裕で二万歩超えを示しただろう。

あたしたち以外の四人は、暖炉とグランドピアノのある部屋に移動してお酒を呑んでいた。先生はブランデー。ママは赤ワイン、亜夫くんは白ワイン。到さんは日本酒。

部屋に入ると、ママと亜夫くんが笑顔で手を振ってきた。

先生はパイプの先端に葉っぱを詰め、ちいさな道具で押しているところだった。

「おかえりなさい。明日はバーベキューですよ。特別な肉を取り寄せたんです」

先生はパイプ一式を脇によけた。

「ホロホロ鳥といって、スーパー等で買える鶏肉よりも身が締まって、さっぱりとした味わいなんですよ。フレンチによく使われているお肉だそうです」

いいですね。愉しみ。到さんとママが口々に言いながらほほ笑み合う。知ってる？ と亜夫くんが画像を見せながら尋ね、もちろん、とマックスが胸筋を張る。

しばらくその部屋でお茶を飲んだけれど、途中から声が出なくなった。

「もう休んだ方がいい」と到さんが言った。「お風呂に入る気力はあるか」

「うん」

「二階のシャワーでも、一階でヒノキ風呂に浸かるのでも、どちらでもいいですよ」

「浸かりたいです」

あたしが言うと、マックスが「じゃあ僕はシャワーを使いたい」と立ち上がった。

彼に続いて立ち上がると、先生もゆっくり腰を上げた。

「その前にちょっといいですか。本日は、千夏さんに特別なお部屋を用意したんです」

歩き出した先生についていく。

特別といってもあたしがここに来るのははじめてじゃないのだから、少なくとも見たことはある部屋だろう。

先生が脚を止めたのは二階の和室書斎だった。電気を点け、部屋の真ん中に歩いていく。この畳を踏んだことはなかったから、特別と言えば特別だ。そう思っていると、先生が、天井からぶら下がる紐を摑んで引っ張った。

木の階段が現れた。書斎の上に、屋根裏部屋があったのだ。

「念には念をということで、今日はここで寝てもらいます」

ヒノキのお風呂に浸かりながらあたしは、今日資朝と交わした会話や、先生がしてくれたアンソールの話、嫉妬に関する考察を思い出した。難しかった。でもわすれないでおこうと思った。

「ドライヤー置いておくね」

ママの声がして、すりガラス越しに長い腕が見えた。

髪をちゃんと乾かす気力もないまま、脱衣所を出る。何かのみたくて食堂に行くと、到さんとマックスがキッチンに並んで立ち、片づけをしているところだった。

あたしに気づいたマックスが、ホットミルクを作ってくれた。マックスが着ているパイル生地のパジャマは白地にピンクの水玉模様で、三角帽子までかぶっている。あたしを笑わせるのが目的なのかというくらいかわいい。

「ほかのみんなは？」

「伊麻は二階で仕事の続き、亜夫は食べ過ぎたからランニング中」

「氷雨くんは？」

泡のついた指が、暖炉とグランドピアノの部屋を指差した。


「伊麻さんにはじめて会ったとき、先生はどんな印象を受けましたか？」

うすくひらいたドアから見えるのは、赤ワインの入ったグラスを掴む氷雨くんの細長い指と、先生の横顔。氷雨くんの顔は見えない。

「ぱっと見て、非常に独特のオーラがありましたね。ほかの人とは違う華があった」

先生はパイプの灰を落として続けた。

「天真爛漫でね。でもどこかあやうくて。進みたい明確な道すじがあり、それを自分で選び取っていくという強い意志が放出されている。なのに最初の一歩が踏み出せない。重い足枷を嵌められているように感じました」

「先生と出会って自分を出せるようになったって、伊麻さんは言っていました」

「そうですか。そうだといいのですが」

ブランデーを口に含み、先生は視線を上げた。

「氷雨さんは、どんな印象を受けたのですか」

「僕をわかってくれる人だと思いました。薄っぺらく褒めてくれるとか、甘やかしてくれるとか、もちろんそういう意味じゃなくて」

先生がゆっくりうなずいた。

「ふだん僕が考えているようなことを、どれほどていねいに話しても、なかなか人には理解されません。理解してもらえるように上手に話せる人もいると思いますが、僕にはそれができないんです。感情表現が豊かな方ではないし、経験や語彙力が足りていないのかもしれません。でも、伊麻さんは僕の思考をすぐに理解し、受け入れてくれた。否定しなかった。まずそのことに驚きました。ちょっと質問の多い人だなとは思いましたけど」

先生が笑って、ワインのボトルを氷雨くんのグラスに傾けた。

「先生」

氷雨くんがグラスの細い脚を摑んで言った。

「伊麻さんは、マックスとつきあっていますよね」

あたしは両手で口を押さえた。

「つきあっていないと思いますよ。もしそうであれば、氷雨さんに話すんじゃないですか」

「すみません、正確な表現ではありませんでした。つきあうつもりですよね。少し前に自宅のリビングで、伊麻さんが到さんに話していたんです。僕が帰宅したことに気づいていなかったんだと思うのですが、現在進行形の恋愛を描くリスクについて相談しているようでした。筆が湿っているから作品に客観的な目を注ぐことが難しい、というようなニュアンスだったと思います。具体的な名前が出たわけではないし、伊麻さんが口にした単語のいくつかがそのときの僕には理解できませんでした。それが今日マックスに会って、ああ、彼のことだったのかと腑に落ちたんです」

先生は黙ってパイプを咥えた。濃い煙が廊下に這い出てくる。

「伊麻さんはこれからも恋をする。そして描く。僕は伊麻さんが描く人物について考えずにいられないでしょう。平常心でいられる自信もありません」

「平常心でいなくてもいいんじゃないですか。氷雨さんには氷雨さんの魅力があるのですから」

そうでしょうか。つぶやいて氷雨くんは赤ワインを口許に持っていった。

「亜夫さんや到さんに比べると、僕は未熟です。僕は、伊麻さんが僕のいないところで笑っているというだけで、おまえなんか要らないと言われている気がしてしまいます。拒絶されているように感じてしまうんです」

「感じてしまうのは仕方ありませんよ。反応ですから」

氷雨くんは俯いて言った。

「最近思うんです。僕という人間は、伊麻さんの想像力で粉飾されていただけの存在なんじゃないかって。僕は何もかもが乏しい。その上未来は不確実。そういうすべてを、伊麻さんはあの逞しい想像力で補ってきたんじゃないでしょうか。うつくしい虚飾が剝がれ落ちていくのを、肌で感じます。伊麻さんの僕に対するブームが去ってしまったというか。僕は単に伊麻さんがこれまで出会ったことのないタイプとして選ばれただけなんじゃないでしょうか」

こんなに饒舌な氷雨くんは、はじめてだった。氷雨くんは明らかに酔っていた。立ち聞きなんか駄目だと思いながら、あたしはそこから立ち去ることができなかった。

鼈甲の丸眼鏡の奥の瞳が、しずかに氷雨くんを見つめている。

否定してよ、先生。あたしは焦れったい思いで先生の言葉を待った。あたしは氷雨くんの良さを知っている。氷雨くんを好きになった頃のママも知っている。

「伊麻さんにとって僕は、未知の存在だったんだと思います。種も生息地もまったく異なる生きもの。伊麻さんは違和感を恋と勘違いしたのかもしれない。だって伊麻さんにとって大事なのは、予測不能さ、これまでにない視点、刺激、発展、成長、そういうものなんです。僕は虚しい。純粋な愛や恋ではなく、新しいものを描くために愛されているのだとしたら。どんな僕になれば、伊麻さんは僕を愛し続けてくれるんでしょう。これ以上彼女といっしょにいる意味ってなんなんでしょう。こんなに好きになってしまう前にわかっていたらよかった」

恐怖が込み上げた。

もしかして氷雨くんは、ママと別れるつもりなんだろうか。そんなの厭だ。

「伊麻さんと僕は違いすぎる。もう少し目盛りが近い人だったらこんなに苦しまずに済んだのに」

先生は黙ってパイプを手に取った。

「私の身内の話をしてもいいですか」

パイプの先に葉っぱを詰めながら、先生が言った。

「私の母方の祖母は、そこの湖で情死を企てたんです」

「じょうし」

「若い男と心中したのです。未遂に終わりましたが」

氷雨くんは黙ってグラスを揺すった。いま聴いた話を理解しようとするように。

「二人はその後どうなったんですか」

「駆け落ちしました」

「先生のお母さんとお祖父(じい)さんを残して」

「そうです」

「それはきついですね。もし自分の母親が僕を置いて駆け落ちしたらと想像すると」

もしもママがあたしを残して好きな人とどこかへ行ってしまったら。

それってあたしという人間の全否定だ。あんたなんか要らない。そう言われたのと同じだ。ここにママがいたらなんて言うだろう。先生のおばあちゃんが娘を要らないなんて思っていなかった可能性について話すに違いない。

「そういうふうにしか生きられなかった祖母を受け入れられないまま、私の母は亡くなりました。祖母よりも先に」

そういうふうにしか生きられない親。それってまさにママのことじゃないだろうか。

「誰かの正しさはあなたの悲しみです」

先生は言った。

「誰かの目盛りはあなたの悲しみで、あなたの目盛りは誰かの悲しみです。氷雨さん、世界には貞節と独占を望ましくないとする民族も存在するのですよ」

あたしはその場を離れ、階段を上った。

忍者屋敷みたいな階段から屋根裏部屋に上がり、ベッドに潜った。あれだけ疲れていたのに目を閉じても、睡魔が訪れる気配はなかった。脳の一部が冴え冴えとして、あらゆる考えや声がせわしなく駆け巡った。

花梨と話したい。思い返してみると高校に入ってからの四か月間、花梨といるときがいちばん愉しかった。笑って、気楽で、満たされて、幸福だった。

遠くでピアノの旋律が聴こえた。

いつのまにかうとうとしていたらしい。瞼をひらくと、屋根裏部屋の窓から、上半分が薄青く、下半分が薄赤い世界が見えた。夕方ではなく朝だと思ったのは、空気が澄んで、生きものの呼吸や排ガスをほとんど含んでいないように見えたから。

ひりつく瞼を閉じて、耳を澄ます。木材が軋む音がした。ピアノのペダルを踏む音だ。やっぱり聴こえる。誰にも見せたことのない心の底を曝け出すような、繊細でしずかなメロディ。あたしは屋根裏部屋から下りて和室を歩き、階段に向かった。

絵の中の仮面があたしをじっと見つめている。あたしの弱さや狡さを見透かされている気がして、怖くて、顔を伏せた。

暖炉とグランドピアノの部屋に、大きな背中が見えた。

氷雨くん。絶望が暗闇でも気配でわかった。

悲しげな曲調に一瞬光が射し、それから再び暗い調に戻って、長い指が鍵盤から離れた。

「氷雨くんがピアノ弾けるなんて知らなかった」

「子どもの頃母に習ってたから」

振り向いた氷雨くんが、下瞼を使って目を細めた。

「時々はそうやって弾いてみせてよ」

いつの間にかママがあたしの後ろに立っていた。

立ち上がり、氷雨くんが裏庭に面した窓を開けた。朝の空気がひやりと入り込んでくる。

すん、とママが鼻をすすった。

「なんか変な臭いしない？」

あたしは首を傾げ、氷雨くんは嗅覚を研ぎ澄ますように静止した。広い肩がゆっくり上下する。

ママは人より五感が鋭い。人には届かない香りを嗅ぎ、聴こえない音を聴き、見えないものを見る。そして描く。

しんとしずまり返った部屋で、氷雨くんが言った。

「伊麻さん、僕と結婚してくれませんか」

16

「離婚してください」

スーツケースを広げる夫に、私は言った。窓に大きな夕焼けが張りついている。

朝一で大事な会議が入ったから前夜入りすると言って出張準備中だった夫は、大きなため息をついた。

「離婚はしないって先週も言ったじゃん」

先週。はじめて深夜シフトに入った日の朝、夫がコンビニにやってきた。驚いてどうしたのと尋ねると、出勤前にちょっと寄ってみただけだと答え、コーヒーを買って出ていった。そんなことはいままで一度もしたことがなかったので不思議に思い、シフトを上がったあとＬＩＮＥを送ろうとしたら、すでに届いていた。『離婚はないから』と書いてあった。

「考えても、考えても、離婚以外に道が見つからないの」

証拠が私たちの思い出を攻撃する。夫に対する信用はうしなわれた。もう夫のコップを素手では洗えないし、身体を洗うタオルもトイレのサンダルも共有したくない。耳障りで目障りで息苦しい。その感情をまったく態度に出さずに暮らすことは不可能だろう。恨みを抱き続けながら直視しないようにする、そんな日々を積み重ねて一生を終えるなんてまっぴらだ。

「互いに自由にっていう話だけど」

「できる？」

「いや、無理だね」

話は終了と言わんばかりに夫がスーツケースを閉じた。

「それを俺の親にどう説明すんの？」

「する必要あるのかな」

「なんでないと思うわけ」

夫が鼻で嗤う。じゃああなたは八沢さんのことをどう説明するの、という言葉はのみこむ。のれんに腕押し。通じない。

「真紀さんに連絡してもいいかな」

「は？　なんでここで叔母の名前が出てくんの？」

「あなたのことを私よりよく知っていて、私の話を落ち着いて聴いてくれそうだから。それに私は真紀さんを信頼しているから」

「へー。したいようにすればいいんじゃないですか」

「そんな言い方かなしい」

「かなしませてすみませんね。しょせん俺は、水道代払って電気代払って家賃払って学費払って、それだけの男です」

「そういう卑屈なことを言わないで」

「じゃあなんなら言っていいの？　出張前にややこしいこと言われてさ。俺いまから新幹線のなかで超めんどくさい会議の準備しなきゃいけないんだよ」

「わかった。ごめんなさい。帰ってきて落ち着いたら、話す時間をください」

「しんどい」

「え？」

「しんどいです。俺、ずっと責められんの？」

玄関ドアが閉まる瞬間、夫の顔に浮かんでいたのは怒りより不安だった。

あんな表情をするのはずるい。同情に引きずられそうになる。薬缶を火にかけ、マグカップにすりおろした生姜を入れる。どれほど言葉を紡いでも、夫は耳を傾けようとしない。どうしたらいいのだろう。やはり現状維持が私の選ぶべき道なのだろうか。

電子レンジで温めたシートと生姜湯を持って、萌絵の部屋へ向かう。ドアをノックして入ると、ベッドに仰向けで寝ていた萌絵が、顔だけこちらに向けた。

「どう？」

黙って首を横に振る萌絵の、目と眉が痛みに歪んでいる。

差し出したシートを受け取って萌絵は下腹部に載せた。

「お薬買ってくるから、その前にこれを飲んでおいて。ほんとうは何か食べた方がいいんだけど」

「無理。お腹も頭も痛くてそれどころじゃない」

「そうよね。ほかに何か要るものある？」

「夜用がもうない」

「わかった」

ブラシで髪を梳(と)かしながら時間を計算する。生理用品は近くのコンビニで買える。けれど薬は少し離れたドラッグストアまで行かなければならない。視界の端でスマホが光った。

『体調いかがですか』

針生さんからだった。一瞬萌絵のことかと思ったが、そんなはずはない。

『良好です』

『よかった。少し喉の痛みを感じたので、移してしまっていたらと思ったんです』

移すようなことしませんでしたよね、と打って消す。これじゃ拗ねているみたいだ。

いや、私は実際怒っているのだった。あれ以来針生さんからＬＩＮＥがくるのは三度目で、それまでの二通は返事をしていなかった。

だって私は傷ついた。勇気を出して近づいたのに、針生さんに距離を置かれて、自己嫌悪にくるしんだ。

同時に、安堵もした。これで忘れられる。そう思った。

なのにこうして言葉が届くとあっさり揺らいでしまう。

『いま何してるんですか』

『家にいます。針生さんは？』

『犬山と会った帰りで、電車に乗っています。あと二駅で絹香さんの御自宅の最寄り駅です』

景色の画像が送られてきた。繁華街に近い駅。彼が見ているものを見られるということがうれしかった。画像を保存し、お気に入りマークをつけた。行動は決意より本心を表す。恥ずかしくみじめだけれど、胸の底に細かく沸き立つものがある。

『家で、何をしてるんですか』

『娘の調子がよくないので薬を買いに出ようとしているところです』

少し迷って『夫は出張に行ってしまって』と付け足した。そういえば彼とのＬＩＮＥのやりとりで夫という文字を出したのははじめてだ。

『病院は行きましたか？』

『そういう調子の悪さではないんです』

返信スピードが少し落ち、新しいメッセージが届いた。

『よかったら、買って持っていきましょうか』

『ありがたいんですけど、遠慮します』

『どうして』

頼みづらい買い物だし、小坂さんやほかのご近所さんに見られたら困る。そのことをどう伝えようか逡巡していると、次のメッセージが届いた。

『必要なものはなんですか。画像かＵＲＬを貼付していただけるとありがたいです。絹香さんの力になりたいです。顔も見たくないというのでなければ』


針生さんがくれた時間を有効に使いたいと思って、真紀さんの番号を表示した。こんなことでもない限り、電話をかける勇気は湧かなかったかもしれない。

「あら絹香さんから連絡なんてめずらしい。どうしたの」

真紀さんの明るい声に安堵して、私は話すことができた。仕事からくるストレスで夫の酒量が増えていること、金遣いが荒くなっていること。八沢さんのことは話さなかったが、リモコンとガムテープのことは話した。

聴き終えた真紀さんは、言った。

「えっ、そんなことになってるの？　まあくんかわいそうに」

私は少し、混乱した。でも何に混乱したのかわからない。

「まあくん眠れてる？　ごはんちゃんと食べてる？」

「はい、寝ていますし、よく食べています」

「そう、それならよかった。ものを投げるっていうのは、よっぽどストレスが溜まってるわね。絹香さん、腹が立ったでしょう？」

「いえ、怒りとかはないです」

「怒りがないってそれ愛がないじゃない」

笑い混じりに真紀さんは言った。

「萌絵のことも心配で」

「えっどうして？」

「こういう状態の両親を見せるのは、よくない影響を与えるんじゃないかと思って」

「それは気にする必要ない。まずはまあくんのことを考えて。子どものことばかりじゃ、そりゃ拗ねるわよ。というかそもそもまあくんは、何がつらいんだろう」

「仕事がストレスだってよく言ってます」

「そう……。ものすごくたいへんなのよね。私たち女には理解できないけど。家族を養う、学費も家賃も稼ぐっていうのは、ほんと、簡単なことじゃないのよ」

「そうだと思います」

「まあくんが、いまいちばんつらい立場だから」

「はい」

「でも……ほんとうに仕事だけなのかな。仕事だけじゃないでしょって訊いてみたら？　仕事が十じゃないでしょって」

どういう意味だろう。

「絹香さんに対して、何か厭なことがあったんじゃない？」

胸の真ん中に杭が差し込まれる。

「まずは、絹香さんがまあくんの話をよく聴いてあげて。中途半端にわかったわかったって遮らないで。絹香さん、出ちゃってると思うのよ。あなたもつらいけど私もつらいっていうのが」

私は黙って真紀さんの話を聴いた。電話をかけたのは間違いだった。

「なんだか信じられない。私が思い浮かべているまあくんは、いっつも笑ってて、友だちと野球して、私の作ったごはんをモリモリ食べてって、そういう姿だから……。でも絹香さんがつらいのはわかる。ものを投げられるっていうのも、厭よね。いまは当たらなくてもこれから当たるかもしれないし」

当たってないとは一言もいっていないが、もう口を挟む気力はなかった。

「とりあえずまあくんをゆっくりさせてあげたいから、帰ってこさせて。真紀ちゃんが好きなごはん作るって伝えて。あとこのこと、姉には言わないでおくね。絹香さんと萌絵ちゃんが責められることになるから」

家族や友人、恋人のために生理用品を買える男の人というのは、どのくらいの割合いるのだろう。少なくとも私がこれまでつきあったなかには一人もいない。

玄関先で渡されたエコバッグに入っていたのは、生理用品と痛み止めだけではなかった。種なしプルーン。ホットレモン。メロンパン。ダークチョコレート。カロリー控えめだけれど甘く柔らかいクッキー。雑誌数冊。目や腰を温めるシート。美容によさそうなドリンク。むくみとりのタイツ。

「どうしてこんなに娘の好みがわかるんですか。あ、検索してくださったとか」

「いいえ」

「じゃあどうやって」

「引きませんか」

「ドラッグストアに高校生くらいの女の子がお母さんといっしょにいたので声をかけて、教えてくださいと頼んだんです」

「えっ」

「ですよね。不審者だと自分でも思います。あの二人も不気味に感じたでしょうね」

想像してみた。もしも自分が萌絵とドラッグストアにいて、針生さんのような男性にアドバイスを求められたら。

「不気味には感じないと思います。感じる人もいるかもしれませんけど、こんなふうに教えてくださったのなら、そうじゃなかったということだと思います」

「だといいけど」

封筒に入れたお金を、針生さんは受け取ってくれなかった。

「じゃあこれで」

「待って」

針生さんが振り返った。

「まだ帰らないでください」

「絹香さん」

「下まで送りますから」

「絹香さん」

「はい」

「ちゃんと眠れていますか」

反射的に目に涙の膜が張った。

真紀さんとの電話で、私は訊かれなかった。眠れているか、食事を摂れているか。夫の様子は訊かれたが、私は訊かれなかった。

「これ、娘に渡してきます」

うなずいて針生さんは、ドアから手を放した。

姿が見えなくなると急に心細くなった。

水を注いだコップとエコバッグを手に萌絵の部屋に入る。こちらに向けた背中が、規則的に上下している。メッセージを記した付箋を痛み止めの箱に貼って、部屋を出た。

「お待たせしました」

ドアを開けると、廊下の手すりにもたれていた針生さんは、イヤフォンを外して仕舞った。

鍵をかけてエレベーターホールに向かって歩き出す。カエルが大声で鳴いている。

何を聴いていたのか尋ねると、お気に入り曲の一覧を見せてくれた。

私が毎日見る景色のなかに彼がいる。気配が濃すぎてはみ出している。見慣れた景色が、目的を持って居る場所ではなく、好い匂いのする堪能すべき場所になっている。

「玄関にあった写真、写真館に飾られていたものですよね」

針生さんのアトリエと美容院のちょうど中間辺りにある写真館。一年四か月前、中学校の入学式を終えた萌絵とあの写真館を訪れ、撮ってもらった家族写真だった。できあがったらショーウインドウに飾らせてもらってもいいか訊かれ、迷うことなくいいですよと答えた。

いまの私だったら。少なくとも即答はできない。断るかもしれない。

下りのボタンを押し、折り畳んだエコバッグに封筒を挟んで、彼の鞄に挿し入れた。

「ほんとうにありがとうございました」

針生さんがエコバッグの内側を確認しそうになったので、この袋は何ですか、と尋ねた。彼の鞄の中の半分を占めている布袋。

「ああ、これは回収セットです」

思いもよらぬ答えが返ってきた。回収？　いったい何を？

布袋からは新聞紙やいろんな大きさのポリ袋、ジッパー付きの袋、ガムテープなどが出てきた。やってきたエレベーターに乗り込んで、針生さんは言った。

「動物の死体を見つけたときに使うんです」

さらに予想外の答えに笑ってしまった。

「回収するんですか？」

「することもあります。死体以外にも、山歩きをしているときに見つけた羽根を拾って入れたり。コレクションしているお客さんにあげようとか、いつか修理に使うかもとか、思って。……なんか今日、引かれるようなことばかり言ってますね」

エレベーターのなかには、私の笑い声が満ちている。針生さんといると口角が上がりっぱなしだ。もうすぐ一階に着くというとき、絹香さん、と彼が改まった声を出した。

「ゆっくり進みましょうって言いたかったんです。お父さんのことが関係しているかもしれないと思ったから」

扉がひらいた。

「とつぜんあの日の続きから話をはじめるんですね」

「ずっと考えてました。混乱によってこんなふうになっているのだとしたら、余計に時間をかける必要があるって」

カエルの鳴き声がちいさくなった。針生さんの指が閉ボタンに乗っている。濃密になった空気の中で、腕が伸びてきて、ふわっと抱きしめられた。

「食事に誘ってもいいですか」

なんて中毒的な声だろう。振動が私の官能を刺激する。腕のなかで百八十度回転して、私は彼を見上げた。


「ご注文いかがされますか」

「生ビールをひとつください。絹香さんは？」

密かに見つめていた横顔がこちらを向いた。どきっとしたことを悟られぬよう、お品書きに視線を落とす。

「私はグラスビールを」

「あ、もう一度お願いします」

若い男性店員が私に顔を寄せた。

「グラスビールをお願いします」

「僕は生ビールをください」

おや、と思った。針生さんの声と顔がかすかにむっとしている。男性店員が顔を近づけたからだろうか。私は針生さんが嫉妬しているなどという幸せな思い込みをしないよう、自制した。

犬山さん一押しだという和食店は十八時の段階で半分以上の席が埋まっていた。店主と喋る一人客の男性、テーブル席の夫婦らしき二人連れ、入口近くには若いカップルもいた。

針生さんが生理用品を買ってきてくれた夜から十日経った。その間、週末を利用して夫の実家に帰省した。姑と真紀さんの作る揚げ物や肉料理やビールをたらふくお腹に収め、幼馴染と呑みに行き、夫はとても愉しそうだった。

ビールが運ばれてきた。カウンターの上で乾杯する。

「今朝、カラスがハンガーを咥えて飛んでるのを見ました」

お通しは夕顔と豚バラ肉の煮物だった。まろやかな白味噌に糸唐辛子が利いている。

「それはレアなものを目撃されましたね」

「歯が丈夫なんだなあって感心しました」

「鳥に歯はありませんよ」

「そうなんですか？」

「進化の過程で重い歯を捨て去ったんです」

飛ぶために歯は重いのだろうか。捨てるものは歯だと、鳥はなぜわかったのだろう。

「歯の役目をするものが、まったくないわけではありませんが」

「たとえばどんな？」

「種によって舌に棘があったり、のこぎりのようなギザギザがずらりと並んでいたり」

そう言って針生さんは豚肉を音もなく咀嚼した。舌や歯の話なんかするから、彼の口のなかを想像してしまう。

「見ますか？」

なんのことかわからないままはいと答えた。彼が見せてくれるものならなんでも見たいと思った。スマホを手に取った針生さんが六桁の数字を押してロックを解除する。隠さず解除してくれた、それだけのことでうれしくなる自分が不気味だ。特徴的な舌を持つ鳥の画像を表示し、針生さんは平易な言葉で説明してくれた。

二杯目も私はグラスビールを頼み、針生さんは日本酒に切り替えた。夕顔があまり得意ではないと言うので、私が食べた。出汁(だし)巻き卵と鯖の燻製を頼んで針生さんはトイレに立った。スマホは置いていった。

針生さんがとなりからいなくなってようやく、カウンターの内側を見る余裕ができた。それまでは顔は前を向いていながら、意識はすべて左隣にあった。

店主が冷蔵庫から黒っぽく長い塊を取り出し、まな板に載せた。包丁を動かし皿に盛りつけながら、切れ端を自分の口に放る。

あれが鯖の燻製ではありませんように。祈ったけれどその皿は私たちの前に運ばれた。

「トイレのそばに雉（きじ）の剝製がありました」

小声で言って、針生さんがとなりに腰を下ろす。再び意識が彼に攫（さら）われる。

「雉は親戚の家で見た記憶があります」

「昔は新築祝いに雉の剝製を贈るのが流行（はや）っていたんですよ。ここの雉は脚がだいぶ傷んでいた」

三つ葉と大根おろしが添えられた出汁巻き卵は、じゅわっと汁が沁み出て柔らかく、おいしかった。

「予約してビール一杯ずつで帰りやがった」

カウンターの内側で店主が嗤った。顔に苛立ちが滲んでいる。さっきまで入口近くに座っていた若いカップルの話らしい。

「信じらんないね」と常連らしき客が合いの手を打つ。

「常識がないんだよ。外人かと思ったら違った」

胃がずんと重くなった。そんな感情を口にすることは常識の範疇なのか。

「今週はすごく不思議な依頼がありました」

日本酒を呑んで針生さんが言った。

「はじめは虎の剝製の処理を頼みたいという話だったんですけど、よくよく聴いてみると、剝製ではなく、お包（くる）みをきれいにしてほしいって」

「お包みって、あの、赤ちゃんを包む？」

「そう」

電話をかけてきたのは年配の女性。先祖代々女しか生まれない家系で、生後一週間以内にその虎

（しかも雌）のお包みを着せないと早世するという言い伝えがあるのだという。しばらくの間一族に赤ん坊は誕生しておらず、件のお包みは倉庫の奥深くに仕舞われていた。ところが突如、孫娘のお腹に新しい命が宿っていることが判明した。お包みを取り出してみたところずいぶんボロボロである。出産予定日は三か月後に迫っている。それまでになんとか修繕してほしいという依頼だった。

「私もそれに包まれておりました、って」

「近くにお住いの方なんですか？」

「ええ。家は近くなんですけど、先祖はもともと岩手の方で、民俗学的な何かがあるようなんです。背景や完成形を正確に理解できたらいいなと思って、自分でも本やネットで調べてみたんですけどよくわからなくて」

民俗学、と私はつぶやいた。

「友だちの恩師が民俗学の専門家だと言ってました。そういう話をご存知か、訊いてもらいましょうか」

「ご迷惑じゃないでしょうか」

「ちょうどいまその友だちが先生の別荘にいるんです。ご家族といっしょに」

「そうなんですか。心苦しいですが、そうしてもらえたらありがたいです」

その場で伊麻にＬＩＮＥを送った。二十時手前。宴が盛り上がっている頃だろう。千夏ちゃんはごはんを食べられているだろうか。

「あ、忘れもの」

カウンターの男性客が言った。さきほどのカップルが座っていた席に、スマホが置いてある。

「そんなん、シカトですよ」

店主がまた嗤う。居たたまれなくなってグラスを口に運んだ。ビールはぬるく、炭酸も抜けてしまった。

針生さんが上半身を後方にずらして、「雉、見てきます?」と私だけに聴こえる音量で言った。はいと答えて立ち上がり、トイレに向かった。

洗面台の鏡に映った自分の顔を見て、驚いた。自分ではない女の顔だと思った。

霧雨にしめった土はやわらかく、むせるような、どこか懐かしい匂いを放った。

大きな音を立てて、針生さんがこうもり傘を差した。

「なんか、すみません。愉快じゃない会話ばかりで」

傘が狭めた空間で、男感が増す。こぼれそうになった吐息をなんとか言葉に替えた。

「いえ、全部すごくおいしかったです。ごちそうさまでした」

私が席を立った隙に会計は済まされていた。おいくらですかと尋ねても彼は答えず、お金も受け取ってくれない。

針生さんが私の身体の周りを見た。傘を持っていないのを、不思議に思ったのだろう。当然だ。今日は降水確率百パーセントだったのだから。

「あの雉の脚はどうして傷んでしまったんでしょうね」

「おそらくねずみに齧られたんだと思います。人の出入りが多い店にああいう形で剝製を置いて、きれいな状態を保つのは難しいかもしれません」

「処置の施しようはあるんですか」

「ないこともない」

「たとえばどんな？」

ふ、とまた針生さんが笑う。

「絹香さんの質問攻めがはじまった」

「じゃあ今日は、次の質問で最後にします」

「うん？」

「どうしていつも、私がいる側の手で荷物を持つんですか」

「え？」

「今日も、川沿いの公園を歩いたときも」

なんの話だろうという顔をしていた針生さんが、ああ、と思い当たったように笑って脚を止めた。

「手を繋いでしまいそうになる衝動を堪えるためですよ」

強い眼差しが降ってきて、傘が低くなった。顔がゆっくり近づいてくる。

鼻同士が触れそうになった瞬間、針生さんの胸に掌を当て、傘から出た。


針生さんの心臓の脈打つ感触が掌に残っている。その手を握りしめ、空を見上げた。

夏の夜のけやき並木は濃い緑が生い茂り、壮大で吸い込まれそうになる。高いところで葉が擦れ、遠くで電車の音が聴こえる。

伊麻から返信が届いた。さっそく先生に訊いてくれたようで、先生の見解と、念のため調べて三日以内に追加情報を送ると書いてある。

最後の一行に、私は驚いた。

『氷雨にプロポーズされた』

到さんのお店でひとり、辛そうな料理を食べていた彼を思い出す。ずいぶん思い詰めた様子だった。伊麻にどう結婚を申し込むか考えていたのだろうか。

『なんて返事したの？』

『考えさせてって』

伊麻が氷雨さんと結婚する確率は限りなくゼロに近いだろう。つきあう前に伊麻は説明したはずだし、氷雨さんもそれを受け入れた上ではじまった関係なのだと思う。自分一人を見てほしいと思うようになったのだろうか。好きで、独占したくて。

『そもそも伊麻は、氷雨さんのどんなところを好きになったの？』

『純粋に生きものとしての光。色気の放射がすごいと思った。感情を自分の言葉で語ってくれるところも好きだし。そうだ、肩を描きたいと思ったのよね』

『肩？』

『そう。氷雨の肩のライン、すごくきれいなの。ほかの誰とも似てないの。感触を色に落としたいと思った。触れることが叶わなくても』

『描きたいと好きは繋がるものなの？』

『おもしろい質問』

間が空いて、次のメッセージが届いた。

『繋がりやすいかもしれない。好きな人は自分に強烈な印象を残すし、恋は種を生む装置だから』

『種』

『インスピレーションの』

創作の種が恋から生まれるのだとしたら、いつか恋をしなくなったらどうなるのだろう。それとも伊麻のような人は一生恋をするのだろうか。

針生さんとの食事はどうだったたと訊かれ、彼の傘から出た経緯を伝えると、伊麻は長いＬＩＮＥを送ってきた。

『まだ仕事はしてないんだけど時々食事する編集者がいてね、彼女、夫のことは嫌いじゃないけどひとりでいるときの方が断然幸せだって二十年間思い続けたんだって。それであるとき、平均的な寿命で死ぬとしたらあと三十年、計五十年もそんなことを思い続けるのかなって考えたんだって。いったい何のための人生だろうって。それで昨年離婚したの』

画面に落ちた雨粒を、指で拭って私は文字を繋いだ。

『でも結婚ってふたりだけの問題じゃないし、責任もある。子どもがいたら余計に。少なくとも嫌いじゃないいなら現状維持でいいのかもって最近思う。恋は消えても情や恩はあるんだから』

『わたしにはわからないの。どうしてその程度の愛で満足できるのか』

私にもわからなかった。

もうしばらく外にいたかった。でも行くところがない。

『あ、亜夫がきた。絹香と一分だけ話したいって言ってるんだけど』

悦んでと返すと通話画面に切り替わった。

「旦那とはその後どう？」

出張当日のやりとりを話すと亜夫さんはふんと嗤った。

「寝ぼけたこと言ってんな」

「亜夫さんはどうですか？」

「十六歳年下のイケメンにつれなくされて、ちやほやしてくれる十六歳年上のおじさんにやさしくする日々。おじさんのことはぜんぜん好きじゃないんだよ。超みじめで超不毛」

「そのイケメンが最近の一位ですか」

「そ」

「どんな人なんですか」

「もー聴いてくれる？　やってるときは決め顔で好きとか言うんだけど、それ以外のときは超つめたくて、傲慢でプライドヒマラヤで、誰より自分がいちばん好きって男。周りはみんなあんな奴やめとけって言う。自分で言うのもなんだけどさ、オレを甘やかしてくれる人は、さっき言ったおじさん以外にもたくさんいるわけよ。でも！　来られるとその気になんないんだよね。好いてくれる人はぬるま湯。その超絶イケメンのことは、人間として友だちとして、ぜんっぜん好きじゃない。でも」

「生きものとして強すぎる」

「その通り！　はー馬鹿馬鹿しいって思ってるのに、隣を歩かれると男！　って感じでもう」

「わかります」

「わかってくれる？」

「はい。負けてしまうんですよね」

「そう！　負け負け！」

そういえば私はさっきの店で、針生さんの残したお通しの夕顔を食べた。あんなこと、好きじゃなかったら絶対しない。私はあの行為で針生さんに好意を伝えてしまったのではないか。

気づいたら一分どころか十分以上話していた。

「絹香ちゃん、本心に飛び込みな」

亜夫さんが急にまじめな声になって言った。

「なんでこんなに惹かれるのかとか、わかんなくても飛び込むんだよ。答えはあとで見つかるから。それに今日は、飛び込むのにぴったりの夜だよ」

「どうしてですか」

「悪女になるなら月夜はおよしよって中島みゆきも言ってるでしょ」

通話を終えると音楽アプリをひらいた。空を見上げる。確かに月は出ていない。イヤフォンを耳に入れて曲を流す。

マンションの廊下で針生さんが見せてくれた音楽アプリのお気に入り一覧にあった曲。父がドライブ中によくかけていた曲の、カバーだった。誰も君の髪さわらせたくないという歌詞が好きですと言う私に、あのとき針生さんは、おなじです、と同意した。死ぬまでぼくのものさってところ、昔はちょっと怖いと思ったけど、いまはわかる。

針生さんといると、運命を諦めていない自分を感じることができた。

私は、ほんとうの気持に背いてでも、通じ合える人といっしょになれるチャンスを手放すべきなのだろうか。九年ものあいだ欺かれていた結婚生活を守っていくために？

アトリエで針生さんは、レインウエアを着ていた。屋内でなぜ、と思ったら大きな獣の解体中だった。

雨音のせいだろうか。彼は私に気づいていない。

集中して、ストイックにものを作る針生さんはなんて恰好いいんだろう。筋肉の盛り上がった上腕がすっすっと動く。声をかけずに帰った方がいいかもしれない。

戻りかけた瞬間、彼が顔を上げた。一瞬、睨むように私を見て、ゆっくり立ち上がる。

針生さんは、驚くほど少ない歩数で私の前に立った。

靴底についた土を落として、アトリエに入る。

室内は血と腐敗の臭いに満ちていた。

どうぞと言われ、書棚前の椅子に腰かける。

目が合わない。怒っているのだろうか。悲しくなって顔を伏せる。鞄が私の膝の上から落ちた。こぼれ出た折り畳み傘を見て、針生さんがふっと笑った。

持ってたんですねとでも言ってくれれば、そこから会話ができるのに。彼は何も言わない。

「あの鳥はなんですか」

作業台の上の鳥を指差して尋ねると、針生さんは七面鳥ですと答えた。

「囮（おとり）として使うんです。あの剝製を七面鳥の生息地に置いて、おびき寄せて」

「それから？」

「撃つんです」

いまにも飛び掛かってきそうなほど鋭い視線で彼は言った。

17

カラスの死骸の腐敗臭が、鼻の奥にこびりついて離れない。

業者さんがカラスを回収しに来てくれたのは、正午ちょうどだった。別荘の裏庭で対応に当たったのはママと亜夫くん。二人とも完全に興味本位だ。ママはスケッチブックを持っているし、亜夫くんはきゃーとかこわーいとか言いながら、こっそりママに「ねえ見てあの人イケメン」と耳打ちしている。

あたしは別荘の正面に回り、黙々と炭を熾(おこ)す到さんの手さばきをぼんやり眺めた。

「野菜切るの手伝おうか？」

丸々としたパプリカを指差す。いや、と到さんがほほ笑んだ。

「切らないで焼いた方がおいしいんだよ」

手をかざせる熱さになった網に、到さんが野菜を載せていく。玉ねぎ。茄子。トウモロコシ。オリーブオイルを塗る役割は、あたしが担当した。

「ねえ到さん」

「うん？」

「花梨と話したいんだけど、連絡先をメモしてきてないの。何か方法あるかな」

「うーん。花梨ちゃんは資朝くんと繫がってないの？」

「繫がってない。辿れば繫がれるかもしれないけど、そんなことで手を煩わせるのもちょっとなって思うし、花梨は資朝を知らないいし」

「メールアドレスとか、電話番号は？」

「知らない」

答えた直後、どこかで見た、と思う。

あれはいつだったか。たぶん太呂とつきあう前だから——。

「カラオケ」

「うん？」

「カラオケの受付で花梨が連絡先を書いたの。その字がへんで、写真撮った」

「じゃあクラウドに残ってるんじゃない？　パスワード憶えてる？」

到さんのスマホを借りて、自分のクラウドにアクセスした。写真に写っていた番号をメモすると、少し心が落ち着いた。あたしはメモをお守りのように胸に抱いた。

昨日までより、そわそわの度合いがほんの少し減っている気がする。場所を移ったことも、関係しているのかもしれない。

太呂と遠く離れ、家にいたときより冷静になった頭で、花梨に太呂とのことを話せなかったもうひとつの理由に思い当たる。

恥ずかしいから。太呂にされたこと、させられたことは、ママや亜夫くんたちにだってずっと言えなかった。自分を汚いと感じた。花梨だったらお姉さんやお母さんにすぐ言えるのだろうか。

クーラーボックスには骨付き肉やステーキに加え、先生がお取り寄せしてくれたホロホロ鳥の生肉、燻製、粗挽きウインナーなどが入っている。

氷雨くんのプロポーズにママは「少し考えさせて」と言った。

ママが氷雨くんのプロポーズを受け入れることはたぶんない。

それでも、万が一、氷雨くんとママが結婚したら何が変わるのだろう。氷雨くんは大学院をやめて働くのだろうか。氷雨くんのお母さんはなんて言うだろう。そして到さんと亜夫くんはどうなる？

そもそも氷雨くんが意図する結婚って、いまの関係を続けながら、氷雨くんだけママと書類上婚姻関係を結ぶってこと？　それとも、完全な一対一の関係を望むということだろうか。

もしもママが出て行ってと言ったら、到さんと亜夫くんは出て行くに違いない。

バーベキューがはじまった。亜夫くんは快晴の空に恨み事を言い、ちなっちゃんも塗った方がいいよと日焼け止めクリームを貸してくれた。

「塗るときは頬骨からね」

「勉強になるよ」

「元カノが教えてくれたんだよ。好い子だったなあ」

亜夫くんが遠くを見て、眉根を寄せた。

「別れるとき泣きじゃくる顔もかわいかったな。オレ言ったんだ。淋しくなったら月を見てって。どこにいてもオレたちは繋がってるからって」

氷雨くんと目が合った。あたしは眉を上げたけど、氷雨くんの硬い顔は変わらなかった。

シャツの袖を捲り上げた到さんが肉を次々焼いていく。そのとなりで氷雨くんはパプリカの裏側を見たり、焼けた肉をキッチンバサミで切ったりしている。亜夫くんがアレクサと相談してかけてくれたバーベキューにぴったりな音楽は、陽気だった。陽気すぎてものがなしいくらい。

「氷雨、食べな」

到さんが箸と皿を氷雨くんに手渡した。

チェアに座ってぼんやり肉を口に運ぶ氷雨くんを見て、何かが違うと思った。何かがいつもと違う。

「えー、チーズないの？」

パラソルの下で日焼け止めを塗り直しながら亜夫くんが不服そうな声を上げた。

「あたし、買ってこようか。ドラッグストアのとなりに高級スーパーあったよね」

「僕が行ってくるよ」氷雨くんが立ち上がる。「ちなはここにいな」

「ううん、お腹いっぱいだから、ちょっと歩きたいの」

「またちいさな旅にでようか」

マックスがウインクを飛ばしてきて、結局おとといと同じメンバーで別荘を出た。

「韓国海苔（のり）とアボカドとマシュマロも買ってきて！」

振り返ると、亜夫くんがパラソルの下で手を振っている。

網のそばで、到さんの肩に手を乗せ、寄りかかってほほ笑むママが見えた。あたしの隣で氷雨くんが目を閉じたのがわかった。


買い物を終え、駅のホームに立つと、雲に半分溶けた巨大な夕焼けが見えた。

これは幻影。すでに沈んでいる夕日を、あたしの好きな人は見ているだろうか。

「氷雨くん、あの夕焼けを撮って、あたしのＬＩＮＥに送ってくれない？」

いいよと氷雨くんはポケットからスマホを取り出した。

「それと、できれば電話を貸してほしいんだけど」

花梨の番号をメモした紙を取り出して顔を上げると、マックスと氷雨くんが怖い顔であたしを見ていた。

「出よう」氷雨くんがあたしの肘を取り、

「タクシーがいい」とマックスが言った。

二人とも険しい顔つきであたしを階段の方へ促す。

あたしはわけがわからないまま彼らに従った。周囲を警戒する様子を見て、厭な予感がした。もしかして。でも口にしたらその通りになってしまいそうで、訊くことができない。

すみません、と氷雨くんが改札の職員に声をかけた。

「急な用で出なければならないのですが、この子だけ切符を落としてしまって」

なぜＰＡＳＭＯで出ないのか。職員の口にした入場料を払って、あたしたちは駅を出た。

「隣の駅の改札に太呂くんがいる」

やっぱりと絶望するより先に、堪らない恐怖が襲ってきた。

「ＰＡＳＭＯのデータを読み取られた可能性に亜夫さんが思い当たって、念のため伊麻さんと到さんが駅まで行ってみたら、彼がいたらしい」

「隣の駅に？」

「そう。思い当たる節ある？」

現実味がうすれていく景色のなか、朧げに立ち上がる光景があった。

太呂の家のそばのコンビニで、あたしのリュックに何かを押し込んでいた太呂。

ホームに電車が入ってくる音が聴こえた。あれに乗っていたら、降りた先に太呂がいたのだ。掌がぬるぬると濡れている。急に自分のパスケースが汚らわしいものに思えた。せっかくスマホを置いてきたのに。カード一枚、それだけで。

「ていうことは、ここにいることも知られてるんだよね？」

「そうだと思う。でもいまは隣の駅にいることがわかってるから。ちなが別荘に着いたことを確認してから、伊麻さんと到さんが太呂くんに声をかけるって」

亜夫さんグッジョブだな、とタクシーのなかでマックスが白い歯を見せた。つられて無理やり唇を持ち上げると、少しだけ胃痛が和らいだ。大丈夫。あたしにはマックスも氷雨くんもいる。みんながいる。

でもそれは、最も起きてほしくないことと紙一重だった。あたしにとって大切なみんなを、もしも太呂が傷つけたら。

タクシーが門の前に到着して、まずマックスが、続いてあたしが外に出た。氷雨くんが支払いを済ませて出てきた瞬間、後ろから呼ばれた。

「千夏」

太呂の声だった。固まって動けないあたしを守るように、背中側にマックスと氷雨くんが立った。ゆっくり振り返る。

「千夏」

濃い隈のできた目で、太呂がこちらを見ている。

「どうやってここがわかったんだ？」

引き締まった顔つきで尋ねるマックスを、太呂が見た。

「誰？」

「こういうことはしないでほしいって、伊麻さんから言われたはずだけど」

「いまさん？」

「ちなのお母さん。駅にいたんじゃなかったの？」

「そんなことまでバレてるんだ。ちょっと待ったけど降りてこなかったから、あータクシー使ったんだなって思ったんです」

別荘の中から背すじを伸ばした亜夫くんが歩いてくるのが見えた。同時に駅の方角からはママと到さんが駆けてきた。

「あの人のインスタを特定したんです」

太呂が亜夫くんを指差した。

「オレがどうしたって？」

言いながら亜夫くんが門を開けた。

なぜ、とマックスが声を上げた。

「入ってもらえだって、先生が」

焼けたホロホロ鳥の肉とコーラを、氷雨くんが太呂の前に置いた。スピーカーからは場違いなほど明るい音楽が流れている。

太呂はコーラをごくごく飲み、額の汗をぬぐった。

「子どもの頃、ひどい喘息だったたって話はしたよね？」

あたしは自分の膝を見つめたままうなずいた。

「俺が病院に通うための交通費とかでとにかくお金がかかって、それでお母さんが近所のスーパーにパートに出たの」

視界の端に太呂のスニーカーが映る。太呂は手ぶらだった。ポケットに入っているのはスマホと財布だけだろうか。もしも凶器になるようなものが入っていたら。

太呂とあたしのあいだに座るマックスは椅子に浅く腰掛け、爪先は太呂の方を向いている。

「小六の夏、家に帰ったら知らないおじさんが寝てた。スーパーの店長だって。疲れてるみたいだから休憩させてあげてるってお母さんは言ったけど、そんなわけないよね。俺、その人の家突き止めて、別れてほしいって言いにいったの。表札に奥さんと子どもの名前があって、汗の厭な臭いがしてほんとうに冴えないおじさんだった。おじさんはにやにやしながら俺に千円札を握らせて、お菓子でも買って帰んなって言った。ばらしたりしたらきみのお母さんが困ることになるからねって。腹立ったけどそれ以上どうしたらいいかわからなかった。そのあとおじさんを家で見ることはなかったし、お母さんの帰りも早くなった。それが三年経って、今年また関係が復活したみたいで。高校受験の直前、お母さんがめずらしく酔って帰ってきてソファで寝てるとき、指当ててスマホのロック解除してみたら、あいつとの気色悪いＬＩＮＥのやりとりが残ってた。なにもかも厭になって、もう消えてしまいたいと思った。でも」

太呂のスニーカーがあたしの方ににじり、と動いた。

「高校に入って、千夏と出会ったらその気持がすっと消えたんだ。千夏といると自分でも不思議なほど穏やかになれた。これまで好きになった子に対するのとはぜんぜん違う感情だった。混乱して、最初は恋じゃないのかもって思った。でも千夏と体育祭委員になって、いっしょにいる時間が増えて。癒しっていうか、ほんとうに居心地が好かった。自分のいろんな状態がよくなってるのがわかった。がんばらなくていい、素の自分でいいんだって思えた。誰にも見せられない自分を、千夏には見せられたんだ」

「それって、ちなっちゃんを下に見てるってことじゃなくて？　緊張するような存在じゃないっていうかさ」

「そんなんじゃない！」

おーこわ、と言って亜夫くんは日焼け止めクリームに手を伸ばした。

「こんなにも誰かに受け入れてもらえるって安心できたこと、ないんだ」

「賭けをしてたんでしょ？」

あたしは太呂の目を見ないで言った。

「聴いたよ、入学式の写真みて決めたって。賭けならあたしに執着する必要ないでしょ？」

「あれは」

太呂の声が震えた。

「賭けって？」

亜夫くんに訊かれてあたしは梓とのやりとりを話した。太呂は否定しなかった。

「それってさ、そういう体にしておいたんじゃないの？　ほんとうは好きだけど、賭けってことにしておいた方が断られたとき恥をかかずに済むから」

太呂の肩がびくりと跳ね、顔が朱色に染まっていく。

「あー、図星だ。ちっさ」

亜夫、と到さんがたしなめる。

「なんで？　ほんとのことじゃん。恥かかないってそこまで大事？　プライド高すぎない？　それにさ、そばにいてほしいなら束縛じゃなくて魅力で惹きつけなきゃ。それができなかったってことなんだから別れるしかないんだよ。いまここで別れなかったら、もっとちっさい男になるよ」

「亜夫さん言いすぎです」

氷雨くんがクーラーボックスから新たに桃のソーダを出して、太呂に渡した。

「彼はまだ高校一年生なんです」

「あっそうだった」

悄然（しょうぜん）とする太呂の手からペットボトルをそっと抜き、氷雨くんは蓋を開けて手渡した。

桃のソーダを口に含み、喉の痛みをこらえるように飲んで、太呂はあたしの視線を手繰り寄せた。

「千夏」

悲しげな瞳だった。駆け寄って抱きしめてしまいそうになる自分が、不可解でならなかった。

「千夏」

かすれ声で太呂は言った。

「俺のこと好きになって」

両目から涙がこぼれ落ちる。あたしはその液体を、ああ涙だ、と思って見ている。自分のなかに、いくつもの視点があった。母性という厄介なものを含んだあたしの目。同情の余地などないと判断する、あたしを大切に思ってくれている人たちの目。同情の仮面をつけて、その下の素顔では自業自得と笑う第三者の目。花梨なら、なんて言うだろう。

「お願い、千夏。俺のことまた好きになってよ」

「出た、ちなっちゃんの気持全無視」

茶化す亜夫くんの視線を捕まえて、到さんが首を振る。

「こんなに好きになった人をどうやったら忘れられるの？　こんなふうに一方的に断ち切るなんてひどいよ。忘れられるまで協力してくれてもいいんじゃない？　千夏がいてくれるから俺は消えたいって思わずにいられるのに。俺はどうしてればよかったの？　厭だってちゃんと言ってくれてたら、俺だって」

「言った」

「え？」

「あたし、言ったよ。写真はやめてほしいって。カラオケや公園でもいやだって伝えた」

「俺には伝わってなかった。口内炎見せてきたのだって、誘ってるのかと思った」

「そんなわけ」

「千夏は遠回しすぎるよ。察するとか俺無理だから、はっきり言ってくれないとわからない」

「確かにコミュニケーションには、非言語的なものもある」到さんが諭すように言った。「だけど特に性的な事柄は、明確な言葉で同意を得る必要があると思うよ」

「そんなの野暮じゃないですか？　ハグしていいですか、キスしていいですか、おっぱい揉んでいいですかっていちいち訊くんですか？」

野暮。なんて厭な言葉だろう。誰かの野暮のために殺される、別の誰かの心は？

「訊いてほしかった。それがあたしの望みだった」

「大事なことは、ちゃんと確認したと思うけど」

してないよ！　叫びたいのを堪えて、あたしはしずかに言った。

「太呂といるとき、あたし死んでた。生きてるって、ぜんぜん思えなかった」

「じゃあ今日から変わる」

太呂が立ち上がった。瞬時に到さんとマックスが腰を浮かせた。

「変わるから、やり直そう。千夏、俺のこと好きって言ったじゃん」

太呂が一歩あたしに近づいた。

「ストップ！」

亜夫くんの声にアレクサが反応して音楽が止まった。

「太呂くん」ママが言った。「恋愛は、どちらかが別れたいと思ったら終わりにするしかないのよ」

「そんなのおかしい」

「極端なことを言えば、別れたいと思うに至った理由の説明も要らないの」

「変です。卑怯だしずるいです。理不尽すぎます。たとえ合意に至らなくても、話し合うべきじゃないですか」

「いいえ、必要ないの。太呂くんは、知ろうとする努力を怠ったのよ。わからないなら確認すべきだった。言葉で」

わかりました、と太呂は遮るように言った。

「完全に理解しました。そうします。そうする。ちゃんと訊くし、千夏の意思を尊重する。だから、一回だけチャンスをちょうだい」

「その前に」

ずっと黙っていた先生が口をひらいた。

「あなたはまず、自分を癒す必要があると思います。嫉妬の苦しみから解放されるために最初にすべきことは、好きな人を思い通りに動かすことではなく、自分を癒すことですよ」

「僕の癒しは千夏です。千夏がいないと元気になれない。千夏とやり直したい」

先生は穏やかにほほ笑んで言った。

「千夏さんといまやり直せるとして、あなたには強さがありますか？　千夏さんを自由にして、なおかつ自分も前を向いて生きていかれるだけの強さが」

はっと息を呑んだのは、氷雨くんだった。

「いまのあなたにありますか？」

「そんなのあるわけない」

太呂の涙が頰を伝い、スニーカーに落ちた。

氷雨くんが太呂の背中を撫でた。洟をすすって、太呂は言った。

「好きな人に、自由でいていいなんて言えるわけない」

氷雨くんが太呂を駅まで送っていったあと、あたしたちはバーベキューの片付けをした。さっきまでよりしずかな音楽をかけて、あたしはアイスを食べ、大人たちは食後酒を呑んだ。氷雨くんが帰ってきたらまたピアノを弾いてもらおうと思ったけど、氷雨くんはそのまま帰ってこなかった。

18

針生さんのキスは私の虚無を溶かした。薄くやわらかい唇。鼻の周りやうなじの匂いが私を誘っている。髪を撫でられる。ゆっくり、髪の表面だけをなぞるように。撫でる。手にはそんな動作もできたのだと思い出す。

肩甲骨に手を当て、針生さんは雄々しく服を脱いだ。両腕を上げたときの筋肉の盛り上がりが大鷲みたいだった。

剝製が私たちを見つめていた。

こんなのだめだ、こんなのだめだと思いながら私も服を脱いだ。彼の服を畳んでベッドサイドに重ね、その下に自分の服を置いた。

まだ足りない。こんなに近くにいるのに、いま世界中で最も私の近くにいるのはこの人だというのに、まだ足りない。喉から熱い息の塊が込み上げた。

もっと近づかなければ。切迫した感情に突き動かされ、片時も隙間を作らないようにした。

針生さんは私の反応をよく見ていた。喋らない代わりに目で尋ねていた。口から出た質問は、挿入の直前だけだった。それは質問というより詰問だった。

血と腐敗の臭いのなかで、私は針生さんと交わった。剝製たちが耳を動かすさまが見えるような気がした。ありのままの自分。

ああ、自由だ。

針生さんが避妊具を外し、視線をベッドの左右に遣った。目に入ったボックスティッシュを手に取って渡す。共同作業という言葉が浮かび、口許が緩む。昨日までは想像もしなかった種類の、危険で秘密めいた笑いだった。

瞼の向こうを丸い光が流れていった。

いつの間にかまどろんでいたらしい。目を閉じたまま、いまいる場所を思い出す。

鼓膜に針生さんの低い声や高い声が張りついている。

左に顔を向けると、針生さんは仰向けでしずかにねむっていた。

信じられないほどの静寂。生きているのか心配になって、胸板に手を乗せた。規則的な鼓動が掌に当たった。

なんてうつくしい生きものだろう。

針生さんの顔を、こんなに近くでまじまじと見られる日がくるなんて。

右瞼の上に傷がある。左目の下にほくろがある。笑ったときにできる目尻の皺が、いまはない。

うつくしく感じるものを、間近で、細部まで思う存分見つめたいという欲求。剝製に抱く感情もこれと似たものがあるのかもしれない。

彼の頬に触れ、喉に触れた。喉仏の上部は空洞だった。

中指の腹に残る細い骨の感触を握りしめ、天井を見た。

情事後の平穏な夢うつつの状態で、私は想像してみる。

もしも針生さんが、我が家で生活することになったら。夫と萌絵と、四人で暮らすことになったら。

ありえないことだけれど、そうなったら、私は夫の恰好いいところを十年ぶりくらいに見ることができるかもしれない。萌絵の態度もやさしくなるだろう。私の口調も身だしなみに対する緊張感も変化する。

信頼できる、魅力的な他人と暮らすこと。それによって人は、うしなった心を取り戻すのではないか。人の眼が入ることで、家庭内外の言動の差はきっと少なくなる。互いに対する好奇心も、羞恥心も、同じものを愉しもうとする熱意も、恰好いいところを見せようとする努力も、保ったまま生活していけたら。

また別のもしも、を想像する。

子どもが中学校に上がったタイミングで、パートナーをリセットする制度ができたらどうなるだろう。そうしたい人はそれを選べるとしたら。子どもがいないカップルはつきあって三年経ったら選べるとか。でも、自分が子どもの立場だったら。

萌絵の顔が浮かんだ。

針生さんの二の腕をしずかに揺すった。

目を開けた針生さんは、状況を把握するように、ゆっくり瞬きをした。

「帰りますか」

「はい」

「もういいんですか？」

なんてことを言うのだろう。耳が赤くなっているのが自分でもわかった。

送りますと言って彼は起き上がり、私が手渡した服をひとつひとつ身につけていった。

翌日は使い物にならなかった。ぐったりした。仕事が休みの日でよかった。ひとりの時間はずっと横になっていた。こんなにも日常に影響を及ぼすセックス。うんざりという意味ではなく、幸福な倦怠のぐったり。

私は幸福な倦怠を思う存分味わった。

針生さんとのセックスは私を決定的に肯定した。命、存在、丸ごとすべて。

一週間経っても、満たされた感覚が身体の奥にあった。

落ち込みも不安も苛立ちも消滅した。私のなかの負の感情をすべて取っ払ってくれるセックスだった。私は思い知らされた。私の心と身体がどれほど針生さんを求めていたか。

言葉を尽くして感情を伝えようとしてくれる男性がいること。目を見て話し、笑い合えること。性的に求められること。それはこんなにも、私の人生において必要なことだった。

胸が常にぽかぽかと温かかった。

コンビニへ向かう途中、ふと気づくと自分の髪を撫でていた。針生さんがしたのと同じやり方で。

忘れ難い瞬間が多すぎた。あんな恰好。あんな声。

パートがもう少しで終わるとき、シーツの上の針生さんが蘇り、はあ、と声がでた。

「そのため息は恋のため息」

すかさず吉谷さんが突っ込んでくる。

「まさかこないだの朝のイケメンじゃないでしょうね」

「違いますよ」

「はーよかった。篠木さんがあんな色気だだ洩れの人とやってたら、羨ましさで血管ぶち切れちゃうとこだった」

次の時間帯の若者たちが入ってきて、吉谷さんと私はバックヤードに戻った。

鞄からタンブラーを取り出す吉谷さんの笑顔が、いつもより弱々しい気がする。

なにかあったのだろうか。尋ねてもいいのだろうか。

視線がぶつかって、吉谷さんが口をひらいた。

「実は、親のことでちょっとあってさ」

「ファミレスで甘いものでも食べますか？　もしお時間あったら」

父が死んだあと吉谷さんがかけてくれた言葉をそのまま返すと、吉谷さんはぐっと息をのんで
「ありがとう。今日は帰らなきゃいけないから、今度ぜひお願い」と言った。

「前に篠木さん、やさしいお父さんのことが大好きだったって話してくれたじゃない？　うちは微妙でね、とにかく圧のある父だったのよ。たとえばインフルエンザが流行ってる時期に外食して、先に食べ終えた母と私がマスクを装着しただけで『気分悪い！』って怒鳴られたりね。父は呑むから食事の時間が長かったのよね」

タンブラーに入った飲み物をのんで、吉谷さんは続けた。

「私が中二の春に、父は単身赴任になったの。親の言い争う声を聴かずに済むし、たまに会うくらいならみんな笑顔でいられたし、ああよかったってほっとしてた。それで、一年くらい経った頃、あれ？　って思ったの。なんか最近お母さんよく長電話してるなって。夜に、何時間か外出することもあった。あるときね、母を見送ったあと、ふと思い立ってリダイヤルを押してみたの。そしたら、時報が流れたの。怪しさ満点じゃない？　いま思えば、明らかに母は恋をしてた」

「それで吉谷さんはどう思ったんですか」

「当時は自分の感情がよくわからなかったけど、少なくとも嫌悪とかはなかった。いつも不機嫌で暴言ばかり吐く父と、そんな父を無視したり意地悪なことを言ったりする母を見ているよりも、終わりがあるとわかっていながら、甘美な瞬間に身を任せて、人生を謳歌していた母の方が好きだった」

タンブラーを仕舞い、吉谷さんは私に顔を向けた。

平凡で虚しくて淋しい日常を送り続けることの意味とはなんだろう。

「ごめん」

「どうしたんですか」

「来週か再来週あたり、シフトのことで迷惑かけちゃうかも。ホスピスに入ってる母がいよいよ危なそうで」

あのファミレスで吉谷さんは、お母さんの具合が悪いと言っていた。それは憶えている。けれどホスピスという言葉は出なかった。私が忘れているだけだろうか。

「迷惑なんてとんでもないです。いつもたすけてもらってますから。今度、私のお気に入りのお店に吉谷さんをお連れします」

「イケメンいる？」

「います」

「そんな即答する篠木さんはじめて見た」

吉谷さんは笑った。


「萌絵が高校を卒業したら、別居してください」

その夜、帰宅した夫に私は頭を下げた。

「離婚がだめなら、一人暮らしをさせてください。お願いします」

夫は黙って通勤鞄に手を入れ、

「それでこいつとつきあうのか」

取り出した封筒を靴箱の上に投げた。

玄関の写真立てに封筒がぶつかって、たくさんの私がこぼれ出た。

針生剝製に入っていく私。数時間後、針生さんと手を繋いで出てくる私。道端で立ち止まり、キスをする私。写真は十数枚あった。

「その男に俺のことをどんなふうに話したんだ？」

針生さんの腕のなかで、私はほほ笑んでいた。

19

氷雨くんがあたしたちの家を引き払った夜、亜夫くんは有名パティスリーでケーキを二箱分買ってきて、立て続けに五個食べた。手づかみで、口の周りにチョコやホイップクリームをつけて。あんな亜夫くん、見たことがなかった。明日いったい何十キロランニングする気だろうと心配になるほどだった。あたしはモンブランを一個、ご相伴に与(あずか)った。おいしかったけど、悲しみで細くなった喉に栗はぼそぼそとして下りていかなかった。氷雨くんが出ていくとき家にいたのは到さんだけ。亜夫くんには電話があったらしい。あたしには、何もなかった。

歩きやすい廊下は淋しい。

すかすかのフローリングを見る度ため息がもれる。数えきれないほど雪崩を起こした本の山はもう、一冊もない。

家族ＬＩＮＥのメンバーは、一人減って四人になった。氷雨くんに話したいことも訊きたいこともたくさんある。けれど連絡がとれない。氷雨くんは喫茶店のバイトをやめてしまったし、送ったＬＩＮＥは未読のままだ。

二学期がはじまった。初日は花梨と待ち合わせた。結局先生の別荘から花梨に電話はかけなかった。太呂がとつぜん来たことで頭がぐちゃぐちゃになって、花梨にどう話すか考える余裕がなかったのだ。時間が経てば経つほど伝えづらくなった。

あたしの様子がこれまでと違うことに、花梨は気づいていると思う。でも気を遣ってくれているのか、尋ねてこない。あたしだって逆の立場だったら待つだろう。それがセンシティブな話題に違いないと思ったら、なおさら。

だからこそ話さなきゃ。太呂のこと。氷雨くんたちのこと。いま、歩きながら、ちゃんと花梨に伝えなきゃ。

でも、どう切り出せばいい？　いまさら。こんなに時間が経って。

焦っているうちに学校に着いてしまった。花梨に対する相づちも中途半端になってしまった気がする。B組を過ぎ、F組を目指す。心臓が音を立てて鳴り響く。

緊張しながら教室に入ったけど、太呂はあたしの方を見向きもしなかった。

薄い背中。あたしを見ない、あたしを意識しない、しずかな背中。

別荘を出たあと氷雨くんとどんな話をしたのか、太呂はあたしにまったく話しかけてこなかった。次の日も、次の週も。

太呂はあたしへの関心を手放したように見える。あたしは自分を観察する。以前は太呂と同じ空間にいると、胃がごっと圧される感じがあった。食べものの味を薄く感じたり、飲み込みづらい感覚もあった。いま、それらはない。こんなに近くにいるのに。

「太呂とケンカでもした？」

九月半ば、裕翔に尋ねられた。放課後の教室で、あたしは花梨のダンス部が終わるのを待っていた。

「そんな感じ」

太呂が何も言っていないのならあたしも言えないと思った。もしかすると花梨もただのケンカだと思っているのかもしれない。

裕翔が去り、クラスの子たちが去り、教室には資朝とあたしの二人が残った。

資朝は机に突っ伏してねむっていた。あたしは資朝の前の席に座って、寝顔を見つめた。

鼻梁（びりょう）に、睫毛が影をつくっている。なんてきれいな顔。髪の毛に触れてみたい。そう思った瞬間、涙がこぼれそうになってびっくりした。

触っていい？

あたしなら、触れる前に尋ねる。

太呂はどうして、訊かずに触っていいと思ったんだろう。

「どうしたの」

いつの間にか資朝が目を開けている。あたしは黙って首を振った。

「太呂に何かされた？」

自分の腕を枕にして、資朝は落ち着いた声で尋ねた。

「されてない」

「先生の別荘のあとは会ってない？」

「うん。あれが最後」

「登下校もひとりになってないよね」

「うん。朝は花梨といっしょだし、放課後は花梨に予定があるときは家族が迎えにきてくれてる」

「じゃあなんで泣いてるの」

あたしは頬を手の甲で拭った。

「うまく説明できる自信がない」

「いいよ、思いつくまま喋って」

「髪、触っていい？」

「ん？　どうぞ」

資朝が、頭のてっぺんを差し出してくる。

おずおずと、手を伸ばす。かする。ふれる。全神経が指先に集まった。空気を多く含んだ髪。こんな感触だったんだ。

あ、と資朝が言った。好い声。資朝といるとリラックスする。資朝はあたしに安心とどきどきをくれる。

「これ、写真撮っていい？」

資朝がポケットからスマホを出して、カメラアプリをひらいた。資朝が撮ったのはあたしのリュックについている、塩分ラムネのキーホルダーだった。

「どこで買ったの？　俺これ好きなんだよ」

「自分で作ったんだよ。ママの恋人がやり方教えてくれて」

「へー。すごいな」

「資朝がくれたやつだよ」

「えっ、ほんとう？」

「うん。体育祭の日に」

「そんなことあったたっけ」

「あたしがふらふらしてるのを熱中症って思ったんじゃないかな。ほんとは生理だったたんだけど」

「あー思い出した。そうか、そうだったのか」

キーホルダーをくすぐるように撫でながら、資朝が笑う。彼の息があたしの心臓を叩く。

「宝物にしてるんだ」

あたしの声は緊張と昂奮を孕(はら)んでいた。

異変が伝わったのか、資朝が顔を上げた。その瞳をまっすぐ見つめて、言った。

「あたし、資朝が好き」


人生初の告白は玉砕に終わった。言う前からわかっていたけど。というか言うつもりなどなかったのに。どうしても伝えたいという感情が噴き上げてしまったのだ。

「ありがとう」

資朝が口にしたのはお礼だった。こんなにうれしくないありがとうは初めてだった。

「気持はうれしいけど、つきあうとかはできない」

知ってる。わかってる。それでも言いたかったんだよ。

最終下校の時間になっても、花梨は現れなかった。

ＬＩＮＥも既読にならない。ダンス部の部室に行ったけれど誰もおらず、花梨の鞄もなかった。資朝といっしょに昇降口まで来たところでもう一度スマホを確認した。やはり連絡はない。

「心配」

「もう学校は出たみたいだな」

B組の靴箱を確認してきた資朝が言った。こんなことはいままで一度もなかった。予定が変更になったら花梨は必ず連絡をくれる。何かが変だという気がした。

「充電が切れたとか」

「だとしたら、花梨は切れる前に切れそうって教えてくれる」

早く帰れー。生活指導の先生に追い払う仕草をされ、昇降口を出た。

校門の手前で資朝が言った。

「駅まで送るよ」

ふられたばかりの人に送ってもらうのは屈辱だったけど、顔を見たい、声を聴いていたいという感情が勝ってしまった。

「これから彼女と会うの？」

「うん」

「きれいな夕焼けを見たら、彼女のこと思う？」

「あ、思うね」

改札で別れた直後、電車の入ってくる音がした。階段を駆け上がると、ホームに花梨がいた。

「花梨！」

顔がこちらを向いた。

心が温かくなって両手をぶんぶん振った。電車を指差し、「乗る？」とジェスチャーで尋ねる。

電車に乗ったらすぐ話そう、ぜんぶ話そう。そしてちゃんと謝るのだ。

花梨の顔は、強張っていた。そのまま、花梨は電車に乗り込んだ。

「なんで?」

脚と脳の連携が切れてしまったかのように、あたしはその場に立ち尽くした。


翌朝になっても花梨からの返信はなかった。

校門で振り返ると、スーツ姿の亜夫くんがあくびをかみ殺した顔で手を振った。

ホームルームがはじまる前に花梨のクラスに行ってみようか。そう思いはするものの、勇気が出ない。花梨は理由もなく、先に帰ったり無視したりする子じゃない。あたしが花梨に何かしてしまったのだ。でも、いったい何を? 直接訊けばいい。それができないならもう一度LINEを送ればいい。誰かに相談されたらそう答えるだろう。亜夫くんたちもそう言ってくれるだろう。でもあたしにはどうしてもできなかった。花梨のことが大切すぎて、怖くて、できなかった。

リュックを背負ったまま資朝の席まで歩いていき、おはようと声をかけた。

「うん」

うん? そんな挨拶を資朝が返したことはない。視線も合わない。

「ちょっと意見を聴きたいことがあるんだけど」

「うーん」

「何かあった?」

昨日さ、と資朝がラムネタブレットのキーホルダーを指差した。

「彼女がその画像を見ちゃって」

「うん」

「いろいろ、話す流れになって」

相づちがぎこちなくなった。いろいろ、とはあたしの告白を指すのだろう。

「つきあう気がないのにやさしくするのはどうなんだろうって言われたんだよ」

つまり、しばらくあたしとは話せないということだ。

自分の席につくと、あたしはラムネタブレットのキーホルダーをリュックから外した。

その日の放課後、高校の最寄り駅のホームで花梨を待った。

あたしの姿を見つけた花梨は一瞬足を止めかけたけど、強張った顔であたしの前を通りすぎた。

「花梨！」

花梨は立ち止まってくれない。

「待って花梨。どうしても話がしたいの」

「いまさら何を？」

振り向いた花梨の目は冷ややかだった。

「太呂と別れたことも、資朝って子を好きなことも。私なんにも知らなかったんだなって、すごくショックだった」

あたしの心に湧き起こったのは感謝だった。いままでこんなにストレートにぶつかってきてくれた子はいなかった。あたしを大切に思っているから、花梨は感情を伝えてくれているのだ。心を込めて説明すれば、きっと、わかってくれる。

あたしは誠心誠意話した。何度も言おうとしたけど言えなかったこと。どうして言えなかったか。どれだけ花梨を大切に思っているか。

「先生の別荘って何？」

けれど花梨の表情は硬いままだった。

「千夏が夏休みに行ったのは、親戚の家なの？　それとも先生の別荘？」

「先生の別荘」

「どうして資朝くんにはほんとうのことを言って、私には嘘をついたの？　立ち聞きしちゃった私も悪いかもしれないけど、そういう嘘をつかれると、千夏が私にいままで話してくれたことも嘘だったのかなって思っちゃうよ」

花梨の声が震えた。

「言えないことがあってもいいよ。でも私は、千夏が隠し事をしてると、自分が否定されたみたいで、すごく淋しい」

花梨の瞳に大粒の涙が浮かんでいる。

嘘をついたつもりはなかった。隠すつもりもなかった。でも、花梨の言うことはすべて尤もで、あたしは項垂れるしかなかった。

「ごめんなさい」

下げた頭に、言葉は降ってこない。

花梨の靴が、くるりと反対を向いた。

あたしはひとりぼっちになった。

氷雨くんも、資朝も、花梨もいなくなった。

学校の最寄り駅で動物園のポスターを発見したのは、高校の自販機におしるこが入った日の放課後だった。ＰＡＳＭＯをタッチして駅に入ったあたしは、そのポスターの前から動けなくなった。

ハシビロコウ。

氷雨くんの顔が浮かんで、鼻がつんとした。やっぱりそっくりだ。すべてのパーツが立派なところも、気難しそうな感じも。

帰宅すると、家には誰もいなかった。

冷凍庫にも冷蔵庫にも食品棚にも、もう甘いもののストックはない。ミルクパンに豆乳を注いでコンロにかけ、すりおろした生姜とシナモンとマヌカハニーを加えて、チャイティを作った。テスト期間中にママが作ってくれたチャイティがあまりに氷雨くんが作ってくれたものとかけ離れていたので、自分でも作ってみようと思ったのだ。

足りなかった。ピリッとする感覚も甘みも、そして何かはわからないけれど深みも。氷雨くんの作り方をもっとちゃんと見ておけばよかった。

飲み終えたマグカップを洗って伏せ、二階に上がる。

空っぽ。氷雨くんの部屋にはなんにもない。なんにも残ってない。

少しでも氷雨くんの気配を感じたくて、ママのアトリエに入った。

岩絵の具の小壜が並ぶ棚。端に、コンビニでアイスを買ったときにもらえるスプーンがあった。

岩絵の具をすくうのによさそうと氷雨くんが言ったから、ママはあのちいさなスプーンを愛用するようになったのだ。氷雨くんの思い出があふれるこの部屋で、ママは何を思うのだろう。

リビングで氷雨くんと目盛りの話をしたときのことを思い出す。

互いの目盛りがなるべく重なる人がいい。氷雨くんはそう言った。

ママはママの目盛りで生きている。到さんも亜夫くんも、自分の目盛りを保ちつつ、相手との違いを愉しんでいる。あたしにはそう見える。

でも氷雨くんはそうじゃなかった。「もう少し目盛りが近い人だったらこんなに苦しまずに済んだのに」と別荘で先生に話していた。「伊麻さんと僕は違いすぎる」とも言っていた。

目盛りの違いによる苦しさを、感じる相手とそうでない相手がいるのはなぜだろう。

あたしは、到さんや亜夫くんや氷雨くんに対して「違いすぎてつらい」と思ったことはない。花梨に対してもそう感じたことはなかった。どちらかが目盛りを合わせていたというより、違いすら愛おしかったのだと思う。

年齢、生きてきた過程、国、見た目、好きなもの、きらいなもの。みんな何かしら違う。すべてのコミュニケーションは異文化交流だ。むしろ、違いがわかりやすいほど、自分の価値観を疑える。

目盛りが違いすぎてつらいと、太呂に対しては思った。離れたくて仕方がなかった。ママとあたしの目盛りも違う。だからといって離れたいとは思ってない。思ったとしても高一のあたしがママなしで生活していくことは容易じゃない。

じゃあ、あたしはママとどうなりたいんだろう。ママが誰かひとりをパートナーにしたら、あたしの心は平和になるんだろうか。友だちを家に呼べて、そのパートナーが学校行事に来ても緊張せずに済んで、今回の氷雨くんのように親しくなった人と会えなくなる不安に怯えることもない。

ママにこうなってほしいと願うのは、ママをコントロールしたいということだろうか。
氷雨くんならなんて言うだろう。
「氷雨くん」
つぶやいた瞬間、あたしは氷雨くんの大学に行ってみようと思った。

駅から大学までの道に、枯れた紫陽花が並んでいた。完全に色が抜けて、灰みたいになった花びらと、セピアがかった赤紫色の花びらが混在している。首（こうべ）を垂れた無数の死体がこちらを向いているみたいでぞっとした。

あたしは氷雨くんの学科も研究室の名前も知らない。一度くらい聴いたかもしれないけれど、まったく記憶に残っていない。ママはもちろん、到さんと亜夫くんにも訊きづらかった。

氷雨くんの名前をスマホで検索してみると、研究室の名前とテーマが出てきた。

大学の門をくぐり、歩いていた学生に研究室のある棟を尋ねた。どきどきしながらその場所まで行き、ドアをノックしたけれど応答はなかった。あたしは構内を歩き回った。図書館やサークル棟、留学生の棟まで足を延ばしたけれど氷雨くんの姿は見当たらなかった。門を出て、死体みたいな紫陽花に見つめられながら家に帰った。

氷雨くんに会えたのは、三度目に大学を訪れたときだった。研究室、図書館、サークル棟を経て学食そばの自販機で温かいミルクティを買ってベンチに腰掛けた。

また今度来よう。

缶を両手で包みながら思ったとき、何気なく向けた視線の先、学食脇の小道に氷雨くんを発見した。

　クリーム色のニット。あたしとママがいちばん好きな、肩のラインがきれいに見える服を着て、氷雨くんは女の子と歩いていた。

　ゆったりした緑色のトレーナーに、白いロングスカート。運動神経がよさそうで気取った感じのない子だ。ふっくらした頬がほんのり赤い。女の子は、濡れたような睫毛で氷雨くんを見上げていた。好きでたまらないという顔をしていた。

　氷雨くんは前を向いていたけれど、かすかにほほ笑んでもいた。あたしは猛烈に泣きたくなった。

「氷雨くん！」

　氷雨くんが、ゆっくり振り向いた。

　すべてのパーツが立派な氷雨くん。前髪が目にかかる、新しい髪型。ただでさえ痩せ型なのにさらに痩せて、頬も肩も骨ばっている。

「ちな」

　氷雨くんが目を細めた。胸がぎゅうっと締めつけられた。

「ひどいじゃん、急にいなくなるなんて！」

「伊麻さんの、娘さん？」

　緑トレーナーの女の子が目を丸くしている。可愛らしい見た目から勝手に想像していたより、低く落ち着いた声だ。

「史(ふみ)ちゃん」と氷雨くんが紹介した。「ちなが中三の頃、いろいろ相談に乗ってもらってたんだ」

　史ちゃんと目が合った。

にこっと笑うと彼女は、生協を指差して「私、あそこにいるね」と氷雨くんに言った。

氷雨くんとあたしはベンチに隣り合って座った。

「ママのこと相談したとき、史ちゃんはなんて言ってくれてたの？」

「はじめは、『恋愛感情としての好きを、尊敬している人に対する好きにしてみたら？』って言ってた」

「大人だ。でも好きの種類を変えるって、簡単じゃないよね」

「そうなんだよ。しかもすでにその逆の流れを経たところだったからね。最終的には史ちゃんも『好きなら仕方ない。飛び込んでみたら』って言ってくれたんだけど」

飛び込んで、潜り、深く潜って息もできないほどくるしくなって、氷雨くんは浮上した。そして陸に上がり、ここにいる。

「氷雨くん、おうちに帰ったの？　お母さんと暮らしてるの？」

うなずく氷雨くんは見たことのない靴を履いている。柔軟剤が変わったからだろうか、匂いも違う。そのことが、あたしはとても淋しい。

「もう戻ってこないの？」

氷雨くんは、注意深くうなずいた。

「あの日太呂と話して決めたの？」

意表をつかれたように、氷雨くんは瞬きをした。

「別荘から彼を送っていったとき？」

「そう。だってあのまま帰ってこなかったんじゃない」

しばらく考えて、氷雨くんは言った。

「少しは、あるかもしれない。でも、プロポーズを断られたら別れようって決めてたんだ」

「いつ？　どうして？」

「いつだろう。ずっとつらかった。伊麻さんが誰といても、誰かの話をしても、ぜんぶ厭だった。厭だと思う自分が厭だった。でも、嫉妬や執着の心を押し殺して、なんでもないって顔して暮らす、そういう生活になることはつきあう前からわかってた。地獄の四人組になるとわかってて進んだのは僕なんだよ」

「ユトリロ？」

「そう。ちな、よく知ってるね」

「リビングに画集があるから。でもその表現、変じゃない？　ユトリロの場合、三人組のうち二人は肉親で、恋人じゃなかった」

「そうか、そうだね」

顎をこすって氷雨くんはあたしに尋ねた。

「太呂くんはその後、ちなにどんなふうに接してくる？」

「どんなふうにも。まったく」

氷雨くんがほっと息を吐いた。

「太呂くんがコンタクトを取ってくることは当分ないと思う。約束したんだ。太呂くんはちなに、僕は伊麻さんに、近づかない連絡しないって」

そうだったのか。あたしは太呂のしずかな背中を思い返した。

「守れるはずだよ。約束が好きな僕たちだから」

生協から史ちゃんが出てくる。あたしたちにちいさく手を振ると、彼女は少し離れた場所にあるテーブルつきの木のベンチに腰掛けた。

「僕はたぶん、史ちゃんとつきあうと思う」

びっくりして氷雨くんを見上げた。顎にひとつ、破裂しそうなニキビがある。

「彼女との関係は予測がついて落ち着くよ。史ちゃんは僕に、全面的に注意を向けてくれる。その態勢は僕に対する称賛に等しいと思う。僕は史ちゃんをかなしませたくないし、僕がかなしむこともなるべくしないでほしいと思う。その感情を、受け入れてもらえると信じて話すことができる」

「ママとのつきあいでは叶わなかったことがぜんぶ叶うね」

とっさに出た一言が、皮肉っぽく響いてまた少し自分を嫌いになる。

「僕はいまでもわからないんだ。独占したくならない恋を、果たして恋と呼べるのか。僕は一人にぜんぶを求めたいし、ぜんぶを求められたかった。でも伊麻さんはそうじゃなかった。そんな彼女を受け入れて、自分の変えられる部分を変えていこうと思ってた。もっと経験や年齢を重ねたらそうなれるって。そのためにはどんな人間になればいいか、どんな人間でいたいか、ずっと考えてた。考えることにエネルギーが奪われてしまった。嫉妬しない男になりたかった。いくら望んでもなれなくて、つらかった。でもそれが僕だから。ずっとそうとは限らないけど、いまはそうだから」

「ママと別れたって、あたしは氷雨くんと会っていいよね？」

氷雨くんがあたしを見た。小鼻がくっと狭まっている。これは、氷雨くんが緊張したときの表情。

「時々ＬＩＮＥするのは？」

下瞼を使って目を細める。これはかなしみを含んだ困惑の顔。

「勉強でわからないところがあっても？　あたしのテストの点数が劇的に下がっても？」

「ごめん」

「氷雨くん」

あたしは、心を込めて名前を呼んだ。

「もう会えないなんて言わないで」

涙がぽろぽろこぼれた。

「こんなのやだ。ぜったい、いや。だって、氷雨くんがいなかったら、誰があたしに甘いものを買ってくれるの？」

何を言ってるんだろうと思ったけれど、何か喋っていなければ氷雨くんがいますぐ去ってしまいそうで怖かった。

「それに、それに、誰があたしと甘いものの取り合いでけんかしてくれるの？」

ふっと氷雨くんの表情がゆるんだ。

「僕はけんかしたつもりはないよ」

「ねえ氷雨くん。あたし、かなしいよ。すっごくかなしい。このかなしみをどこに持っていけばいいかわかんない。どうして会っちゃいけないの？」

「理由はふたつある。一つは、史ちゃんとつきあうことになったとして、史ちゃんが元彼の子どもと会ったら僕はうれしくない。もう一つは、ちなと会って、伊麻さんを思い出さない自信がない」

腫れぼったい目があたしを見据える。

「北鎌倉の別荘に行く前、あの家のベッドでよく考えてたんだ。うまくねむれない夜なんかに。もしかすると、ここに、僕の望む未来はないんじゃないかって。希望を持つ無意味さも感じた。苦しかった。叫び出しそうなくらい、くるしかった。もうあんな夜には戻りたくないんだよ」

ベッドで大きな身体を縮める氷雨くんを想像すると、また涙がこぼれた。

「僕は伊麻さんが見るすべての男になりたかった」

荒い息を必死に抑えていたけれど、氷雨くんの胸も喉仏も激しく上下していた。

「そんな感情が自分のなかにあるなんて、伊麻さんと出会うまで知らなかった。思い出したくない感情もいっぱいある。もう、自分を嫌いになるようなつきあいはしたくない」

あたしは氷雨くんにこんな思いをさせたママを憎んだ。

「一生会えないってわけじゃないよね？　いつかまた、あたしが大人になったら会えるよね？」

氷雨くんは結んだ口を横にひらいて、ゆっくりうなずいた。

「じゃあ、それまでに、氷雨くんに話したくてたまらないことができたら、どうすればいい？」

「どうしようか」

「月を見てとか言わないでよ」

バーベキューの亜夫くんを思い出して言うと、

「言わないよ」

氷雨くんは尖った肩をゆすった。

「同じ絵を見よう」

「絵？　なんの？」

「何がいいかな。二人とも知ってる画家の作品」

しばらく考えて、氷雨くんは言った。

「アンソールはどうかな。先生の別荘に飾られてた、あの絵」

氷雨くんが口にした作品のタイトルを、あたしはスマホにメモした。

それから、あたしは花梨とのあいだに起きたことを氷雨くんに話した。

資朝にふられたつらさが薄れるくらい、花梨をうしなった喪失感は途轍もなかった。

「心をひらいて」

話をすべて聴き終えた氷雨くんは言った。

「花梨ちゃんに敬意を払って、尊重するんだ」

「そうしたい。そうするつもりだよ。でもね、わからないの」

「なにが？」

「自分以外の人にとって、敬意や尊重が、どういう感情を表しているか。どうやったらわかるの？」

「確かにそれは難しい」氷雨くんは用心深く言った。「僕も、わからない。わからないけど、相手の目盛りを大切にした上で、合意を目指して、誠実に議論するということが大事なんだと思う」

「でも、間違っちゃったらどうしよう」

「大丈夫。あらゆる選択肢には間違いが含まれているんだよ」

その言葉を聴いた瞬間、思考のベクトルががかちっと切り替わったのが自分でもわかった。

やってみよう。そう思えた。

「会えなくても、僕はいつもちなを応援してるよ」

「そういう悲しい言葉は要らない。次に会えたときは、いっしょに甘いものを食べようね」

うん、と笑う氷雨くんの目尻の皺を見て、また泣きそうになった。

「みたらし団子やドーナツの新作やサーターアンダギーを食べよう」

「プチシューもね。あたしにたくさんちょうだいね。あっ、そうだ」

チャイティに氷雨くんはどれほどのマヌカハニーを入れていたのか尋ねると、恨みたくなるくらい大量だった。

「ママのチャイティは、なんかおおざっぱっていうか、毎回味が違うし、パンチが利いてるんだよ」

「毎回味が違うのは、伊麻さんが生姜をすりおろす量は手が疲れるか、飽きるまでだから。パンチが利いてるのは生姜の皮を剝いていないから。憶測にすぎないけど」

氷雨くんの憶測はきっと当たっている。この一年半、誰よりもママをよく見てきた人だから。

氷雨くんと別れて駅まで歩き、あたしは花梨にＬＩＮＥを送った。既読がついただけで返信はなかった。

20

不貞の証拠を突き付けられても、動揺はなかった。あの夜、アトリエに向かう道で、私はすでに覚悟を決めていた。萌絵の親権をうしなうこと以外、怖いものはない。私の気持を夫は充分承知していて、だからこそ萌絵を盾に不利な条件を突き付けてくる可能性があった。

「俺が悪かった」

けれど夫はそう言った。

「九年前、俺、精神的にめちゃくちゃ疲れてたんだ。そんなの言い訳にならないってわかってるけど、仕事が思うように回らなくてほんとうにきつかった。笑うようなことなんか何ひとつなくて、おまえに話そうとしたけどまともに聴いてもらえなくて、孤独だった」

私は信じられない思いで夫の顔を見た。かつて夫がこんなにも自分の感情を、恥もプライドも捨てて話してくれたことがあっただろうか。夫も私にのれん感を抱いたのだろうか。たとえ一時の逃避だとしても、来る日も来る日も言葉が届かない日々よりは幸せだと。

「そんなとき彼女が好意を伝えてきて、いつも笑顔で俺の話を聴いて、何をしても全力で褒めてくれて。ふらふらっといってしまった」

夫が不貞を認めた。

嘘のないことが、こんなにも受容の感情を引き起こすものだとは知らなかった。

「申し訳ないと思ってる」

「あなただけに責任があるとは思わない」

「いや、少なくともおまえのせいじゃないよ」

温かく、愛情の籠った声にはっとした。

おまえのせいじゃないよ。

大丈夫。そう言ってモトキを撫でてくれていた夫。前みたいに散歩できるようになるよ。俺が元気にしてあげるから。おまえは何も心配しなくていいよ。

「失礼なことをしたと思う。絹香にも、彼女にも。彼女にはもう会えないと伝えたし、勝手で申し訳ないが、慰謝料を払わせてもらうことにした。もちろん俺が自由に使える金から引いてくれ」

八沢さんはそれで納得してくれるだろうか。もしも自分が独身で、針生さんに妻がいたらと想像してみる。

耐え難かった。何もかもが耐え難かった。

「八沢さんに、私と別れるって言ったんでしょう？」

「そんなこと一度も言ってないよ」

夫は目を丸くして言った。嘘を吐いているようには見えなかった。

「俺の言うこと、もう何も信じられないんだな」

「過去が信頼できないのに、どうやって未来を信頼しろというの？」

夫の眉間には深い皺が刻まれていた。それは不快感より痛みを示していた。

「この写真見たとき、俺ほんとうにショックだった。よその男にちょっと好意を持つとか食事するとか、その辺までは想定できても、その先は、おまえに限ってそこまでするわけないって高を括ってた。知りたくなかった。そんなふうに笑うおまえを、見たくなかった」

八沢さんといるとき、夫はどんな顔で笑ったのだろう。私がその顔を見て傷ついたのは、いつまでだったのだろう。

「来月から会社の体制が変わるから、時間も精神面も、もっと余裕が持てると思う。その余裕を、夫婦関係の修復に使いたい。老後に備えて料理の勉強もしようと思ってる。これから日曜日は俺が晩飯担当するよ。あと、見た目にも気をつける」

「見た目？」

びっくりして私は尋ねた。聴き間違いかと思った。

「こないだ実家に帰ったとき、絹香さんなんかきれいになったってみんなに言われたんだよ。それだけじゃなくてさ、親戚づきあいとかも、おまえはほんとうによくやってくれてる。俺、そういうの当たり前だと思ってた。ちゃんと感謝を伝えてこなかったよな。ありがとう。おまえは自慢の奥さんだよ。それに、萌絵が言ったんだ。お父さんとお母さんがそんなふうだと悲しいって」

萌絵のその言葉は、何より私の胸を深く突き刺した。

「思いやりのないことをたくさん言ってしまったよな。反省してる。もっと仲のいい夫婦になりたい。俺、努力するから。おまえにまた信頼してもらえるように」

「めずらしいね」

塾から帰ってきた萌絵が、ほろ酔いの私を見て笑った。

私はキッチンの床に座り、裏通りの紅葉を眺めながら白ワインを呑んでいた。空の低いところに大きな眉月(びげつ)が浮かんでいる。

「なにそれ、おいしそう」

グラスの傍らに置いた皿に手を伸ばしてくる。

「新しいの作るよ。バターが冷えてた方がおいしいから。手を洗ってきて」

「はーい」

立ち上がる直前、窓の外をカラスが横切った。鳥に歯はない。スズメは脂が少ない。蛾のフェロモンは二種類がブレンドされている。針生さんに教わったあれこれを、私はこの先何度思い出すのだろう。

ぶどうパン。二ミリ厚さのバターと、おろしにんにくでマリネしたアンチョビ。

こんなものを数か月前の萌絵は食べなかった。

夫の見た目に気を付ける発言から十日経った。針生さんからは二度ＬＩＮＥが届いた。どちらも既読を付けただけで返信していない。このまま連絡せずにいたら、私たちの関係は消滅するだろう。

おいしいおいしいとぶどうパンを食べる萌絵を見ながら考える。

四十二年、生きてきたなかで、私の名前を最もたくさん呼んだ人は誰か。

おそらく父だ。絹香がんばったね。絹香は賢いね。絹香はどんどんきれいになるね。絹香はいい子育てをしているね。

私はもう父に名前を呼んでもらえない。そして父の呼ぶ「絹香」より、萌絵の呼ぶ「お母さん」の方が私の中には多く詰まっていて、これからさらに増えていくのだ。

お母さん見て。お母さん夜ごはん何？　お母さん今日学校でね。お母さん、お母さん、お母さん。

私は、萌絵の話を針生さんとするたびに自分を少し嫌いになっていた。罪悪感に覆われた。それは萌絵の話をいっしょにすべき相手は、針生さんではなく夫だという罪の意識だ。

萌絵を、私と同じように大事にしてくれるのは、世界中に夫しかいない。

甘いよねー。

蘇った吉谷さんの声を、頭を振って飛ばす。

もしも私の求めているものが、夫とずれているのだとしたら。それは一時的なことかもしれない。過去に合致していた時期もあったのだ。白黒つけようとせず、また重なるときがくるのを待てばよいのかもしれない。親しい女友だちでも出産や離婚、家族の事情などで一時的に心の距離があくことがある。単にそういうフェーズというだけ。それと同じだ。

何かを変えるとか、新しいことをはじめてみるとか、変化だけが発見じゃない。再発見という悦びだってある。ずっと聴いていた曲なのに耳に入っていなかった音が、ある日とつぜん聴こえてきたあのときのように。

このまま待とう。ただじっと、過ぎるのを待つ。そんな道があったっていい。自分を損なわず、夫も損なわず、ダメージを最小にして乗り切る。いつか到さんが言っていた、より深く誠実な夫婦関係。私はそれを目指してみようと思った。

夫は私を、雑に扱うことはあっても、見捨てはしない。努力すればもう一度、夫婦で笑い合える日がくるかもしれない。私は夫と、萌絵と、いい家族になりたかった。

「ただいま」

はっとしてスマホを見る。四十分前に夫から帰宅するとＬＩＮＥが入っていた。

「おかえりなさい」

玄関に出て笑顔で言う。あれほど望んだ連絡。早めの帰宅。叶ったのにうっすら憂鬱なのはなぜだろう。萌絵もやってくる。夫が手を洗いに行き、私はキッチンに立ってポテトを揚げる。食卓に並ぶのは夫の好物ばかり。考えずに済むのは楽だ。オリーブの実をかじる。萌絵がそれも食べてみたいと言うのでカマンベールチーズや無花果(いちじく)とピンチョスにして、豆皿に盛った。「すっぱ」「でもげる。

「おいしい」と笑っている。夫がやってきて、「お、うまそう」と手を伸ばしてくる。夫にビールを注ぐ。フライドポテトを食卓に置く。「青のりがいい味出してるなあ」夫が私に向かって口角を上げる。

偽善と食傷に満ちた退屈な日常を、私は虚無で覆い隠していた。針生さんに出会うまでは。恋は日々を甘く詩的にした。それはもう劇的に。

けれど日々を甘く詩的にするのは恋だけじゃない。音楽、本、お酒、アート、映画、旅、自分を飾ること、自分を大切にすること。それらすべてが日々を甘く詩的にする。大丈夫。やれる。心の中でつぶやいて、私は新たな白ワインを二センチほど注ぎ、夫と萌絵に背を向け、立ったままひと息に呑んだ。

萌絵が自分の部屋に戻ると、私は夫と向かい合った。

もう会えません。夫の目の前で針生さんにＬＩＮＥを送った。

大丈夫。針生さんと別れても私は幸せだ。彼を含んだ人生が続いていくのだから。彼が私に与えてくれたものを、抱えて生きていけるのだから。

毎週末、夫とふたりで出かけるようになった。

朝の散歩からはじまり、映画、美術館、居酒屋。夫婦関係をよくするのが目的だったけれど、同時に針生さんのところへ行ってしまいたくなる自分を制御することにもなった。恋に逃げず、夫と向き合うのだ。そう自分に言い聞かせた。

予想もしないことだったが、夫にやさしく温かい声をかけ、仲のいい夫婦のコスプレをしていたら、夫も笑顔で思いやりのある言葉をかけてくれるようになった。夫は私を、大切なものを見る目で見た。そんな私たちに、萌絵は以前より話しかけてくるようになった。三人でリビングにいる時間が増えた。家族で小旅行に出たり、互いの親族を交えて食事する回数も増えた。夫が笑っている。萌絵が笑っている。それは私の胸を温かくする光景だった。

やはり私にも原因はあったのだ。私の心は夫に向いていなかった。心がいっしょにいない相手と距離を置きたいと思うのは当然のことだ。

私は針生さんを愛した。夫は針生さんを愛した私をゆるした。それは夫をゆるせる魔法の言葉だと思った。

散歩の途中で夫が私の手を握ったのは、十一月の中旬。帰りに秋映(あきばえ)という林檎を買って帰ろうと話しているときだった。

とつぜん夫の歩くスピードが遅くなったと思ったら、繋いでいた手を引き上げられた。自分の手の甲に夫の唇が触れるのを、私は不思議な心地で眺めた。これをされるのが好きだった時期もあった、と少し高いところから自分たちを見るように思った。

夫が顔を上げ、私の瞳を見つめた。私も夫を見つめ返した。

そのとき視界の端に、忘れ難いフォルムが映った。あの背丈。あの肩。腰幅。歩き方の癖。

針生さん。彼がこちらに向かって歩いてくる。夫が私の手にキスをしたのを、彼は確実に見たはずだ。視線が交錯したのは、すれ違う瞬間、ほんの二、三秒だったと思う。けれどこれで終わりと悟るには充分だった。見られたくなかった。でも見られてよかったのだとも思った。

私はこれから、家族写真が写真館のショーウインドウに飾られるかどうかなんてことで、悩まずに済むのだ。

十二月に入ると、体調が急激に悪化した。頻繁に瞼が腫れ、咳が出るようになった。コップひとつ洗うのに、これまでとは比べものにならない時間がかかった。

それでも夫とふたりで出かける習慣はやめなかった。

今日は映画。繁華街へ向かう上り電車のなかで、外国人観光客が不可解と驚きを含んだ表情で夫を見つめている。夫が私の顔をまったく見ずに話すから、「えっ、この人独り言しゃべってる？」と思われていたようだ。私は孤独だった。ひとりぼっちで、淋しくて、油断したら涙がこぼれそうだった。

「メシ食って帰ろう」

映画が終わると、伸びをして、夫は言った。スマホで店を調べ提案する。本音を言えば、呑まずに帰りたい。お腹にやさしいものを作って、食べて、横になりたい。

ふたりで呑みに行くことには、映画以上に覚悟が必要だった。否定的な言葉ばかり耳にすることになるのではないかと思うと、気持が沈んだ。

厭な予感は当たる。中華料理店のテレビに気に食わない文化人が映ると「死ねばいいのに」と夫は言い、接客のいい店員を褒めた私に「俺はあれよりうまくやれるね」と言った。

「そもそも接客なんてこれから人間じゃなくてよくなるんだからさ」

「そう、なのかな」

「おまえもうちょっと世の中で起きてることに興味持った方がいいよ。ほら前にも……」

やはりこうなった。長々と、長々と、絡まれる。目に映るあらゆるものに対するネガティブな反応。仕事の愚痴。私への愚痴。

「おまえああいう男がタイプなの？」

夫がにらむように見ているのは、さっき私が褒めた店員だ。怒りは最終的に針生さんとのことに行き着く。夫は私をゆるしてなどいなかったのだ。

悲しみはない。ただ、疲れた。疲れた。疲れた。罪悪感と虚無。すべてが元通り。私はあとどれくらい、これに耐えなければならないのだろう。会計を済ませ、聴覚をぼんやりさせたまま歩き、電車に乗る。

下り電車がスピードを緩め、ホームに入っていく。背中にどんと誰かがぶつかってきた。ヒゲを生やした若い男だった。男はさらにドアの手前にいた女性にぶつかり、怒りをまき散らすように降りていった。驚いて振り返った女性と目が合った。困った人ですね。そんな思いを込めてほほ笑むと、彼女も笑みを返してくれた。心が温かくなった。今日いちばんの温かさだった。

長く生活を共にしている人より、電車のなかで一瞬目が合って笑みを交わした女性の方が私の心を温かくするというのは、どういう仕組みなんだろう。

「おかえり」

萌絵が笑顔で出迎えてくれる。

「どうだった？」

「面白かったし、うまかったよな」

うん、とうなずく。

私はまた来週もこんな時間を過ごす。その次も。その次も。

心を分厚くして洗面所へ行ったら、右目から血が出ていた。

相当よくない状態かもしれないと自覚したのは、道の真ん中で脚が止まってしまったときだ。急にわからなくなった。私はいま、パートに向かっているのか、帰るところなのか。

深呼吸を繰り返して、スマホを取り出す。土曜の十五時。パートは休みの日だった。スーパーに寄って食材を買い、誰にも何も言わず、ゆっくり夕食の下準備をした。それから寝室の床に寝そべった。

声が聴きたかった。絹香さん、と一言彼が呼んでくれれば、生き延びられる気がする。

飲み込まれてしまいそうな闇から救い出してくれるのは、ただ彼の声だけだと思った。

土曜日。明日も夫が家にいる。

食事する、食器を洗う、コーヒーを淹れる、本を読む、音楽を聴く、トイレに入る、お風呂に浸かる。何もかもが自分のタイミングでできない苦痛。夫にとってはせっかくの休日なのにそんなことを考えてしまう自分は最低だ。でも動き続け考え続けなければならないのは疲れる。冷蔵庫の中身。朝食昼食夕食、外食するならどこの店で予算はいくらか、洗濯物を入れるタイミングは。休まらない思考のなか、話しかけられたら感じよく返さなければならない。夫は不機嫌を隠さない。

夫の日曜料理は二か月も続かなかった。今日はゴルフだから。今日は釣りだから。野球中継を観なきゃ。ちょっと腰が痛いんだ。そう言われてしまうと私がやるしかなかった。いまでは卵も割らずお湯も沸かさない。

かろうじて少し楽になったと感じるのは、決まって月曜の午後だった。

私が好きな月曜日。

夫が憂鬱な月曜日。

クリスマスを翌週に控えた金曜の午後、取り込んでおいた布団の上に寝転んだら、そのまま起き上がれなくなった。

私の体調は決定的に崩れた。きれいなものがきれいに見えない。そのことに気づいて絶望した。

花も月も苺も化粧台に並ぶネイルも無味乾燥。爪には長いこと色が載っていなかった。不健康に白い仮面が並んでいるみたいだ。

「いっしょに病院いく？」

学校から帰ってきた萌絵が私の顔を覗き込んでいる。いつの間にかうとうとしていたらしい。

「ううん、大丈夫。お腹すいたでしょう」

「気にしないで、適当に食べるから。たまには休んだら」

涙がこぼれそうになる。ありがたさと情けなさで。ちゃんとできない自分がくるしい。

「前もそういう顔してるときあったよね」

「そうかな」

「ていうか前は、そういう顔してるときの方が多かった」

「いつ頃の話？」

横になったまま尋ねる。私の隣に寝転んだ萌絵が「うーん」と天井を見上げた。

「春くらいまで？」

つまり私は体調が悪くなったのではなく、元に戻っただけなのだ。

私は健康を知ってしまった。幸せを、生きる悦びを、知ってしまった。

一度完全な幸せを得てうしなった人と、最初から幸せを持たなかった人は、どちらが不幸だろう。

「いっしょにこれ、やらない？」

萌絵が差し出してきたのは「旅の塗り絵」と題された大きな本だった。お小遣いで買ってくれたらしい。お礼を言うと、照れくさそうに「色鉛筆とってくる」と自分の部屋へ向かった。

見ひらきごとにいろんな国が載っている。インドのタージマハル。ハワイのパイナップルとパンケーキ。オーストラリアのエミューとオペラハウス。

モロッコもあった。千夏ちゃんのお父さんの国。バブーシュ。ラクダ。ミントティ。

戻ってきた萌絵とふたりで色を塗った。

いつか、ここに載っている国々を訪れることがあるだろうか。あるとしたら、誰と？　夫と行くのは厭だとはっきり思った。

「ゆっくり休んで」

萌絵が私の背中にぽんぽんと軽く触れた。色鉛筆といっしょに持ってきてくれた虎のぬいぐるみを抱くとほっとした。

「晩ごはん買ってくるね」

瞼を閉じる。身体が布団に意識ごと、深く沈み込んでいく。

クリスマスイブは週末だったので、昼からチキンを焼いた。夫はビールを呑み、ハイボールを呑み、夕方には完全にできあがっていた。萌絵はテレビでお笑い番組を観たり、時々自分の部屋で漫画を読んだりする合間に、食器洗いや洗濯物を取り込むのを手伝ってくれた。

スマホが振動している。見ると、真紀さんからの着信だった。

「メリークリスマス！　絹香さん元気？」

「はい」

「なあに、声が暗い！　もっと明るい声を出して」

力なく笑うと、こちらを見ていた萌絵と目が合った。口角を上げてみせる。萌絵には、真紀さんに電話してよかったと話してあった。

「萌絵ちゃんにクリスマスカードと、少ないけどお小遣い送ったから」

「ありがとうございます」

「まあくんいる？」

「はい」

「ちょっと替わって」

ソファの夫に声をかけると「んあ？」と首を曲げてスマホを受け取った。夫が何か言い、真紀さんが電話の向こうで高い笑い声を上げる。景色も音も、ふわふわとして現実味がなかった。スマホを戻される。

「絹香さん、やっぱり考えすぎよ。あのね、大事なのは、いまを見ることなの。昔のこととか、将来への不安とか、そんなんじゃなくて、いまを見なきゃ。わかった？　ちゃんと夫婦で話し合ってね。仮面かぶった二人じゃだめよ」

針生さんはいま何をしているだろう。仕事だろうか。いや、すてきな人とクリスマスディナーを食べているかもしれない。

伊麻はきっと到さんたちとパーティだ。

針生さんや伊麻のおかげで外れたねじを、私はまた締めてしまった。以前よりもきつく。私は変われなかった。

私はただ家族の食事を作り、呼吸している生きものだ。身内や世間を不快にさせないことを優先して、生きているという実感のないまま、肉体だけがある。肉体を維持するためには、食べたり歯を磨いたりトイレに行ったりしなければならない。そのことが最近とても億劫に感じられる。

伊麻がここにいたら、なんて言うだろう。

あんな大きな笑顔で、自信を持って生きていけたらどんなにいいだろう。自分で自分を認めることができれば、それが世間の基準から離れていたって、堂々と、凜と強気でいられるはずだ。自信。私は自信が欲しい。

『まずは手っ取り早く自信を回復する方法をいくつか試すわ』

小坂さんの愛らしい声が蘇った。

『お化粧してお気に入りの服を着て、行けそうなら美容院へ行って、そのまま街に出る』

美容院に行く気力が湧かなかったら、とりあえずシャワーを浴びてメイクする。それも無理なら。

ゆっくり瞼をひらく。

『とにかく外に出ることね』

おもてに出ると、視界一面、真っ赤だった。

何もかもを覆い尽くす、奇妙で不気味な夕焼け。

『あなたはあなたの人生を生きているの？』

見慣れた文字が目に入った。店先に置かれた黒板。いつの間にか、到さんの店の前まで来ていた。

大きなバイクが停まっている。

「じゃあ、よろしく。すぐ戻るから」

到さんの声がしたと思ったら、本人が出てきた。

「絹香ちゃん？　どうしたの」

「ちょっと散歩してました。到さんは？」

「パーティの食材を、家に届けにいくところだよ」

にっこりほほ笑んで、到さんは言った。

「今日もエレガントできれいだね。絹香ちゃん」

俯いてお礼を言いながら、同時に小坂さんにも感謝した。外に出てよかった。

私も到さんを褒めたいと思って顔を上げる。褒めるところが多すぎて、どこから言おうか迷ってしまう。

そうだ、と到さんがまたにっこりした。

「絹香ちゃん、よかったら少しだけうちに寄っていかない？」

「えっ」

「だめ？　三十分だけでも。ご家族のパーティがはじまっちゃうかな」

「それは、もうほぼ終わっています」

「えっほんとう？　それなら余計に、ぜひ来てよ」

そんなことが、できるだろうか。ちょっと買い物にと言って出てきたのに、そのまま急に友人の家へ行くなんて。しかもクリスマスイブに。夫は怪しみ、不機嫌になるだろう。

黙って考え込む私に、到さんがバイクのヘルメットを差し出してくる。ふわりと甘い匂いがした。

私はそれを、受け取ることができない。

「少し、強引に誘うよ」

ヘルメットが、私の頭を覆った。

「乗って、絹香ちゃん」

咄嗟に口から出そうになった言葉より、視界の透明度が、私の本心だった。

世界は、数分前より何倍も輝いていた。


バイクの後ろに乗ると、髪がばさばさと風になびいた。鞄につけたホロホロ鳥のコサージュの羽根が飛んでいってしまわないよう、そっと押さえる。

家から離れるにつれ、頭が冴え冴えとしてきた。

できるだけ遠くまで行きたいと思った。

『いいじゃん。愉しんできてー』

伊麻の家の前でスマホを確認すると、萌絵から返信が届いていた。

ありがとうと返した直後、ドアの向こうに、すらりとした人影が映った。

ドアを開けてくれたのは、千夏ちゃんだった。

長い髪を頭のてっぺんでまとめ、耳には左右合わせて三つのピアスが光っている。長い手足に大人びた顔。胸に画集を抱いている。グロテスクで薄気味悪い表紙。

「はじめまして」

笑う千夏ちゃんの顔は、高校一年生という年相応に幼かった。やっと会えた、という気がして胸が熱くなった。

「いろいろ、あたしのこととかも相談に乗ってもらってたってママから聴いてました。ありがとうございます」

「ううん。相談に乗ってもらってたのは私の方なの」

案内されてリビングへ行くと、亜夫さんがエプロン姿で盛り付けをしているところだった。

「わっ、絹香ちゃん！　いらっしゃい」

エプロンで手を拭いながら駆けてきて、亜夫さんは私をハグした。デパートの化粧品と、香水の匂い。

イヤフォンを耳に挿した千夏ちゃんを目視して、亜夫さんが言った。

「その後どう？　やった？」

「はい」

「きゃー」

頰に手を当ててくるくる回る亜夫さんに、私は付け加えた。

「一度だけですけど」

「えっ一回？」亜夫さんが真顔になった。「離婚調停で不貞行為認定されないため？　それとも、そんなにひどかったの？」

「いえそうじゃなくて、もう会わないって決めたんです」

「連絡とってないってこと？」

「はい」

「初回のセックスのあと連絡絶ったって、それ、あっちは自分のテクニックが原因って思ってんじゃない？　かわいそー」

「絹香？」

廊下を伊麻が歩いてくる。絵筆と白い豆皿を持っている。

「うれしい！　来てくれてありがとう！」

伊麻も私を抱擁した。亜夫さんとはまた違う、オリエンタルな香り。この家には何種類もの清潔で色っぽい香りが、ほどよく他人行儀に漂っている。

リビングに巨大な本棚があった。テーブルや棚の至る所に花が飾られ、暖房と肉料理の匂いが鼻孔をくすぐる。

千夏ちゃんはソファに座り、手の中のスマホに視線を落としていた。操作するでもなく、何かを待っているみたいにじっと見つめている。

「じゃあ俺は仕事に戻るから」

玄関に立った到さんを、みんなで見送った。

「乾杯しよー！」

亜夫さんがエプロンを脱いだ。


赤ワインの壜の両隣に、クスクスのサラダと果物。それからスープ。メインは何かの肉のローストが、ズッキーニや茄子とともに、断面が見えるよう盛りつけられている。

肉にナイフがすっと沈んだ。口に入れると塩が利いてやわらかく、とてもおいしかった。こんなに味のしっかりしたものを食べたのはいつぶりだろう。

「これ何のお肉？」

「ホロホロ鳥」

伊麻の答えに全身の肌が粟立った。

「って知らないよね。先生の別荘でごちそうになっておいしかったから、取り寄せたの」

「神経質な鳥なのよね」

伊麻が目を見ひらいた。

「ストレスが溜まると卵を産まなくなってしまうから、飼育なさる方は地味な色の服を着て、しずかにゆっくり作業するの。でも病気には強い鳥なの」

すごい、と千夏ちゃんが笑った。

このリビングと似た雰囲気を、どこかで味わった気がする。適度にざわめきがあって、肉の焼ける音や食器の重なる音がして、眉間の力が抜けて、ふだん口にできないことを言える場所――。

Lasciareだ。ここには人をリラックスさせる何かがある。伊麻がいるからだろうか。伊麻には圧がない。不満も暗さも卑屈さもない。私が伊麻のような女性だったら、夫はもっと家で寛げて、仕事に前向きになれて、不倫にも走らなかったのだろうか。

「誰も言わないだろうからオレが言うけど」

亜夫さんが口火を切ったのは、伊麻の家にお邪魔して一時間が過ぎた頃だった。

「絹香ちゃんどうしちゃったの？」

「そんなにひどいですか」

「ひどい」

亜夫さんはきっぱり言った。

「だから到さん、連れてきたんだろうね。なんか、危機的状況って感じ。痩せすぎだし肌も髪もぱっさぱさ、到さんの店で会ったときのあのつやつやの絹香ちゃんはどこに行っちゃったわけ？」

デリカシー、と厭そうな顔をして、千夏ちゃんがソファに移動した。

「我慢大会で人生終えるつもり？　絹香ちゃんがほんとうにしたいことは何？　いっしょに生きたい人は誰？」

似た質問を、以前にもされたことがあった。

あのときと、私は何ひとつ変わっていない。

「絹香ちゃんは、誰の目盛りで生きていくの？」

「私です」

それだけは言える。私は私なりに考えて、結論を出したのだ。

「この生活を選んだのは、私です」

「なるほど。つまり絹香ちゃんは、女としての幸せの本質とは、まったく違う生き方を選んだんだ」

亜夫さんは笑顔で続けた。

「それって、自分じゃなくて、世間の目盛りじゃない？」

「世間ではなく、家族を愛する私の目盛りです。親子も、夫婦も、いいときばかりではないと思います。それに、あの一夜があればこの先どんなことがあっても生きていけるという記憶もあります」

「記憶だけで生きていけると思ってんの？」

呆れ顔で亜夫さんは言った。伊麻が立ち上がり、コップに水を注いで亜夫さんの前に置いた。

スマホの振動音がしたのは、亜夫さんがその水をひと息に飲み干したときだった。三人掛けのソファに座る千夏ちゃんの肩が跳ねた。

鳴ったのは、亜夫さんのスマホだった。一気に表情をゆるめた亜夫さんが、階段を軽い足取りで上っていく。

しずかになったリビングに、本のページをめくる音が響いた。

「何を見てるの？」

千夏ちゃんに声をかけると、

「アンソールの画集です」

という答えが返ってきた。私は歩いていって、千夏ちゃんのとなりに腰掛けた。

陰鬱な空の下に集う、カラフルな服を身にまとった人々。仮面をつけているからだろうか、不気味で謎めいている。「陰謀」というタイトルの絵だった。

千夏ちゃんが私の目を見て尋ねた。

「絹香さんは、この絵を見てどんな印象を受けますか？」

「何を考えているかよくわからない人たちね。あ、人だけじゃない。しゃれこうべも紛れ込んでる。なんていうか、信用できない感じ」

「どんな場面を描いた絵だと思いますか」

「ピクニック、にしては服が華美すぎるかな」

「ピクニックか」

面白い、と千夏ちゃんは笑った。

「正解はあるの？」

「結婚式という説が有力みたいです」

ローテーブルに置かれたスマホが光った。瞬時に手に取った千夏ちゃんが、画面を確認して肩を落とす。

「誰かの連絡を待ってるの？」

「はい。友だちをうちに誘ったんですけど」

「男の子？」

「ちがいます」

「あの男の子のことはもう大丈夫？」

「はい、たぶん、大丈夫です。でもそのことで大事な友だちを傷つけてしまって」

千夏ちゃんが長い睫毛を伏せた。

「それは、あたしがほんとうの自分を隠していたせいなんです。見せたら困るだろうし、嫌われるかもしれないって思うと、怖かった」

同じだった。理由は違うにせよ、ほんとうに言いたいことを言えないという点で、千夏ちゃんと私は同じだった。夫に対しても、針生さんに対しても、私はいちばん言いたいことを言えていない。

「でも、この絵を見てたら、そんなの偽善だったなって」

「どういう意味？」

「仮面は、この人物たちの顔を隠すと同時に、見ているあたしの内面を映す装置にもなってるんですよね。どんな芸術もそうかもしれないけど、自分がどんなふうに世界を見ているか、見たいと思っているか、いちばん目を背けたい自分はどんな姿か、思い知らされる」

「さすが芸術家の子ども」

感性を褒めたつもりだったけれど、千夏ちゃんは複雑そうな顔つきになった。

「親が画家の友だちって、いないんです」

そうでしょうね、という思いを込めてうなずく。

「父親がモロッコ人の友だちも、親に複数の恋人がいて、その人たちと同居してる友だちも、いません」

視線を向けると、伊麻はテーブルに置いた赤ワインのグラスを摑んだまま、かすかに口角を上げている。

「ママとあたしは、ほんとに違う」

千夏ちゃんが伊麻の方を向いて言った。

「あたしは仮面を外せないから、仮面をつけないママが理解できなくて、時々すごく腹が立つ」

「たとえば氷雨のこととか」

「うん。正直、恨んでる。氷雨くんをあんなに悲しませるなんて最悪だと思う。別荘にマックスを連れてきたのも意味不明だった。結果的にマックスがいてくれたことはありがたかったけど、氷雨くんの気持を考えると、いまでもしんじられない」

でも、と千夏ちゃんは続けた。

「目盛りが違いすぎるママを、丸ごと受け入れられたらどんなにいいだろうとも思う」

「丸ごと受け入れる必要はないんじゃない？」

千夏ちゃんが私に顔を向けた。

「子どもは、大きくなっていく過程で考えられるようになると思うの。自分の親と今後も関係を持ち続けたいか、それとも離れたいか。だからそのときがくるまでは、疑問があるのに丸ごと受け入れる必要なんてない」

伊麻と目が合った。伊麻がうなずいた。

真摯に耳を傾けてくれる千夏ちゃんの瞳に、私が映っている。

「それを決めるのは世間じゃなくて、千夏ちゃんだから」

「えー？」リビングに戻ってきた亜夫さんが高らかに笑った。「どの口でそれを言うわけ？　いっしょにいたい人を決めるのは世間じゃなくて自分だなんて。ね、伊麻ちゃん？」

「わたしは、絹香が決めたことに何も言うつもりはないよ。けど、自分に対してはよく思うの」

赤ワインを呑み干して、伊麻は言った。

「会いたい人に会わないで、なんのための人生？　って」

その瞬間、打ち水がきらめくように、父の声が蘇った。

ああ、と両手で顔を覆う。

「絹香ちゃん？」

手を離し、ジッパー付きの小袋からレシートを取り出す。

そうだ。父はいつも言っていたじゃないか。

『会いたい人には会いたいと言って』と。

熱い涙が流れるのと同時に、私のねじがぽろぽろ落ちていく。

「絹香ちゃん、大丈夫？」

うなずいて一呼吸し、私はスマホを手に取った。

21

呼び鈴が鳴ったとき、あたし以外の三人は洗面所にいた。

大切な人に会いに行くことになった絹香さんのヘアメイクを、ママと亜夫くん二人がかりで整えているのだった。

「だーれー」

すっすっと歩いてきた亜夫くんが、玄関に立つ花梨を見て叫んだ。

「まぶしいっ」

かざした手を、亜夫くんは差し伸べた。その手を取って、花梨は我が家に上がった。強張っていた花梨の横顔には、困惑とかすかな笑みが浮かんでいる。

「神々しいあなた、何ちゃん？」

「花梨です」

「はー、名前もかわいい。アイライン引くの上手だね！」

「ありがとうございます」

「声も新品、生まれたてって感じ。あ、それどこの？」

花梨のアクセサリーや小物に関心を示す亜夫くんを、洗面所からママが呼んだ。

「はーい、いま行く！」

「私もいっしょにいいですか？　ご挨拶させてもらいたいです。あと、できたら手を洗わせてください」

三人で洗面所へ行き、ママが花梨の行儀の良さにまた感嘆し、絹香さんが恥ずかしそうに笑った。花梨に興味津々の亜夫くんを洗面所に押し込んで、あたしは花梨とリビングへ戻った。

「ごめんね、亜夫くん距離近くて」

「ううん。亜夫さんすっごい、いい匂いした」

「本人が聴いたら飛び上がって悦ぶよ」

これまで亜夫くんに感謝した出来事は山ほどあるけれど、いまほど強烈にありがとうと思ったことはなかった。家にいたのがあたしひとりだったら、花梨とこんなにスムーズに会話をはじめることはできなかっただろう。

「花梨、何のむ？　アサイージュース、コーラ、炭酸水、ルイボスティ、ざくろソーダとかも作れる。あ、あと美容にいいハーブティが売るほどあるよ」

「じゃあその、美容にいいハーブティをどれか」

和漢植物と西洋ハーブが二十五種ブレンドされたという美肌痩身茶を淹れ、テーブルに置いた。

「LINE読んだ」

マグカップを両手で包んで花梨は言った。

「でもちゃんと、千夏の口から聴きたい」

あたしは花梨にひとつひとつ、話していった。

体育祭に来ていた氷雨くんがママの恋人だったこと。彼とは別れ、現在は到さんと亜夫くんと四人で暮らしていること。太呂とのあいだに起きた出来事。資朝に対する感情。

「太呂のこと、好きじゃなかったの？」

「うん、好きじゃなかったと思う」

「それって、ちょっとひどくない？」

「うん、ひどい。好きってどういうことなのか、あたし、太呂に告白されたときはまだよくわかってなかった。太呂の姿かたちが整ってるなとか、頭がいいなとか、みんなに信頼されてすごいなとか、そういうのはあったけど。太呂に対する感情って、いつも混乱してた。よくわからないだけじゃなくて、同情とか、恐怖とか、入り混じってぐちゃぐちゃだった。幸せって思ったことは、ほぼなかった」

花梨の揺れる瞳に映る感情が何か、あたしには知りようがない。でもたぶん、摑もうとしてくれている。あたしの本心を。

心をひらいて。敬意。尊重。氷雨くんの言葉を胸のなかで呪文のように唱えて、あたしは続けた。

「亜夫くんや到さんたちのことを花梨に言えなかったのはなんでか、ずっと考えてたの。ひとつめは、花梨のお母さんとお父さんの離婚が気にかかるから。どんな理由で別れたのか知らないけど、もしかすると厭なことを思い出させちゃうかもしれないって不安だった。ふたつめは、花梨に軽蔑されてひとりぼっちになりたくなかったから。花梨になるべくいいところだけを見せていたかった。中学まであたし、あんまり友だちがいなくて。またあのときみたいになったらって思うと怖かった。でも勿論、誰でもいいから、そばにいてほしいっていうんじゃなくて、あたしは」

声が震えた。花梨がはっとした顔であたしを見た。

「あたしは、花梨をうしないたくないよ」

テーブルに視線を落とす。アンソールの画集。仮面を外したあたしは、花梨の目にどう映るだろう。

「親が恋愛とか正直ちょっとやだけど、自分のために我慢されるのも、結構きついよ」

あたしは顔を上げて花梨を見た。

「うちの親、離婚する前壮絶なケンカと完全無視を繰り返してたんだけどさ、その度に、ああ私のせいで別れられないんだなあって最低な気分だった。若干放置され気味なときもあったし。大事な予定を忘れられたりね。でもさ、あの、千夏のお母さんに何回も会ったわけじゃないからわからないけど、この家で千夏はちゃんとケアされてるって感じがするよ。亜夫さんもママの恋人ってＬＩ

NEに書いてあったからどんな人かってちょっとびびってたけど、すごく千夏を大事にしてる感じがする」

「なんでそう思ったの？」

「千夏が私と話しやすいように、空気あっためてくれたじゃん」

亜夫くんがそれを意図してあのテンションだった確率は低いような気がしたけれど、もしかしたら花梨の考察が当たっているかもしれないし、そんなふうに思える花梨のやさしい考え方が大好きだと思った。

「いま思い出したんだけど、最初の頃花梨が『同担拒否じゃない愛は軽い』って言ったことも、たぶん、ママたちのことを話したら距離取られちゃうかもって思った理由のひとつだった。あの、責める意図じゃなくて」

「わかってるよ。そっか、確かに私そんなこと言ったね。いや、まさかこういうの想像しなかったからさ、事前に聴いてたら言い方変えたかもしれない。でも、まだあんとき知り合ったばかりだったもんね、言えるわけないじゃないか。ていうかそもそも親のことってあんま友だちに話そうと思わないよね」

「うん。でも、これからはなんでも花梨に話したい。花梨になら話せる。話し合える。あたしは花梨とずっと友だちでいたいよ」

ほう、と花梨が息を吐いた。

「私こそごめんね。太呂とのことで、ぜんぜん力になれなくて」

緊張が解けて、自分の顔がすごく変になっているのがわかった。

「こんなこと言ったら言い訳みたいだけど、はじめは待とうと思ったの。ほら、いつだったか千夏が、自分のこと話すのも質問されるのもあんまり得意じゃないって言ってたから、話したいって千夏が思えるタイミングを待とうと思ったの。でもいま考えると、それは思いやりっていうより逃げだった」

「逃げ？」

「私が、千夏をうしないたくない、逃げ」

「あたしを、うしないたくないって、思ってくれてるの？」

「そりゃ思うよ！　思いまくりだよ！　中学んとき親友だと思ってた子に裏切られたこともあったし。だから、千夏をうしなったときのことを想像すると怖かった」

ありがとうと言おうとして、胸が詰まった。感情を、言葉を尽くして伝えてくれる。自分にこんな友だちがいるのだということが信じられなかった。

「あ、それ先生の別荘にあった絵じゃん？」

洗面所からリビングにやってきた亜夫くんが、画集を指差した。

「仮面は境界がはっきりしてて、わかりやすいよね」

「え、どういう意味？」

「外せばいい、それだけ。ま、外すのが難しいんだけど」

「亜夫くんはいっつも外してるように見える」

「ばかにしてるでしょ」

「してないよ」

「でもさ、仮面外すってなんだろうね。服脱いでたって仮面外してるってわけでもないし」

「あ、亜夫くん、花梨が亜夫くんいい匂いするって」

話題を変えるため慌てて口にすると、亜夫くんは顔をパッと輝かせ、その場でジャンプした。

「女子高生にいい匂いって言われるって最高の賛辞じゃない？　ハグしたいけどさすがに自重しとくわ」

「なんていう香水使ってるんですか？」

花梨に訊かれた亜夫くんは、香水の名前を二つ、口にした。

「えっ二種類？　どことどこにつけるんですか？　同じ場所に重ねて？」

「いや、同じ場所にはつけないな。今日は上半身に爽やかなシトラス系、下にウッディ系。あ、身体の前面と後面で使い分けることもあるよ。前にライトなの、後ろに温かい感じのとかね。そしたらすれ違うとき余韻が残る気がして。匂いきつかったらごめん」

「二種類、ですか？」

絹香さんが、ママといっしょに入ってきた。

「絹香さん、きれい！」

絹香さんが自分では選ばないであろう鮮やかな口紅も、艶やかなハーフアップも、光り輝くようだった。

「ありがとう」

絹香さんは恥ずかしそうに笑って、言った。

「蛾のフェロモンは二種類がブレンドされているんですって」

「絹香さんって物識り」

「分野が偏ってるけどね」

亜夫くんが絹香さんに意味深なウインクを飛ばす。

「ほら絹香ちゃん、早く行きな」

「あ、私もそろそろ失礼します。お姉ちゃんからＬＩＮＥがいっぱい」

「えー、早すぎない？　また絶対きてね。明日でもいいよ！」

「はい、またお邪魔させてください」

はにかみ笑いでそう言うと、花梨は亜夫くんにハグをした。亜夫くんが歓声を上げた。

「あの家、すっごいね」

花梨が指差したのは、小深田さんの家だった。緑色の豪邸が、イルミネーションでぐるぐる巻きになっている。いや激しく彩られている。あたしが誘われなかった小深田邸。

絹香さんはあたしたちの後ろを歩いている。緊張が、足音で伝わってくる。

「同じ中学だった女の子のおうちだよ」

ふうん。花梨があたしの顔をちらりと見た。

「私の親友をそんな顔にさせちゃう人、興味ある」

あたしはずっと訊きたかったことを訊いた。

「どうしてあたしと友だちになってくれたの？」

花梨が、ゆっくりあたしの方を向いた。きょとんとした顔のまま、花梨は言った。

「どうして推しを好きになったのって質問と同じだよそれ」

笑おうとしたけど、口から出たのは熱い空気の塊だけだった。

弱くてずるくてみっともない自分を晒すのは怖い。それが好きな人相手ならなおさら。

あたしはずっと、仮面を外せる友だちが欲しかった。あたしは花梨にありがとうと大好きをいっぱい言った。

「じゃあ、私はここで」

小深田邸前の交差点で、後ろから声がかかった。

あたしたちとは反対方向に進むらしい。絹香さんのたたずまいは晴れやかで、自由で、解放されていた。ああ生きている。そう思っていることが伝わってくる笑顔だった。

「がんばってください！」

誰に会うともどこへ行くとも知らされていないのに、花梨はそう言って拳を握りしめた。

さっき絹香さんが電話をかけたとき。スマホの向こうから聴こえてきた、低くやわらかな声。あたしは祈った。絹香さんが、絹香さんの望むクリスマスをすごせるように。

やさしい笑顔を残して、絹香さんは歩き出した。

小深田邸のライティングは、去年より格段に増えていた。ライトの数を増やしたのか、光度を上げたのか、ぎらぎらでまぶしいほどだ。

見上げていると、玄関から人影が出てきた。

「あ、サマー」

小深田さんだった。高校の友だちだろうか、女の子ふたりが後ろから会釈した。それからあたしを見て、意味を含んだ視線を絡ませた。

「今年もすごいね、イルミネーション」

「そう？」と小深田さんは眉根を寄せた。「去年とまったくおんなじなんだよ。せこいよね」

去年と同じ。ということは光って見えるのは。

あたしは横にいる花梨を見た。花梨があたしに笑いかける。

光って見えるのは、となりに大切な人がいてくれるから。

花梨という友だちができて、資朝を好きになって、太呂とうまくいかなくて。ママとの違いを痛感して。あたしは自分の目盛りというものを知った。それを認めるまではできていないけど、いつか、認められるときが来たらいいなと思う。そして好きな人に、あなたの目盛りも見せてって言えるようになりたい。心をひらいて、敬意をもって、相手を尊重しながら、言える人になりたい。

駅に向かって歩くあたしたちの後ろを、小深田さんと知らない女の子のくすくす笑いが漂う。振り返った花梨の肘を引いた。怒りを含んだ目をしていたから。

小深田さんと目が合った。絡んだ視線を厭な感じで逸らされようと、友だちとこそこそ何か言われようと、何も気にならなかった。

だってあたしはもう知っている。

あの嘲笑の下には、怯えや不安が隠れている。この世は仮装行列。

氷雨くんはどんなクリスマスを過ごしているのかな。史ちゃんとケーキを食べているかな。資朝はきっと彼女とデートだろう。誰といてもいい。みんな、笑ってるといいな。

顔を上げると、小深田邸のサンタが「バイバイ」と手を振っていた。

謝辞

本書執筆に際し、取材などで多くのかたのお力を拝借しました。
ここにお名前を記し、深く感謝いたします。

木村了子さん
三井剥製・上野郁代さん
アトリエ杉本・杉本恵司さん

作中で事実と異なる部分があるのは、意図したものも意図せざるものも、作者の責任によります。

本書は「小説幻冬」２０２３年1月号〜2月号に掲載された「ひとえに愚か」を元に大幅な加筆と修正を加えたものです。

装丁　名久井直子
装画　サイトウユウスケ

〈著者紹介〉
一木けい（いちき・けい）
1979年福岡県生まれ。東京都立大学卒業。2016年「西国疾走少女」で第15回「女による女のためのR-18文学賞」読者賞を受賞。2018年、受賞作を収録した『1ミリの後悔もない、はずがない』でデビュー。他の著書に『愛を知らない』『全部ゆるせたらいいのに』『9月9日9時9分』『悪と無垢』がある。

彼女がそれも愛と呼ぶなら
2024年3月20日　第1刷発行

著　者　一木けい
発行人　見城 徹
編集人　森下康樹
編集者　武田勇美

発行所　株式会社 幻冬舎
〒151-0051 東京都渋谷区千駄ヶ谷4-9-7
電話：03(5411)6211(編集)
03(5411)6222(営業)
公式HP：https://www.gentosha.co.jp/

印刷・製本所　株式会社 光邦

検印廃止

ISBN978-4-344-04090-8 C0093

この本に関するご意見・ご感想は、
下記アンケートフォームからお寄せください。
https://www.gentosha.co.jp/e/